夢にも思わない

宮部みゆき

角川文庫　12713

JN285652

1

秋の夜に、虫聞きの会。

そもそもの始まりとなったこの風流な催しは、僕と島崎《しまざき》の住む町の一角にある都営の庭園公園で、もう二十年近く、毎年行われてきたものだった。

僕らの暮らす東京の下町は、いわゆるゼロメートル地帯として認識されているところで、一般的にはきわめて——僕らが薄々想像している以上に——きわめて悪いイメージをもたれている土地柄であるらしい。

ひとつ、ごみごみしていて緑が少ない。

ふたつ、土地が低いのでじめじめしている。台風なんか来るともうアウトである。

みっつ、治安が良くない。なんでだか知らないけど、ぶっそうな土地だという感じがする。いかがわしい店がいっぱいひしめき、だけどそういう店の隣に軒をくっつけるようにして窓際におしめなんかぶら下げた安アパートがあったりする。それらの家は、私道の奥のそのまた奥にひしめくようにして建っており、日当たりなんか「皆無！」というくらいで朝から電灯をつけなきゃならない。だからそういうところは容易に犯罪の温床になったりするわけで——という具合だ。

この土地に住み着いて彼で四代目という島崎に比べたら、両親共に東京近郊出身でマンション族の僕なんか、まだまだこの町から血縁として認識されるところまでいっていない「ひよっこ土地人」だけど、その僕でも、こういうあからさまな誤解を受けるとムッとしてしまう。そして不思議にも思ってしまう。

たしかに、しもたやの立てこんだ場所はある。日当たりのよくない私道の奥の家もある。だけどそんなのは、東京中のどこの町にも――よほどのお屋敷町でない限り――ありそうなものだ。なにも下町ばかりの専売特許じゃない。

土地が低いということもそうだ。ええそのとおり、低い土地です。もとが埋立地だから、それは当たり前。駅前に据えられている水位柱によると、平均的な満潮時の海面の位置は、僕の背よりも高いところにある。だけど、海とこの町とのあいだには、土手があり防潮堤があり、いくつもの水門がある。ちょうどオランダみたいなものだ。

面白いのは、みんなして、「土地が低い」ということと「水捌《は》けが悪い」ということを混同しているという点だ。どれほど土地が低くたって、設備がちゃんとしていれば、溢《あふ》れた下水でマンホールの蓋《ふた》が持ちあがっちゃうような危険なことにはならない。論より証拠、台風や集中豪雨が来るたびに、やれ床上浸水だのやれ車が流されただの騒いでるのは、下町地区じゃないでしょう？

さてさて誤解の最たるものは、「治安が悪い」というところ。これはねえ……と僕も首をひねってしまう。治安の悪い町なんて、これもそれこそ東京中にあると思うんだけど。たしかに、「僕が住んでるのはとっても治安のいい学園都市でーす」とは、口が裂けてもいえません。だけど、外部の人に、ジョン・カーペンター監督の『ニューヨーク1997』で描かれた監獄都市と化したニューヨークとおっつかっつのイメージを抱かれているとなると、こりゃ問題だ。

「思うに、やっぱりあの事件のインパクトが強すぎたんだな」とコメントするのは島崎だ。

「なんてったって、ひどすぎたからさ」

彼の言う「あの事件」とは、僕らがまだ幼稚園児だったころ、僕らの住む町よりちょっと北側の深川《ふかがわ》という地区で勃発《ぼっぱつ》した、覚醒剤《かくせいざい》中毒者による白昼の大量無差別殺傷事件のことだ。世に「深川通り魔殺人」と呼ばれて有名なこの事件について、僕らはリアルタイムの記憶を持っていない。だけど、話はよく聞いた。

この土地の人たちは、おしなべて、「確かにひどい残酷な事件だったけど、それがこの土地特有のナントカカントカだとは思わない」という見解を有している。性質としては、たとえば新宿駅構内で起こっていたっておかしくない種類の事件だったわけで、それがたまたま深川で起こってしまったというだけのこと。

ところが、他の地域の人たちには、そうは見えないものであるらしい。島崎のオフク象徴的と言えなくもないエピソードを、島崎が話してくれたことがある。

ロさんが、床屋さんの組合の団体旅行に参加したときのことだ。なにかのはずみで、「最近どうもぶっそうなことが多いね。客商売としては、怖いこともあるよね」というような話になった。それについては大いにうなずくところがあったものの、だいたい根が豪気な島崎のオフクロさんは、暗いムードになるのが嫌で、笑いながらこんなふうに言ってのけた。

「あたしのとこじゃ怖がってなんかいられないよぉ。なんせ通り魔の本場だもの!」

ウケるだろうと思って笑い飛ばしながら言った言葉なのに、一同、しぃんとしてしまったそうだ。

「おふくろ、くさって帰ってきた」と、島崎は言っていた(島崎のオフクロさんの名誉のために付け加えておくと、あの事件が起こった当時、店から歩いて十分ほどの事件現場へ、オフクロさんは、毎日のように花と線香を供えに行っていたそうだ。そういう人なのだ。事件全体を笑って言った言葉ではないので念のため)。

世の中のことの九割がたは誤解の上に成り立っているものであるように思えるときもあるので、まあこの程度のことに目くじら立てても仕方ないのかもしれないけれど、とにかく、僕は僕の暮らすこの町につきまとうマイナスイメージを、けっこう腹立たしく思っている。とりわけ、僕のクラスメイトに、とってもおとなしくて目立たなくて、大勢の女生徒のなかに混じっているとほとんどいるかいないかわからないくらいなのだけれど、席替えで隣同士になってみるとこれが実はとってもきれいな娘《こ》で、地味にしてるからわかりにくいけど顔だちも整ってて、右目がほんの少し斜視のところがまた可愛くて、よく知り合ってみると頭もよくて話も面白くて性格もよくってというクドウさんという女の子がいるのだけれど（まわりくどくてごめんなさい。だけど彼女のことはどれだけ言っても言い足りない）、そのクドウさんがとても尊敬して愛読している作家が（彼女は読書家なのさ！）、その代表作のなかで、僕たちの住む町のことをずばり一言、「民度が低い」と書いているのを発見したと嘆くのを聞いて以来、かなり腹立たしく思うようになった。

民度が低いだと？　ハハ！

とまあ、長い回り道になったけれど、うちの地域だってそうそうバッサリ斬って捨てられるほど悪くはない、それは誤解だということを言いたいのだ。その証拠のひとつが、虫聞きの会なのである。

舞台となる都営の庭園公園は、通称「白河《しらかわ》庭園」と呼ばれている。遠くさかのぼれば、江戸時代には大名家の下屋敷だったところで、それが明治になってある財界人に買いあげられ、第二次大戦後、財閥解体の際に東京都に寄付され、現在のような公共の庭園となったというものだ。入口で入観料百円を払って門をくぐり、ぶらぶら歩きで園内を一周すると、小一時間は優にかかるという広さ。

庭園全体のレイアウトは、江戸時代からほとんど変わっていない。松や銀杏《いちょう》、椿やつつじ、もみじや桜の木の緑も濃く、花や紅葉の盛りには庭全体が友禅の着物を着たようになる。庭園の中央には大きな瓢簞《ひょうたん》型の池があり、中島があり飛び石があり太鼓橋があり、中島の上には東屋《あずまや》、その昔書院造りの屋敷があった位置には、会合やパーティ、結婚披露宴などに使うことのできる瓦葺《かわらぶ》き日本建築のホールが建てられている。

虫聞きの会は、毎年九月末の土曜日と日曜日の夕方六時から夜九時まで、いつもなら午後五時閉門のこの庭園を、特別に夜間開放して行われる。遊歩道のあちこちに紙でつくった灯籠《とうろう》を立て、夜の闇のなかでその灯りを慕って鳴く虫の声に耳を傾けようという集まりだ。虫をとったり、園内で騒いだりするのは厳禁。とにかくひたすら風流にそまろうという宵なのだ。

全部で五十個以上になるという灯籠は、すべて区の有志のメンバーによる手作りである。文化センターの短歌や俳句、墨絵や千切り絵の講座の生徒たちが、競ってきれいな灯籠を出そうと腕をふるう。灯籠に記される短歌や俳句は自作のものもあり、古典をもってきてそれらしく書き付けるというものもあるが、残念ながら、毛筆のくずし書き書体に慣れていない入園者の目には、判読できないものが多いのが難だそうだ。

そうだ——という言い方をするのは、僕はそれまでこの会に出かけたことがなかったからだ。この秋が初めてだった。

僕の一家が巻き込まれた、夏休みのあの大騒動について（『今夜は眠れない』小社刊）、すでにご存じのかたには話すこともないだろうけれど、僕も島崎も、けっして俳句や短歌やおぼろな灯籠のあかりに心を寄せるような少年ではない。そんなタマじゃないことは、自分がいちばんよく承知している。

それが今度に限ってそんな気を起こしたのは——

僕に関しては、一にも二にも、クドウさんのためだった。金曜日の昼休み、うまいぐあいに人気《ひとけ》のなくなった教室で、ようやく秋めいてきた陽ざしの差しこむ窓際の席に陣取り、彼女とおしゃべりしているときに、その話題が出たからだった。つまりは彼女が、

「土曜日の夜ね、虫聞きの会に行くんだよ」と話してくれたので、僕もその気になったのだ。

じゃいっしょに行ったのかって？　ツライこと訊かないでくださいよ。僕だってそうしたかった——グループで出かけるにしてもね。だけど彼女は、

「へえ、誰と行くの？」と尋ねた僕に、

「家族で」と答えたのでした。

あ、そう。としか言い様がないじゃないですか。でも僕は頑張った。

「虫聞きの会って、あの白河庭園のだろ？」

「うん」

「面白い？」

「すっごくきれい」

「毎年行ってるの？」

「そうよ。立川《たちかわ》にいるおじいちゃんとおばあちゃんが、わざわざそのために泊まりにくるんだもん」

「フーリューな家なんだねえ」

「ぜんぜん、そんなのじゃないけど」と、クドウさんはにっこりした。「ただ、うちの母親、短歌愛好会のメンバーなんだ。毎年、灯籠を出してるの。そういうのが好きなんだ。あたしはそうでもない。わからない歌もあるし、ただ灯籠そのものがきれいだから見にいくんだけどね」

「オレなんか、短歌なんてさ、『それにつけても金のほしさよ』ぐらいしか知らねえ家で育ってるからさあ」

クドウさんは吹き出した。「またそんなこと言ってる」

ちょうどそこへ、ほかの女生徒たちが戻ってきた。そのなかのひとりはクドウさんと仲のいい子で、

「ねえクウちゃん、明日浴衣《ゆかた》着てく？」と声をかけてきた。

クウちゃん――クドウさんは振り向いた。

「寒いよぉ」

「Tシャツ着てさ、そのうえから着るんだよ」

「なんか温泉行ったときみたい」

「おかしいかしら。ダメ？」と、クウちゃんの友達が首をかしげる。「虫聞きの会ってさあ、どうして真夏にやらないんだろ。八月とかなら、ばっちり浴衣着ていけるのにさ」

クウちゃんはニコニコした。「それって、こたつに入ってミカン食べながら巨人阪神戦を観たいっていうのと同じだね」

いっしょになってアハハと笑いながら、僕はさてクドウさんは野球好きなのかなと考えていた。どこのファンだろう？　そういうようなことを突き止めていっていろいろ努力すると、僕もいつかは彼女を「クウちゃん」と呼べるような間柄になれるかな——

「緒方《おがた》くんも行ってみるといいのに。ホントにきれいだから。島崎くんとか誘って」

とどめのように、クドウさんはそう言った。そこに始業のチャイムが鳴った。

島崎は怪しんだ。

「自分で気づいてるか？」

「なにを？」

「パーラー・ノグチのプリンアラモードの底にスポンジケーキが隠されているように、おまえの誘いの底には常にうしろめたい動機が隠されている」

「オレはスポンジケーキ好きだよ」

島崎は、プリンアラモードの底に敷かれたクリーム漬けのスポンジケーキを、蛇蠍《だかつ》のごとく忌み嫌っている。底まで全部プリンでないのはまやかしだと主張するのだ。

「どうでもいいんだそんなことは。それよりオレは、今日も明日も忙しいんだよ」

放課後、将棋部の部室へ行く途中のところを呼び止めたので、島崎は小脇にファイルを抱えていた。過去の有名な対戦記録や棋譜を基本にした一種の参考書である。彼と将棋部の武闘派のキャプテン（柔道部と掛け持ちしている）が、ふたりでコツコツつくりあげた一級資料だ。

これを将棋マニアの校長が欲しがったというから、世の中というのはわからない。もっとも、島崎は、この校長先生と内密に対戦すること五回、全勝している。先生としてみれば、なりふりかまっていられるかというところなのだろう。

「忙しいったって、どうせ将棋だろ？」

「どうせ」と、島崎は嘆いた。「こんなに奥の深いものはないのに」

「試合なの？」

「対局と言ってくれ対局と」

眼鏡の縁をちょいと押し上げながら、おおげさなため息をついた。

「虫聞きの会とやらは、どんちゃん騒ぎの場じゃないんだろ？」

「もちろん。そりゃあ風流なもんさ」

「じゃ、ひとりで行けよ。そういう催しには、ひとりで行ってしんみりひたってくるのが筋だ」

「でもさあ……」

「おまえひとりでいたほうが、工藤さんの家族だって、ああひとりで虫聞きに来ているとはなんて詩心のある少年なんだろう、うちの子は良い友達を持ったものだと思うぞ」

僕はまじまじと島崎を見た。テキはにこりともしていない。

「おまえって、ほんっとに嫌なヤツだな」

「人間嘘発見器さ」

立ち去る島崎の背中に、僕はあかんべえをした。すると島崎、くるりと振り向いた。僕はベロを宙に浮かせたまま静止した。

「機会があったら工藤さんに教えてあげてくれよ。君の探してる『寂しい家』という小説は、ディケンズの『荒涼館』のことだよ、とね」

僕はベロを引っこめた。「なんでそんなに彼女のことよく知ってるんだよ?」

「図書室で会ったのさ」

島崎はまた歩き出した。そして肩ごしにぽいと投げるように付け加えた。

「彼女は将棋が好きだよ」

オレは大っきらいだよ。

2

という次第で——

虫聞きの会には、結局ひとりで出かけることになった。直前になって未練たらしく電話してみたのだけれど、島崎は家にいなかった。オフクロさんの話では、

「相矢倉《あいやぐら》がどうのこうのって、うわごとのようなことをブツブツ言いながら出かけたよ。キャプテンのとこへ行くんだって」

電話を切ると、僕はシャツを着替え、ジーンズをはき、髪を撫《な》でつけ、鏡の前で時間を費やして、クドウさんに会ったらどんなふうに挨拶《あいさつ》しようかと考えていた。

自分でも情けないと思うのだけれど、そして、腹立たしいことにその理由が判然としないのだけれど、僕にはどうも、島崎といっしょでないと調子の出ないところがある。漫才コンビが、ひとりひとりになるとあまり面白くなってしまうことがあるが、あれと似たようなものかもしれない。

でも、もし僕がそんなことを口にしようものなら、島崎は大いに迷惑がるだろう。彼はひとりでいても僕といてもコメントの内容に変化のないヒトだと思うし、頭の働きかたも変わらない。

だけど僕は駄目なのだ。そしてそのことに、いささか苛《いら》つきかけてもいる。だってそうでしょう、この先、運良くクドウさんをクウちゃんと呼べるようになったとき、いつもいつも島崎についてきてもらって、「ごめんね、僕はこいつといないとちっとも面白いヤツじゃないんだよ」と弁解するわけにはいかないのだから。

だけどクドウさんの気持ちをこっちへ向けるまでは、なんとしても島崎の協力がほしい。最終的な治療薬でなくても、カンフルが欲しいということはある。クドウさんだって、ただ単に僕が島崎と仲がいいので、「島崎くんを誘ったら」と言ったのではないだろう。僕らふたりでいるときがいちばん愉快だからそう言ったのだと思う。

不吉なことが心をよぎる。

添え物——という言葉が心をつつく。

ハンバーグには目玉焼きがつきものだ。だけど、ハンバーグはそれだけでも美味《おい》しいし、目玉焼きもまた独立すればひとつの立派な料理だ。組み合わせればよりリッチになるというだけのこと。それならかまわない。僕はハンバーグでもいいし目玉焼きでもいい。

だけど、自分がパセリなんじゃないかと思うと、ちょっと嫌だ。すごく嫌だ。

そんなことを考えていたので、なかなか鏡の前から離れることができなかった。ようやく部屋を出る気になったのは、テレビが午後六時のニュースを始め、早口のアナウンサーの「こんばんは」という挨拶を耳にしたときだった。白河庭園は広いし、人出も多い。あまり遅くに行くと、まぎれてしまって、クドウさんに会えなくなる恐れがある。

ダイニングルームに出てゆくと、夕食準備中の母さんが、片手に包丁を持ったまま振り向いた。

「ホントに、夕飯は帰ってきてからでいいの？」

「いいよ。よっぽど腹減ったらハンバーガーでも食うから」

「そんなもんばっかりでおなかいっぱいにするのはよくないんだけどね」

父は朝から出かけて留守だった。接待ゴルフというやつですね。これはラッキーだった。うちの父親というのは気紛れで、普段はほとんど僕のことなど放ったらかしのくせに、ときどきひょいと、共遊びの誘いをかけてきたりするからだ。

「虫聞き？　へえ面白いな、オレも行くか」なんて言い出されたらたまらない。

ガールフレンドが家族といっしょにいるところに出会うのはいいけれど、こっちも家族がいっしょというのはみっともない。なんか、親離れできてないみたいじゃないですか。

その点、母さんは安全パイだった。たとえこの世の終わりが来たって、虫聞きになど出かけるはずのないヒトだから。

嫌いなのである。苦手なのである。虫と名のつくものはすべて駄目。例外なし。蝶々《ちょうちょう》の模様のついたハンカチさえ嫌いだというのだから、どれほど鳴き声に風情があろうと、秋の虫を愛《め》でる気になるわけがない。家のなかにいてさえ、夜、父さんや僕が窓の外に小さく響く鈴のような音色を聞きつけて、

「あれ、もう秋だね。スズムシが鳴いてるよ」などと言おうものなら、

「網戸開けないでね。うちのなかに入ってくると困るから」と警告するくらいだ。

僕を育て上げるとき、さぞかし苦労しただろうと思う。幼いときの僕には、半ズボンのポケットにアリンコを入れて帰ってくるクセがあったという話だから。母さん、それで、子供はひとりと決めたのかもしれない。二人めを産んで、それがまた男の子で、今度はポケットに毛虫を入れるヘキがあったら、発狂しちゃうと思ったのかもしれないな。

「ねえ、お願いだからさ」

出かける僕に、おたま片手に言い出した。

「もし秋の虫の即売かなんかやってても――」

「了解、了解。買ってきません」

これまでの人生で最悪の旅が新婚旅行。それも理由はただひとつ、宿泊客へのサービスのために、夜、明かりを落としてから、みなさまの蚊帳《かや》のなかに一匹ずつ、蛍を放してごらんにいれますという旅館に泊まってしまったから――そんな暗い過去を持つ母親を安心させておいて、僕は自転車に飛び乗った。

思っていた以上の人出だった。

白河庭園は、まず大きな両開きの正門を通り抜け、砂利を敷き詰めた前庭に入り、そこからさらに奥にある、一度にひとりずつしか通ることのできない木戸をくぐって、初めて庭園のなかに足を踏み入れることができるような造りになっている。もとが個人の邸宅だから、一度に五人も十人もわさわさ出入りできるようには造られていないのだ。

したがって、庭園の前庭には、木戸を通る順番を待つ入園者たちが、三々五々グループをつくって群れている。照明灯もついているので、秋の夜の風情らしいものはない。ここで待ち合わせしているグループもいるらしく、騒々しいし歩きにくいし、これでもし屋台でも出ていたら、夏祭りの夜と変わらないというぐらいの様子だった。

ざっとあたりを見回してみた限りでは、知った顔は見当たらなかった。クドウさん一家は先に入っているのか、それともこれからやってくるのか。

腕時計——貯金をくずして買ったスウォッチ——を見ると六時十五分だ。当たり前に考えたら、後者のほうが勝算が高い。その場合は、ここで待っていれば必ず会える。言葉は悪いが待ち伏せだ。

だがしかし、風流を愛するクドウ一家は、混雑にまぎれないよう、できるだけ早めにやってきているかもしれない。もう庭園のなかを散策しているかもしれない。だとすると、

彼女たちがここへ出てくるのは家に帰るときということになるわけで、その場合には、

「あれ、緒方くん、今きたの？　早く見ておいでよ、とってもきれいだよ。じゃあね」

ということになる。バカらしい。

ムムム――と決めかねていると、うしろからいきなりどつかれた。

「やだぁ、めずらしいじゃん」

振り向くと、ああ神も仏もない。我がサッカー部のマネージャー女史ふたりが、顔をそろえてニッカニカしている。

「なによ、こんな趣味があったの？」

「けっこうロマンチストなんじゃない」

マネージャー女史はふたりとも二年生である。オネエサマである。

「えーと、えーと、初めてなんですけどね」

「なんでまた？」

「あ、わかった。デートだろ？」

「そうでもなきゃ、うちらサッカー部の男連中が虫の音色なんか聞きにくるわけないもんねえ」

勝手に盛りあがる両女史に、僕はひたすら首をすくめた。

「そんなことないですよ。島崎といっしょです」

「ああ、あの将棋部の？」

「あの子ちょっと可愛いわよねえ」

そうなのだ。島崎はオネエサマ連にも受けがいい。

「ここで待ち合わせ？」

「はい、そうです」

「じゃ、あたしたちも待っててあげる。いっしょに回ろうよ」

これは提案ではない。強制執行である。

僕は観念して目を閉じるか、言い訳をこさえて逃げ出すか、さもなければこの瞬間にクドウさん一家がやってきて、

「あ、緒方くん」と呼びかけられ、僕は止めようもなく顔が赤らむのを感じ、それをマネージャー女史たちに見られ、

「おや！」などと驚かれ、そして来週からの部活動のあいだじゅう、女史ふたりのにんまり顔あたしたち察してるわよ片思いはツライねえ顔に耐えながら球拾いやドリブル練習をするか、厳しい選択に迫られた。

でも――

これは教訓だと思うけれど、人間、自分で選んで進む道を決めることなんてできやしないのだ。出来事のほうが時と場所を選び、勝手にこっちへ転がってくるだけだ。

唐突に、そして最初は遠くのほうで、かすれたような叫び声があがった。それがだんだん近づいてくる。前庭にたまっていた人たちは、最初はぱっと耳を向けただけだったが、声が近づいてくるにつれ、顔を、頭を、身体をそちらのほうへ向けていった。

「たいへん――」

叫び声は、そんなようなことを言っている。木戸の脇に設けられた窓口から作業着姿の係員が飛び出して、片手に持った懐中電灯を前に差し出し、

「ちょっと、ちょっとすみません」と言いながら、庭園のなかに走りこんでいった。入口のところには灯籠《とうろう》が立てられていないので、植え込みが黒い影になって見える。係員の姿は、その植え込みと庭園の闇のなかに、すぐに飲み込まれて消えてしまった。

叫び声は、僕らの耳にはまだよく聞き取ることができない。わけのわからないことを繰り返し言っているようで――

あ、今ぴたりとやんだ。係員が、叫び声の主のところに着いたのだ。

だがしかし、ちょうどそのとき、係員が消えていった植え込みのあたりから、走り出てきた人びとがいた。五、六人のグループで、中年のパパさんママさん連という感じだ。みんな急ぎ足で――というよりほとんど走っている。彼らの顔が、向かい風のなかを全力で突っ走っているランナーのように平べったく強《こわ》ばっていることに気づいたとき、僕はぞくっと胸騒ぎを覚えた。

「何かあったんですか？」

待ち合わせ組の誰かが訊いた。男の声だった。それに答えた声が男だったか女だったか、僕はよく覚えていない。意識することができたのは言葉だけだった。

「女の子が、倒れてるのよ」

「死んでるみたい」

前庭の人たちがどよめいた。

「中学生ぐらいの女の子ですよ。可哀相に――早く救急車を――可哀相に――」

僕の脳は一瞬にしてドライアイスになり、それ自身の冷たさに耐えられなくなって、木《こっ》端微塵《ぱみじん》に砕けた。

ただひとつのことしか考えられなかった。

クドウさんか？

、い、い、

3

白河庭園のなかに駆けこみ、方向もわからないままとにかく「順路」の掲示に沿って走りながら、僕の頭のなかには、クドウさんの明るい笑顔がちらついていた。

悪いことを考えると、悪いことが起こる。だから極力悪いことは想像しないことだ――うちの母さんはよくそんなことを言う。だけどそのときの僕は、どういうわけか、「倒れてるのはクドウさんだクドウさんに違いない」という考えから離れることができなかった。あとになって考えてみると、そういうふうに最悪の事態に備えて心に身構えをさせておかないと、いざその事実に直面した瞬間に、正気がどこかへ蒸発してしまいそうだったから、僕のなかの司令塔みたいなものが、そういう緊急命令を発していたのかもしれないと思う。

　白河庭園は、基本的には、中央にある大きな池と、そのぐるりをめぐる遊歩道によって構成されているので、その女の子が倒れている場所がどこであれ、とにかく歩道のあるところをつたって走れば、いつかはそこへたどりつくはずだった。でも、これがなかなか大変だった。庭園内は混みあっている。しかも、事件のことは風が吹き抜けるようにしてその人たちのあいだにも知れ渡っていたから、出入口のほうへと逃げようとする人の波と、事件現場へと向かおうとする人の波とが、広いところでもせいぜい一車線ぐらいの幅しかない遊歩道のあちこちでぶつかりあい、もみあい、まるで洗濯機のなかで大量の長袖《ながそで》のシャツとストッキングがからみあっているみたいな有様になっていたからだ。

「すみません、ちょっと通してください」

　声をからしてそう叫んでも、全然ききめがない。それどころか、ジャケット姿の中年のおじさんに、

「子供は外へ出ろ！」と、荒っぽくこづかれてしまった。

　それで僕もプツンときた。思わず怒鳴り返していた。

「だけど、その子は僕の友達なんだ!」

瞬間、まわりがぱっと静まり返った。僕をこづいた中年おじさんが、強ばった顔で近づいてくると、

「それ本当か、坊ず?」

「ホントです」

勢いというのは恐ろしいもので、このときの僕はもう完全に、倒れて、死んでいるように見える女の子というのはクドウさんだと思いこんでいた。

「よし、じゃあこっちへおいで」

おじさんは僕の肘《ひじ》をつかむと、ぐいぐいと歩き出した。その迫力に押されたのか、周囲の人たちが身を引いて道を開ける。そのとき初めて、僕の目に、遊歩道の周囲に色とりどりの灯籠が飾られているのが見えた。それまでは何も目に入っていなかったのだ。

このとき見た灯籠の明かり、その色を、大人になっても忘れないだろうと思う。とても美しかった。月並みだけれど、この世のものとは思えないほどの輝きだった。不吉なものには見えなかった。ただ、どうしようもなくきれいに輝いている。そんな感じだった。

おじさんに引きずられるようにして、遊歩道の大きなカーブをひとつ回り、飛び石を渡り、丸太を組み合わせた木橋をひとつ越えて、入口のところに「灯籠広場」という掲示のあがっている広場に出た。

広場といっても、都内の小学校の校庭の半分ぐらいの広さしかない場所だが、よく手入れされた芝生の周囲を落葉樹の木立とつつじの植え込みが彩り、左手のほうには小さな菖蒲池《しょうぶいけ》がつくられている。灯籠広場というのは、もちろん、この虫聞きの会のときだけの名称で、ふだんは「こどもの広場」と呼ばれている。この地区の幼稚園児たちが遠足でお弁当を持って来る場所であり、小学校の高学年になると、美術の時間の野外写生のとき連れてこられる場所でもある。だから、地元の子供なら、誰でも最低一度はここを訪れているのだけれど、「自転車の乗り入れ禁止・球技禁止・ペットの散歩禁止」の場所なので、それ以外には、めったに訪れる機会がないという場所でもある。

広場の入口の、まがいもののトーテムポールのような形の柱に支えられたゲートをくぐると、おじさんは、さらにぐいぐい進んでゆく。芝生のあちこちに無数の灯籠がまたたき、僕はふと、自分が急にミクロサイズに縮まり、蛍の群れのなかにまぎれこんでしまったかのような気分になった。

おじさんは、広場の反対側の木立の植え込みの方向目指して歩いてゆく。僕の心臓が縮みあがり、ついでドキドキと騒ぎ始めた。現場はあそこなのだ、きっと。

灯籠広場には、まだまだ大勢の人びとが残っていた。ここはメイン会場だから、事件が起こったとき――というか女の子が発見されたときも、ずいぶんとにぎわっていたはずだ。でも、今はその人たちも、ゲートの近くに固まって、遠巻きに、暗い木立と、またたく灯籠とを見比べているようだ。まるで、その人たちもみんな木立に変わり、夜風になぶられて枝の木の葉をざわめかせているかのように、しきりとかさこそ、がさがさと話し声をたてている。

灯籠の効果を引き立てるために、いつもなら防犯対策上ひと晩中つけられているはずの常夜灯も、今はすべて消されている。だから、僕らが目指している木立と植え込みは、庭園の灰色の外塀を覆い隠すようにして、黒ぐろと沈んでいた。

でも、近づいてゆくに従って、前方の植え込みの陰に、白っぽい人影がふたり、肩を寄せあうようにしているのが見えてきた。ひとりが顔をあげて僕と中年おじさんを見た。もうひとりは足元を見つめている。いや、僕のこの位置からは見えないけれど、植え込みの向こう側にあるもの、彼の足元にあるものを見つめているのだろう。

心臓は不思議なエンジンだ。これほどフルに回転しても過熱しない。熱くならずに冷えてゆくばかりだ。冷たい血を吐き出すばかりだ。

木立のなかのふたりの顔を見分けることができるところまで近づくと、中年おじさんは急に足を止めた。僕もつんのめりそうになりながら止まった。

おじさんは、きつい目をして僕を見据えた。

「坊ず、大丈夫か？」

「僕？　大丈夫です」

「いいかね」おじさんは僕の肘の関節をぐりぐり握り締め、一語一語に力をこめた。「あそこで女の子が殺されてる。坊ずたちと同じぐらいの歳格好の女の子だ。ただ、ここに来るには家族か友達といっしょだったろうに、まわりにそういう人間が見あたらないんだ。だからどこの誰だかわからない。その子が本当に坊ずの友達なら、それであの子が誰だかわかる。だから、坊ずに顔を見てもらわないとならない。わかるか？」

僕はうなずいた。「わかります」

「よし、じゃあ来い」

またおじさんは足を早めた。今度はほとんど駆け足だった。黒い木立までの短い距離が一気に縮まった。

植え込みの手前で、僕を連れてきた中年おじさんは立ち止まり、僕の肘をとって前に引き出し、

「この子が、自分の友達じゃないかと言ってるんで連れてきた」

それを聞いたふたりも、僕の中年おじさんとおっつかっつの歳格好の人たちだったけれど、それぞれに四つの目を見開いた。いえ訂正、六つの目だ。ひとりは眼鏡をかけていたから。

「植え込みをまわってこっちへおいで」

その眼鏡のおじさんが僕を手招きした。片手には懐中電灯を持っており、空いた片手を

僕の肩に置いて引き寄せる。

思っていたとおり、そこには、死体とおぼしきものが横たえられていた。おぼしきもの、としか言えないのは、半分を格子縞《こうしじま》のジャケットが、半分を灰色の無地のジャケットが覆っていたからだ。ここに残っていたおじさんふたりの人影が白っぽく見えたわけも、これでわかった。ふたりが上着を脱いで死体を覆い、シャツ姿でいたからなのだ。

死体を覆うふたつのジャケットの袖《そで》に、それぞれ、くすんだ色の腕章がくっついている。そのときになって初めて、僕を連れてきてくれた中年おじさんの袖にも、同じような腕章があることに気づいた。

「白河一丁目町会」とある。

「光をあてるから、顔を見てくれるかい」と、眼鏡のおじさんが言った。

「いやまずい、警察が来るまで待とう」と、三人めのおじさんが口をはさんだ。僕の顔をちらりと見ると、「子供には酷だよ」

「だがね、早くこの子がどこの誰だかわからないとまずいよ。園内は大騒ぎだ。入口のほうじゃパニックになりかけてる」

おじさんたちの会話が、しゃがみこんだ僕の頭の上を通過してゆく。

何も考えないうちに僕は、格子縞のジャケットの襟首のところに手をかけて、それをゆっくりとめくっていた。

「おい、君、大丈夫か——」

三人めのおじさんの声が降ってきたときには、もう遅かった。僕はその下にあるものを見ていた。

足だった。きちんと揃えた膝《ひざ》が、赤いミニスカートの裾《すそ》からのぞいている。つま先のところに凝った刺繡《ししゅう》のある靴を履いている。その色も赤だった。

「そっちは足のほうだ、頭は逆だ」

眼鏡のおじさんがあわてて言った。

僕はしゃがんだまま身体を移動させ、灰色の無地のジャケットのほうに手をかけた。でも、胸苦しいほどの恐ろしさは、急速に薄れかけていた。

今さっき見た足は、ストッキングを履いていた。赤い靴の踵《かかと》も五センチ以上あった。おじさんたちが何をよりどころに「坊ずと同じくらいの歳格好」と言っているのかわからないけれど、そして、現代の女子中学生たちのなかには、私服のときにはこういうファッションを好む娘たちが多くいるのかもしれないけれど、少なくとも僕の知っている、僕の把握しているクドウさんは、こういうものは着ない。けっして着ない。以前、駅前のモールで、友達とCDを買いにきたという彼女とばったり会ったことがあるけれど、そのときの服装は、ジーンズのショートパンツにズックの運動靴、フードつきのプルオーバーというものだった。とてもよく似合ってた。

これはクドウさんじゃないという、安堵《あんど》の大波が寄せてきた。だから僕は恐怖におののくことなく、ただ、普通の人間なら見れば必ず衝撃を受けるに違いないものを見るときの戦慄《せんりつ》だけを胸に、思い切って灰色のジャケットをめくった。

女の子がひとり、仰向いて瞼《まぶた》を閉じていた。さっき見た赤いミニスカートは、赤いミニワンピースの一部だったということがわかった。スタンドカラーの、ちょっとチャイナ服を思わせるデザインだ。

なんでそんなことまで見てとったのだろう？

あまりに意外だったからだ。あまりに不釣合いだったからだ。

彼女の顔は病んだお月さまのように蒼白《そうはく》だった。ただくちびるだけが赤かった。ルージュを塗っているのだ。

プン、と、鉄サビのような臭いがした。血の臭い。流れ出てしまった生命の臭い。

「君、どうだい？　君の友達か？」

おじさんたちが、この服装、この履き物、この化粧を見てさえもなお、この女の子を僕と同年代だと判断したわけが、わかった。

幼い顔だちだった。まだ赤ん坊のようなほっぺただった。そしてこの目が開けば――開けば――

あの、ごくわずかに斜視の、可愛い瞳《ひとみ》がのぞくはずだった。

そんな馬鹿な。

だけど、それはクドウさんだった。

僕の心から空気が抜けてゆく。心がしぼんでゆく。その音が耳に聞こえる。

「来た」と、おじさんの誰かが呟《つぶや》いた。それでやっと、耳をつくその甲高い音がパトカーのサイレンだということに気がついた。

急に、骨まで寒くなった。

4

警察というところにご厄介になるのは、実を言うと初めてじゃない。

ただ前回は、僕と母さんが巻き込まれた事件のために、被害者としてここへ連れてこられたのだ。でも今回は違う。僕は——この場合関係者とでもいうんだろうか。

被害者の友達か。それならいっそ、被害者になったほうがまだましだ。そんなふうに思った。

僕をパトカーに乗せてくれたおまわりさんは、まだなり立てのような若い人で、署に着くまでの短い時間、僕の付き添いについてきた刑事さんの様子を気にしながらも、とても親切に気を遣ってくれた。逆に言えば、それほど僕が度を失っているように見えたのだろう。それに実際、僕は取り乱していた。両親を呼ぶから家の連絡先を教えろと言われても、すぐには自宅の電話番号を思い出すことができなくて、焦れば焦るほど駄目で、結局、付き添いの刑事さんのほうで調べてくれたほどだった。

でも、おかげで救われたこともある。

署の駐車場に降り、付き添いの刑事さんに支えられるようにして署内へ入った。そのとき、出迎えに出てきた別の刑事さんとのあいだに、一瞬のあいだだけれど、何やらけわしい視線のやりとりがあったことに、僕は気づいた。気づいたけれど、あまりにも心が細かく砕けてしまっていたので、その意味を深く考えることができなかったのだ。もし、そこで妙にあれこれ考えていたら、僕はその場から逃げ出していたに違いない。そして、もっともっと事態を悪くしていただろう。

署内では、刑事部屋の隅の不格好な応接セットの椅子に座らされ、長いこと待たされた。両親がやってこないうちは、僕からは何も訊くことができないのかもしれない、と思った。とにかく落ち着きなさい、とも言われた。

ただ、ほったらかしにされたわけではなかった。肩を縮めて座る僕に、いつでも誰かが視線をあてていた。はっきり言って、監視状態だった。でもそのときも僕は、僕がおかしくなって取り乱しきってしまわないように、見守ってくれているのだと思っていた。

なんという能天気！　思い出すと冷や汗が出る。

事態の進行が、どうもそういう甘いものではなさそうだ——少なくとも、甘い部分だけではなさそうだということを察したのは、署に連れてこられてから二十分ほどして、命を亡くしたクドウさんと同じくらい真っ青な顔をした母さんが、転がるようにして刑事部屋に駆けこんできたときだった。

「雅男《まさお》」とひと言呼びかけてきたきり、母さん、石ころでも飲み込んだかのように黙っている。

「母さん」僕も言葉を返し、そのあと、なんだか調子の狂った笑いがこみあげてきて（明らかに、僕は危ない縁に立っていたのだ）、

「また警察だよ、おまけに今度は、僕の友達が殺されちゃったよ」と、えへらえへら言ってしまった。

「笑いごとじゃない」と、母さんは厳しく言った。

「笑ってなんかないよ」

「笑ってるわよ、あんた、しっかりしなさい」

母さんに強く身体を揺すぶられて、僕はようやく我に返った。母さんの目は鋭く、僕の砕けた心のかけらを、ひとつ残さず見つけて拾い集めようとするかのように、大きく見開かれている。白目が血走っていた。

「雅男、あんた疑われてる」

その言葉は、僕を正気に戻す呪文《じゅもん》のようなものだった。だけどその反面、戻った正気を

にわかに根こそぎかき消してしまうだけの毒も持っていた。

「ははは」と、僕は声を出した。

「笑ってる場合じゃないのよ、あんた、どうしてあれがお友達の工藤さんだってわかったの？　約束してあそこへ行ったわけじゃないんでしょ？　ねえどうなのよ？」

僕をこんなところで待たせているあいだに、母さんにはそんなことを話していたのか。

僕はがくんと口を開け、母さんを見つめた。母さんが拾い集めるそばから、僕の心のかけらがさらに小さく砕けて、母さんの指のあいだを擦り抜けて落ちてゆくのが見える。

「馬鹿なこと言ってないでよ――」

と言い切らないうちに、僕はばたんと倒れた。ばたんという音を自分で聞いたんだから間違いない。

齢《よわい》十三歳にして、卒倒の初体験。


目を覚ましたとき、僕はどこかの病室にいた。真っ白なベッドを見るまでもなく、あたりに漂う消毒薬の匂いで、すぐにそれとわかったのだ。

そして、頭の上から、妙にでっかい人影がこちらを見おろしていることにも気づいた。

すぐには、それが誰だかわからなかった。なんかすげえブスのおっさんだなぁ――などと、まだ戻り切らない意識のなかでぼんやり考えているだけだった。

でも、そのブスのおっさんが口を開いたとたんに、記憶がよみがえってきた。

「君はよく我々に厄介をかけるなあ」

そのドスのきいた声、そして煙草臭い息。

「村田警部さん！」

起きあがろうとしながら叫んだ僕を、でっかい警部さんはのしのしと押し戻し、

「田村警部だ」と訂正した。

前にも話した、夏休み中に僕と母さんを巻きこんだ尋常でない事件のとき、現場捜査の指揮をとった警部さんである。警視庁の特殊犯罪捜査班の班長さんでもある。警部というと怖いけど、班長と呼ぶと給食当番みたいで安心感がある。

「幸い、警部さんのままだってさ」と、足元のほうで別の声がした。島崎だった。あいかわらず眼鏡を光らせ、ちんまりした顔を、警部さんのでっかい顔と並べている。

夏休みの事件のことでは、この警部さんと島崎は、直接顔をあわせてはいない。だから、本当のことを言うと、この顔触れには意外な感じを抱くべきなのだけれど、今はそんな余裕などなかった。

「『幸い』とはどういう意味だね？」と警部さん。

「緒方家の事件は結局未解決でしょ？」と島崎。

「たしかに我々の黒星だったな」

「だからよかったじゃないですか、左遷されなくて」

田村警部は豪快に笑った。「なるほど」

それからギロリと目をむくと、「しかしな君、幸いにしてもう警部ではないということだってあり得るぞ」

「それはつまり昇進ということですか」

「むろん」

「あり得ないな」と島崎。「たとえあの黒星がなくてもね、現在の警察の体制内では、警部さんが警部以上になるのは難しい。実績や能力には関係なく、ね」

カカカ、と警部さんは声をあげた。「よく知ってるな、君。なるほど俺はノンキャリアだからな」

「でしょう?」

「君はなんでそんなことを知っとるの?」

「緒方君の事件のとき、週刊誌に出てました。警察組織のことは、最近は、良質な警察小説がありますのでね。中学生にもわかりますよ」

「かなわねえな。緒方君、この彼は本当に君の友達か?」

「はあ」ときどき、僕も他人のふりをしたくなることがあるけど。

「ヨロシクお願いします」島崎は澄まして警部さんに頭をさげ、僕に向かって言った。

「オレは、おばさんの許可をもらって、おばさんの代理として駆けつけたんだ」

「母さんの代理？」

「うん。おばさん、貧血だ」

「君の母上は、私と会うたびに卒倒するな」

警部さんは大きな頭をごりごりかいた。フケが飛び散ってきそうで、僕は頭をひっこめた。すると、警部さんの大きな腕が伸びてきて、ぼくの毛布をひっぱがした。

「ところでうかがうが緒方雅男君」

「はい」

「君は犯人かね？」

僕がまたあわあわし始めると、警部さんはごっつい顔を崩して笑顔をつくった。

「心配するな、誰もそんなことを考えちゃおらん」

「地元の刑事さんたちは考えてます」

「彼らは地元の不良グループに手を焼いているそうでね。今度の事件でも、とっさにそれを考えたらしい。だが、君の学校での様子がわかると、すぐに嫌疑は晴れた。安心しなさい」

僕はほうっと息をついた。そして、そのとたんに喉《のど》の奥から悲しみがせりあがってきた。自分のことに気を取られているあいだは、その悲しみにさえ無感覚になっていたこともなさけなくて、嗚咽《おえつ》には自己嫌悪の味がついていた。

警部さんと島崎は、並んで僕を見つめていた。同じひび割れかたをした大きな鏡餅《かがみもち》と小さな鏡餅のようだった。

「気の毒にな」と、警部さんが言った。「友達を失うのは辛《つら》いことだ。しかも、こんな形で」

「自分を苛《いじ》めるなよ」と言ったのは島崎だ。「僕がいっしょにいたらあんなことにはならなかったとか、思い切って虫聞きの会に誘ってみればよかったとか、さ」

「だけど、そう思っちゃうよ」

「努力して、思わないようにするんだ。それは間違ってるんだから」

僕はもうしばらく泣き続けた。警部さんも島崎も、僕を自由に泣かせてくれた。

やがて、島崎が貸してくれたハンカチで涙をぬぐい、警部さんのくれたポケットティッシュで鼻をかむと、ほんの少し、気休め程度だけれど、心が落ち着いてきた。

警部さんがくれたティッシュは、テレホンクラブの宣伝用のものだった。下手クソだけど変に色っぽい女子高生のイラストがついている。「わたしたちがお相手しまーす」と、セーラー服姿の女の子がウインクしている図柄である。

僕がそれを見てヘンな顔をしたからだろう、警部さんは急いでポケットにしまいこむと、「防犯部からのおさがりだ」と言った。「押収した証拠品の一部でね。こんなもの、一個押さえてくれれば用は足りるんだが、そうもいかなかったんだろう。段ボール箱ふたつ分あるんだ」

島崎がティッシュをのぞきこんだ。「風営法違反？」

「ブー」警部さんは実に嬉《うれ》しそうに駄目を出した。「残念でした。君にもわからんことがあるんだな。児童福祉法違反だ。未成年者をこんな色っぽい場所で働かせおって罰当たりめ」

気持ちはわかるけど、警部さんともあろう人が島崎とまじで張り合ってちゃいけないと思うけど。

「あの……」

「なんだね？」

「クドウさんの事件は、警部さんが担当するんですか？」

質問から返事まで、ちょっと間があいた。この警部さんにしては珍しいことだ。

「たぶん、そうなるだろうと思う」

いやに慎重な口振りだった。

「まだわからんがね。今夜は、事件にからんで君の名前があがっていると聞いたので飛んできたんだ」

「どうもありがとう」

「礼には及ばん。それが職務だ。それに、よくよく縁がある」

ホントだ。そしてそれは、ちょっぴり心強く嬉しいことでもある。そのことが、僕の気持ちの支えになってくれそうになった。警部さんが乗り出してくれるなら、きっと大丈夫だ。きっと犯人を捕まえてくれる。そして、何かわかれば、必ず僕に教えてくれるだろう。だから気持ちを落ち着けて、きいた。「クドウさんは、どうして殺されたんですか」

警部さんはぶっとい眉毛《まゆげ》を寄せた。「まだわからんよ」

「捜査はこれからさ」と、島崎も言う。

「そういう意味じゃないんだ。動機とかそういうことじゃ。あの……あの……」

語彙《ごい》の少ない僕に代わって、島崎が訊いてくれた。「死因は何かってことか？」

「――うん」

警部さんは渋い顔のままだった。「聞きたいかね？」

「はい」

「今聞かなくても、ニュースや新聞で報じられるよ」

「それだと嫌なんです。ショックが大きそうで辛いんだ。知ってる人の口から聞かせてほしいんです。ダメですか」

警部さんは、膝《ひざ》の上に載せた大きな手をもじもじさせながらためらっていた。その様子に、僕の不安が大きくなった。これほどためらうくらい、酷《むご》い殺されかただったのだろうか？

同じ気分だったのだろう。島崎が言った。

「警部さん、話してくれないと、悪い想像しちゃいますよ」

警部さんは言い訳口調になった。「それはわかっとるんだが、言葉を探していたんだよ」

「……そんなに、ひどいんですか」

「いやいや、違う、そうじゃない」警部さんは大きな手を振り回した。「私が言葉を探していたのはね、言おうとすることがあまりに平凡なんで、嘘っぽく聞こえるんじゃないかと思ったからなんだ」

「そんな心配ないですよ」と島崎。「緒方君は、警部さんがそんな小細工する人じゃないってわかってるから。な？」

警部さんはうむと唸《うな》った。「じゃあ、はっきり言おう。彼女は苦しまなかったろう。まだ解剖は済んでないが、検死の段階でも、それははっきり言える。彼女はただびっくりしただけだったろう。ちょっと冷たいな、ぐらいは感じたかもしれない。だがそれだけだ、誓って本当だ」

ちょっと冷たいな？

「首のうしろ――ぼんのくぼと言って、君らにわかるかな」警部さんは自分の指で、大きな頭のうしろのほうをさし示しながら言った。「そこを刺されている。キリのような、非常に鋭い凶器だ。出血もほとんどない。傷はそれだけだ。一瞬のことだったろう」

島崎が、警部さんの言うとおりだというようにうなずいている。

「頭のあちこちに、そういう急所があるんだよ。親父の友達に鍼灸《しんきゅう》の先生がいるんだけどさ、禁穴《きんけつ》って言って、絶対に針を刺しちゃいけないツボがあるんだって、話してたことがある。ぼんのくぼも、そういうツボだ」

警部さんが問いかけるように僕を見た。僕は言った。「島崎の親父さんは理髪店をやってるんですよ」

「なるほど」警部さんは自分の頭を撫《な》でた。

「久しくお世話になっとらん」

そういえば警部さん、薄い。

僕らにじろじろ頭を見られ、きまり悪くなったのか、警部さんはおほんと咳《せき》をした。

「とにかく、今現在はっきりしているのはそのことだけだ。まだまだ調べにゃならんことがある。おっつけ、君らのクラスにもうちの連中が行くだろう。辛いだろうが協力してくれよ」

クドウさんを殺した犯人を突き止めるために、クドウさん本人を洗うのだ。そのことを思い、僕が暗い顔をしたからだろう、警部さんは僕の肩にぽんと手を置き、呟《つぶや》いた。

「いい子だったようだね」

「とってもいい子でした」

喉《のど》の奥が、またしょっぱくなってきた。

「だからわからない。信じられないんです。だいいち、どうしてクドウさんが、ひとりで虫聞きの会に来てたのか。家族といっしょに行くって言ってたのに。しかもあんな――彼女らしくない格好で」

「ああいうスタイルをして、背伸びしたがるような女の子じゃなかった？」

「全然違います。彼女はそんな子じゃなかった」

警部さんは島崎の顔を見た。島崎も警部さんの顔を見あげた。そして、そろってそうっと首を横に振った。

「とにかく、今夜はひと晩ここに泊められるよ。眠れないようなら薬もくれるだろう。警察病院だからといって、ビクビクすることはないからな。君の母上も、たぶん今ごろはそうしているはずだ」

ご面倒おかけしましたと挨拶《あいさつ》して、僕は出てゆく警部さんを見送った。島崎は、送ろうという警部さんの申し出を断わって、病室に残ってくれた。

「なんなら、オレも泊めてもらおうかな」

「ありがとう。でも、心配は要らないよ」

本当に大丈夫かどうか、自分でもわからないけれど、クドウさんを殺した犯人がわかるまでは、僕は正気でいる。絶対に。

「彼女、なんであんなことになったんだろう。なんであんなものを着て、化粧までしてたんだろう」

思わず口をついて出た疑問に、島崎が静かに宥《なだ》めるように答えてくれた。

「いつか必ずわかるよ。はっきりする。だけどそれは今じゃない。今は寝ろよ」

うん、と僕はうなずき、眼を閉じた。でもその直前、島崎の顔がにわかに曇り、「嫌な予感がするな」と、独り言のように小さく呟くのを、耳の隅で聞いてしまった。

5

薬の威力というのはスゴイもので、その夜、僕は眠ってしまった。

翌朝目を覚まし、自分が病室にいるということを発見し、それがきっかけになってまるでドミノ倒しのように一連の記憶がよみがえってくると、あんなことがあったにもかかわらずオレは寝てしまったんだぞという事実に、痛烈な平手打ちをくったような気分になった。

もし、島崎がそばにいたなら、人間の生理というのはもともとそのようなものであって、それに罪悪感を覚えることは非常識であるうんぬんかんぬんとしゃべくって僕の気を楽にさせてくれたのだろうけれど、あいにく、影も形も残さず消え失せていた。きっと、僕が眠ったのを見届けて家に帰ったのだろう。

というわけで、ひとりぼっちの僕は、朝からまた少しばかり泣いた。ああ平和な朝だ、昨夜の出来事はきっと悪い夢だったのさ、なんてごまかしは、一ミリだって頭に浮かばなかった。枕元に置いたスウォッチの針は午前七時をさしており、白いカーテンごしに入りこんでくる陽ざしは明るく、今日はまた秋晴れになりそうだなという予感があったけれど、そんなもの、何の慰めにもならない。

ただ、涙は少ししか出なかった。泣きたいだけ泣こうと思うのに、ダメだった。無理にでも泣いて胸のつかえを押し流し、楽になろうと思うのに、そんなふうにすると、逆に息が切れた。

断わっておきますが、これは僕が男だからどうのという次元の問題じゃありませんよ。男だから、やっぱりいつまでもメソメソしてちゃいかんという無意識のブレーキがかかったとかいうことじゃない。

心に穴があいてるんだな、と思った。ポンプのどこかに大きな破れ目ができて、涙を吸い上げようとしてもスカスカ空回りしてる。そんな感じだ。人間て、ホントに悲しいときは、むしろこんなふうになってしまうものなのかもしれない。

本物の悲しみは、シュカシュカ空振りする心のポンプの音。傍目《はため》にはわからないし、聞こえもしない。

気持ちが静まるということはなかったけれど、しばらくじっとしていると、なんとか起き上がって、今日一日を乗りきっていくことができるだけの気力を出せそうな感じにはなってきた。そうだ、その意気だがんばれ、と自分を励まして、ナースコールのボタンを押した。いつまでもここに閉じこもっていたってしょうがない。

やってきた看護婦さんはまだ若いおねえさんで、僕の体温脈拍血圧の三点セットが健全な数値であることを確かめると、病院の朝ごはんはあんまり美味《おい》しくないだろうけど、全部食べてねと言った。

「食事が済んだら先生が診てくださいます。そこで問題がなければ家に帰れるわ」

ちょっと笑って、

「お母様もいっしょにね」と付け加えた。

「ご面倒おかけしました」

僕が頭をさげると、看護婦さんはあははと笑った。

「大人びてるのね」

お医者さんからお許しが出て、着替えを済ましたところに、母さんがやってきた。きちんとした身なりをしていたけれど、たったひと晩で、ちょっぴりやつれたように見えた。

「あの警部さんの顔を見たとたん、いろんなショックがぶり返しちゃったのよ」

照れ臭そうな顔をしている。

「無理もないよ」

「あんたは大丈夫
「あんまり大丈夫？」じゃない」

母さんはこっくりとうなずいた。なんだか、十代の女の子みたいな仕種《しぐさ》だった。

「うちに帰りましょう。今日はゆっくり休みなさいな」

それだけで、あとは何も言わなかった。お悔やみの言葉も、元気を出せという励ましも。うちの母さんて、けっこうわかってるヒトなんだと思った。


帰宅すると、父さんはおらず、家のなかは静かだった。僕と母さんがいきなり病院泊まりという事態に、父さんも充分に狼狽《ろうばい》したのだろう。めずらしく、「どうしてもはずせない用があって出かける。昼ごろ電話する」という置き手紙があった。父さんの手書きの文字なんて、さて何年ぶりに目にしただろう。じいっと見つめてしまった。

母さんは閉め切りになっていたカーテンと窓を開けた。僕は「部屋にいるよ」と声をかけて、まっすぐ自室に入った。ドアを閉め、椅子にへたりこんで、頭を机にくっつけた。

母さんが歩き回る音がする。やかんに水を入れてガスにかけた。ゴミ箱の蓋《ふた》を開け閉めした。ちょっと洗いものをした。そして――

とうとう、朝刊を取りにいった。

僕は身を堅くして待った。昨夜の零時前の出来事だ。今朝の新聞には載っていることだろう。未成年者でも、被害者の場合は氏名が出るのだろうか？　僕、それを読む準備ができているだろうか。クドウさんの名前を確認することができるだろうか。

バカみたいだけど、活字として記事に載らなければ、まだ彼女が死んだと決まったわけじゃないと思っているようなところがある。妙な話だ。こっちは現実にこの目で見てるのに、新聞よりもテレビよりもはるかに確かな経験として知っているのに、それを確認するのが怖いなんて。

毎朝、この時刻にはテレビをつけている母さんが、今朝にかぎってはそうしない。家のなかは静かなまま、ときおり、表通りを走る車の音がするだけだ。

テレビをつければ、否応無しに大騒ぎしているワイドショー番組が目に入る。それを避けるために、スイッチを入れないのだろう。わかってるヒトだ。

それでも、やっぱり新聞は読むだろう。きっと今、あの記事を読んでる——熟読してる——そして、僕の部屋のほうへ視線を投げたりしてる——きっと。

そんなふうに思っているとき、いきなり大声があがった。

「ええ？」

母さんの声だった。つまりは、新聞を読みながらあげた奇声というわけなのだろうけれど、いろいろなことを想像しながら身構えていた僕も、これにはびっくりした。なんだ、今のは？

「ねえ、雅男！　まあちゃん！」

続いて、僕を呼ぶ声がする。いい加減でちゃんづけで呼ぶのはやめてほしいと、このごろケワシイ顔で談判することの多い僕だけれど、このときばかりはそんな小さなことは気にならなかった。すぐに椅子を飛び降りながら、「なに？」と声を張りあげた。

「ちょっと来て、早く！」

仰せにしたがって部屋を出ようとしたとき、背後で僕の電話が鳴った。僕は自室に専用電話をひいてもらっているような裕福なチルドレンではないので、これはつまりホームテレホンの子機が鳴ったということだけど、とにかくすぐそばで鳴った。で、反射的にパッと後戻りして、僕は電話をとった。呼び出しベルは、一回と半分ぐらいしか鳴らなかったはずだ。

「はい、緒方です」

受話器に向かってそれだけ応える短いあいだに、島崎かな？　先生かな？　インタビューをしようというマスコミかな？　クラスメイトの誰かかな？　四つぐらいの「かな？」が僕の頭をよぎった。マスコミのことまで想定したのは余裕があるようだけど、これは、何度か言っているように夏休みのトンデモナイ経験があるからで、人間、どんなことでも場数を踏めば強くなるものだ。それがいいことか悪いことかはさておき、ね。

もとい、女の子の声だった。

「緒方くんですか？」と、電話の向こうのヒトは言った。女の声だった。

「緒方くんですか」と、女の子はもう一度言った。「もしもし？」

電話を通すと人間の声というのは変わるものだ。だけど、もとの本人の声と聞き分けられないほど変わるってことはない。別人みたいになるってことはない。

たとえその声を、電話を通して耳にするのは初めてであったとしても、誰だかわからないということはない。

「緒方くん？　もしもし聞いてますか？」

女の子の声が問いかけてくる。僕の心臓は突然独立した生き物になり、どうやら新体操の選手になろうと決心したようで、驚くべき高さに飛んだり跳ねたり、動脈をパッと離して放り上げてまたキャッチ、ジャンプして開脚――

なんてことがあるわけないけど、そんな感じで胸の奥で大騒ぎをしている。

緒方くん。聞き覚えのある声だ。

「大丈夫？　あのね、わかりますか」

女の子の声が優しく響く。

「わたしクドウです。工藤久実子《くどうくみこ》です」

僕の頭のなかで、なにかがプッンと切れた。

僕は受話器を握り締め、大口を開けてそれを見つめていた。廊下を走って、母さんがやってくる。ドアがばたんと開く。

「雅男、新聞」

右手にわしづかみにした新聞を差し出す。

「白河庭園で殺された女の子、あんたの友達じゃないみたいよ」

僕はぽかんと口を開けたままうなずいた。

「――そうらしい」

握り締めたままの受話器のなかで、島崎の声がしている。

「おーい、大丈夫か？　事情を知って、クドウさん、うちに来てくれたんだ。おまえも来れるか？　おい、大丈夫かよ？」

6

「島崎理髪店」の正面のドアには、臨時休業の札がぶらさがっていた。島崎の親父さんもオフクロさんもいない。というわけで、

「ここがいちばん静かだからさ」という島崎は、お客さん用の椅子にどっかりと腰をおろし、背もたれに寄り掛かっている。

そしてクドウさん――クウちゃんが、片隅にあるスツールに腰をおろし、大きな目をま

ん丸にして僕を見つめている。

島崎理髪店自慢のくもりひとつない大鏡によると、僕の両目もまた飛び出しそうなほど見開かれており、その視線はただただクドウさんひとりに注がれていた。島崎は、僕とも彼女とも等距離を保ち、視線の配分も五分五分にしている。ただ——ムッカシイ表現をすれば——より懸念の色が濃いのは、当然のことながら、僕に向けられた視線のほうだった。平たく言えば、僕の正気を疑っているような顔をしていたということ。

「身元確認を誤ったわけだな、早い話が」

肘掛《ひじか》けにもたれて、島崎がのんびりと言った。

「まあ、ああいう状況じゃ無理ないけどさ」

僕は何も言えない。声が出ない。

「そうなの、ホントに間違われても仕方なかったの」と、クドウさんが続ける。

「……そうなの？」

かろうじて、僕は聞き返した。クドウさんが何度もうなずく。

「白河庭園で殺されたのは、わたしの従姉《いとこ》なんだもの」

「従姉——」

「うん。森田亜紀子《もりたあきこ》って名前。今朝の新聞にもそう載ってると思うけど」

母さんの差し出していた新聞には、そう、たしかそんな名があった。

「うちの母親の、お姉さんの子供なの。うちの母とお姉さん——だからわたしからいうと伯母《おば》さんだけど——すごく顔だちが似てるの。でね、亜紀子ねえちゃんとわたしも、子供のときからそっくりだって言われてたの。ホントに似てるの」

「亜紀子ねえちゃん、か」

親しげな呼び名だった。僕は頭のなかで漠然とそれを繰り返した。

クドウさんは生きてた。殺されたのは彼女じゃなかった。その事実が頭にしみこんでくるにつれ、僕は急速に落ち着きを取り戻していた。自分でもそれがよくわかった。目尻《めじり》がピクピクひきつっていたのがとまった。膝《ひざ》がガクガクしなくなった。

だからだと思う。亜紀子ねえちゃんという親しい呼びかたをしているわりには、クドウさんは、彼女があんな殺されかたをした翌朝だというのに、それほど大きなショックを受けているように見えない——なんてことにまで頭がまわったのは。

僕がそれを口に出すと、クドウさんはほんの少しうしろめたそうな目をした。そのとたん、僕は舌を噛《か》み切りたくなった。

「もう七年ぐらい会ってないかなあ」と、小さく呟《つぶや》くように言った。「年齢《とし》も離れてるし。亜紀子ねえちゃんは今年二十歳《はたち》になるの。小《ちっ》ちゃいときはよく遊んでもらったんだけど、亜紀子ねえちゃんが中学に入るころぐらいから、ほとんど行き来がなくなっちゃって。おねえちゃんだけじゃないの。森田さんの家《うち》と付き合いがなくなっちゃったのね」

「親戚《しんせき》のあいだって、いろいろ面倒だからな」と、島崎が言った。「工藤さんの伯母さん、つまり森田さん一家は、千葉市に住んでるんだってさ」

「方角も、おじいちゃんおばあちゃんところと正反対だし、それもあって――」

「実家と離れるとなあ」と、島崎。

そうそう、白河庭園の虫聞きに、おじいちゃんおばあちゃんがわざわざ立川からやってくる、と言っていたっけ。たしかに正反対だ――と思って、僕は大事なことを思い出した。

「そうだよ、僕があわてて勘違いしたのも、クドウさんが土曜日は家族と白河庭園へ行くって言ってたからなんだ」

自分のそそっかしさを棚に上げているように聞こえると嫌なので、この部分は早口で言った。

「昨夜《ゆうべ》どうしたの？　来なかったの？　それとも、その従姉の亜紀子さんとかといっしょにいたの？」

クドウさんは、ちょっとくたびれたような顔をした。「それがね、大変だったの」

彼女たちの家を訪ね、いっしょに虫聞きに出かけるはずだったおじいちゃんが、急に具合が悪くなったのだという。

「夕方電話がかかってきたの。胸が苦しいって。うちのおじいちゃん心臓が悪いのよ。前に一度救急車で運ばれて、ホントに危なかったことがあったの。だからびっくりして、うちじゅうで飛んでいったの」

　心臓発作となれば、万が一ということもあり得る。あわてるのが当然だ。

「あわてたから戸締まりとか心配でね、急いでお隣にだけ事情を話してお願いして、みんなで出かけたの。だからあとになって――白河庭園でわたしが殺されたらしいとかいう騒ぎになってるってことも、なかなかわからなくて。まず警察がうちに来て、お隣のおばさんがびっくりして、おじいちゃんとこの電話番号を警察が調べて連絡してきてくれたんだけど、ほら、うちはみんなで救急病院へ行ってたからつかまらなくて、とうとう病院にパトカーが来て、それで話を聞いてもうびっくり。おじいちゃんの容体はもう落ち着いてたからよかったけど、久実子ならここにいますよって、みんなで仰天！」

　クドウさんは目をぱちぱちさせている。気を悪くしているふうはなく、本当にびっくりしたという表情なので、余計に申し訳なかった。

　恥じ入る僕の顔に、今度はクドウさんが気を遣った。

「あの、でもね、そんなに大騒ぎにはならなかったよ」と、あわてて続けた。「本当に驚いたのは殺されたのが亜紀子ねえちゃんだってわかったとき」

「そりゃそうだろうな、うん」と、フォローの島崎。「亜紀子ねえちゃんが白河庭園に来るってことは知ってたの？」

　クドウさんは強くかぶりを振った。「ぜんぜん！　だって約束も何もなかったもの。それに、さっきも言ったけど行き来がなくなってたから、亜紀子ねえちゃんがひとりでうちへ遊びに来るなんてことも考えられなかったし。伯母さんが来るならまだわかるけど」

「伯母さんだったら、クドウさんのお母さんと約束して来るだろうしね？」

「うん、そう。森田さんとこと行き来はないけど、うちのお母さんと伯母さんだけは仲いいの」

「姉妹《きょうだい》ってのはそうだよね。うちのおふくろもそうだもの。妹と仲いいぜ」

「ホント？　やっぱりね。島崎くんとこの叔母《おば》さんは、やっぱり床屋さん？」

「それがね、美容院やってんだよ。意外性のない姉妹だろ？」

クドウさんがあははと笑った。バイオリズムが最低ラインを記録しているのは僕ひとりだけだ。

自然、自分自身と対話することになる。それに、この疑問が解決しないことには僕の気持ちはおさまりそうになかった。

「……どうして間違ったんだろう」

声に出しての自問自答に、ふたりが揃ってこちらに目を向けた。注目してくれるのはいいけど、揃ってするなよ、揃って。

「わたしと亜紀子ねえちゃん、よく似てるもの」と、クドウさんが慰めるように言った。

「昔の写真見ると、わたしの友達も間違ったりするのよ」

だけどクドウさん、その言い方だと、僕はキミの友達じゃないわけね――と、ひたすらひがみっぽくなる僕。

「身長が違うんだってさ」と、島崎が引き取った。「亜紀子さんのほうがクドウさんより十センチくらい高い。だけど、おまえが見たときは、もう亜紀子さんの身体は地面に寝かされてる状態だったわけだろ？　それだと、十センチくらいの身長差はわからないもんな」

なるほど、なるほど、鋭い指摘だ。クドウさんも感心したような目で島崎を見あげている。

僕は心のなかで言った。そうだよ。地面に寝かされてたから身長の違いに気づかなかった。そして瞼《まぶた》を閉じてたから、余計にわからなかったんだよ。もし彼女が目を開いてたらさ、けっして間違えなかった。オレがさ、すっごく可愛いと思ってるさ、キミのさ、そのちょっと斜視な瞳《ひとみ》ね、それを見間違えるはずないもんな。

でも、そんな言い訳してみたって始まらない。

「ただ、それでも――」言いかけて、島崎は口をつぐんだ。余計なことだ、とでもいうように、ちょっと肩をすくめた。「とにかく、気に病むなって」

「……化粧をしてたよ」と、僕は呟《つぶや》いた。呟きというより、怨念《おんねん》の声みたいに聞こえたかもしれないけどね。

「服装も、クドウさんだったら絶対着ないようなものだった。それなのにオレは間違えた」

「私服で会ったことないもの」と、クドウさんがとりなす。そうか、町でばったり会ったときのことは忘れちゃってるわけね。

「わりと派手目なものを着てたらしいね」島崎が、探りをいれるような慎重な口調で言った。「亜紀子ねえちゃんは大学生？」

「ううん」クドウさんは首を振り、言いにくそうに言葉を探している。島崎が、「亜紀子ねえちゃん」と呼んでいることを気にする様子はない。

「高校中退して……」

「ははあ」

「家のなかいろいろ揉《も》めててね」

「お定まりのコースかな」

「そうなのかなあ。最初はなんか、メイクアップの学校へ行くとかいろいろ言ってたんだけど、結局どうなったのかわかんないの。アルバイトしてるって話は聞いてたけど。うちのお母さんも気にしてたみたい」

「姪《めい》っ子のことだもんな。亜紀子さんて、ひとりっ子？」

「長女で、下に弟がひとり。だけど……」クドウさんはちょっと間を置き、声を小さくした。「お父さんが違うの」

島崎がそっくりかえっていた椅子から身体を起こした。「キミんちの伯母さんは、再婚？」

「ううん、違う」

「てことは――」

「未婚の母だったんだ」

今日日《きょうび》、それほど驚くべき事実でもない。どの家にも、その家の秘密というのはあるもんだしね。うちにだって、大きいのがあったよ。

「それじゃ、たいへんだったかな」

同情顔の島崎に、クドウさんはうなずいた。「血のつながったお父さんはお父さんで、別にいるのよ」

「つまり、認知はしたってこと？」

「そうなのかな。うん、そんなようなこと、お母さんが言ってたことがある。あれじゃ、かえって亜紀子ちゃん可哀相かもしれないって」

腕組みして考え込む島崎。見つめるクドウさん。部外者の僕。

島崎理髪店の大鏡に、根性の曲がった、肝っ玉の小さい、了見の狭い僕の顔が映っている。

（おい、よく考えろよ。クドウさんは生きていたんだぞ。すべては間違いで、彼女はピンピンしてた。手放しで喜ぶべきことだ）

心のなかで声に出して、僕は自分を怒鳴りつけた。

（それなのに、おまえときたらさっきから、島崎と比べて自分はそそっかしいとか、これでクドウさんになんて思われるだろうとか、島崎も少しは気をきかせてくれればいいとか、そんなことばっかり考えてるじゃないか）

だけど考えてしまうのだ。人間なんて現金なものだ。

（それじゃなにか、おまえ、クドウさんが死んでたほうがよかったとでもいうのか？）

心のなかの詰問に、僕は震えあがって首を振った。「とんでもない！」

「え？」

クドウさんと島崎が、またまたそろってこちらを見た。ふたりの目を見返して、僕は情けない笑みを浮かべた。

「なんでもないよ、独り言」

そしてようやく、退場間際のぎりぎりに、本来なら真っ先に言うべきだった台詞《せりふ》、いちばん言いたかった言葉を口にした。

「だけどクドウさん、無事でよかったよ」

どうもありがとうと、彼女は言った。にっこり笑ってくれたけど、そのあとでちらりと島崎にも笑みを分けた。

僕はかえって傷ついた。贅沢《ぜいたく》かもしれないけど、これは本音です。

こうして、白河庭園での「殺人事件」は僕たちの手元から離れ、手近にあるのはクラスメイトのクドウさんの従姉《いとこ》の「死」という事実だけになった。「殺人」の部分は「警察」「マスコミ」という公のものが引き取っていってしまったからだ。

とは言っても町内はこの話でもちきりだったし、テレビでも週刊誌でも新聞でも騒いでいた。見慣れた白河庭園や、庭園の近所の町並みがテレビに映し出されると、なんだか知らない町のようでおかしかった。隣のクラスの男子生徒がふたり、レポーターのうしろでVサインを出しているところをばっちり映され（というより好んで映ったわけだけど）、ばっちりお仕置きをくらった。写真雑誌のカメラマンが近所に張り込んで、煙草の吸いがらをたくさん落としていくので迷惑だとか、借りた電話で長話して礼ひとつ言わなかったとか、いろいろトゲトゲした話も耳に入ってきた。

事件の翌日、島崎理髪店が休んでいたのは、島崎の親父さんとオフクロさんが、それぞれ町会の副会長と婦人部の連絡委員という要職についているからであって、けっして野次馬根性が旺盛《おうせい》であるからではない、という事実も判明した。現場である白河庭園を擁する白河町会を始めとして、この地区の通称「六《むい》か町」は、深川の通り魔事件以来の血生臭い大事件に、地域ぐるみで防犯体制そのものの見直しをはからねばならないのではないかという議論を始めていた。

虫聞きの会は、むろん、事件当夜だけでお開きになった。白河庭園も、当然閉鎖中。いつごろまでその状態であるか、ちょっとわからないという噂だった。おひろめ場所を失ったたくさんの灯籠《とうろう》は、とりあえず区民センターのなかのホールに移動され、一週間ほどは展示されることになった。

その一週間のあいだに、森田亜紀子さんのお葬式があった。

さしでがましいかもしれないと、ずいぶん迷った。でも結局、クドウさんを通じて許可をもらって、僕はお葬式に参列させてもらった。もちろん島崎抜きの、ひとりでね。こればかりは、僕にとってひとりで行くことに意味がある。

クドウさん一家は、僕の気持ちを有り難いことだと受け取ってくれた。でも、ささやかな祭壇——本当に小さい、そして花も少ない——の前にうなだれる森田家の人たちがどう思っているかということは、最後までわからなかった。

森田家は、千葉駅から歩いて五分ほどの町中にあった。三階建ての灰色の防火壁の立派な家だ。門扉は外国映画に出てくるお屋敷を思わせるような優雅な形で、「犬」のマークが貼ってあると思ったら、出棺のとき、たぶん亜紀子さんの弟であろう高校生ぐらいの少年が、毛並みのつやつやかなシベリアン・ハスキーを一頭、革紐《かわひも》で引いてきた。

亜紀子さんの遺影は笑っていたけれど、顔が斜めを向いていた。祭壇の上に並んでうなだれる遺族の面々からも目をそむけているように見える。同時に、突然、それもあんな酷《むご》い形で亡くなった若い女の子の葬儀にしては、あまりにも数の少ない会葬者の列に対しても、目を向けないでいようとしているかのようだった。

僕はひどく寒かった。クドウさんの姿が近くに見えるのに、場所柄と立場の違いで、声をかけられないでいる寂しさのせいかと思ったけれど、それだけでもないようだった。

これまで、誰か人の死に立ち会って、悲しい思いをしたことがないわけじゃない。だけど、これほど骨身にしみて寒いのは初めてだった。

会葬者の顔触れを盗むようにして観察してみる。亜紀子さんと同年代の男女はほとんどいない。いるのは、彼女の両親の年代の人びとと、彼女の弟の年代の少年たちばかりだ。

森田亜紀子はとても寂しい人だった。

彼女の家庭環境の複雑さは、明らかに、彼女の人生に影を落としていたようだった。さすがにげっそりとして肩を落としている喪服姿の彼女の母親。なるほど、面ざしがそっくりだ（ついでながら、クドウさんとクドウさんのお母さんもよく似ている。紹介されないうちからわかった）。本当に悲しんでいるのは、この人だけのように見える。気の毒だけど、そう見える。

葬儀のあいだじゅう、終始放心したような顔をしていて、こっそりあくびなんかもしていて、出棺のときの挨拶《あいさつ》では書いたものを読みながら何度も間違った、彼女の父親。いや養父というべきかな。血のつながった父親らしい年代の男性は、気をつけて探してみたけれど見当がつかなかった。そして、会葬者のなかに友達の顔を見つけたのか、お坊さんがお経を読んでいるあいだに、一度、目立たないようにではあったけれど、手をあげて誰かに合図を送った弟。

そして、剝製《はくせい》みたいに立派な毛並みのシベリアン・ハスキー。

森田亜紀子さんの家は、ほんとにここだったんだろうか？

あらぬことを考えながらぼうっとしていると、うしろから肩を叩《たた》かれた。振り向くと、田村警部の物凄《ものすご》い顔が、喪服の海のなかからどかんと飛び出してきた。

「優しいね」と、警部さんは言った。「わざわざ焼香に来たんだね」

「警部さんこそ」

警部さんは小鼻をぴくぴく動かした。「被害者の葬儀には、できるだけ出るようにしてる」

「気持ちを固めるんですか？」

「そう。犯人は必ず捕まえますからな、と約束するんだよ」

警部さんの言葉が、警部さんらしくもなくしみじみとしていたからだろうか。僕は思わず、なんの深い考えもなく、頭に浮かんだことをパッと口に出していた。

「捜査のほう、どうですか？　警部さん、僕にもなにか手伝えることないですか？　何かやらせてもらえないですか？」

警部さんは目をむいて僕を見おろした。僕自身、言ってしまってから自分でびっくりしていた。いったい何を言い出したんだ、オレは。

だけど本気だった。本当に何か手伝いたかった。そのときの僕の心に吹いていた寂しい風は、必ずしも亜紀子さんのためだけのものではなかったけれど、寂しい風が彼女への共感を生んだことは事実だった。森田亜紀子さんのために何かしてあげたいという気持ちに嘘はなかった。神様もそれはご存じだったと思う。

だからこそ、あとあと、僕はとんでもない出来事を招き寄せることになるのだ。僕自身、夢にも思ったことがなかったような出来事を。

7

田村警部から僕の家に電話がかかってきたのは、亜紀子さんの葬儀から一週間ほどたったころのことだった。

「明日、私は君たちの学校の近くへハンバーガーを食いに行こうと思うんだがね」

「はあ？」

いい店を教えてくれというんだろうか。

「マクドナルドもロッテリアもありますけど、それより、地元のパン屋さんがやってる『ボブおじさんの店』ってとこのがおいしいですよ」

するとと警部さんは、電話の向こうでうーんと唸《うな》った。

「君らもハンバーガー食わんかね」

「――好きですけど」

「ごちそうするから」えへん、と咳《せき》ばらいして、「君のガールフレンドといっしょにどうかね？　グループ・デートと洒落《しゃれ》こもうじゃないか」

ガールフレンドってことは、クドウさんのことか。なあんだ、そういうことか。

「部活のあとなら、時間はとれますけど」

「そうか、それは助かる」

「それって要するに、警部がクドウさんと会うとき、僕に立ち会ってほしいってことですか？」

「うむ。私は恥ずかしがりやだからな」

よく言うよ。

「君らは立ち会うの、嫌かね？」

そんなことはない。むしろ、彼女といっしょにいてあげたい。だけど、なぜ警部さんがそんなことをするのかがわからなかった。

「そのこと、クドウさんは承知してるんですか？」

「もちろんだとも。君らにいてもらいたいというのは、彼女の希望だ」

僕は、耳がぽっと熱くなるのを感じた。嬉《うれ》しい。

「でも、クドウさん、亜紀子さんのことじゃ、ほとんど何も話すことないと思うけどなぁ。付き合いがなかったたって言ってたもの」

「それなんだがね」少し声をひそめて、警部さんは言った。「我々も何度か工藤家を訪ねて、ご家族の皆さんからいろいろと話をきかせてもらってきた。その様子では、たしかに、あの家の人たちは、殺された亜紀子嬢とは疎遠で、このごろの彼女の暮らしぶりや交友関係については、ほとんどわからないようだ。ただ……」

「ただ？」

問い返しながら、僕はぎゅっと受話器を握り締めた。「ただ」という接続詞はコワい。あとについてくる言葉で、それまでの話が全部ひっくりかえってしまうからだ。たとえば作文。提出したものが戻されてくる。赤ペンで先生の講評が書きこんである。最初のほうの二行ばかりで褒めてある。僕は喜ぶ。ところが、三行めの頭の「ただ――」以降の文章で、コテンパンに叱られている。僕は落ちこむ、という具合だ。まことに、ただより怖いものはない。

「君のガールフレンドには、従姉《いとこ》の亜紀子嬢のことで、何やら知っていることがあるような様子が見受けられた」

田村警部さんは、ときどき、台詞《せりふ》が時代劇調になります。

「それがどうやら、両親や身内の前では言いにくいことであるような様子もまた察せられたのでな」

そこで、工藤家から帰るときに、クドウさんだけに、そっと水を向けてみたのだそうだ。

すると彼女、話したいことはあるけれど、それが重要なことであるかどうかは自信がない、それに、ひとりでは心細いと言ったのだそうだ。

「で、僕の出番――」

「そういうことだ」

努めて落ち着いた声を出したつもりだったけど、僕は有頂天だった。

「わかりました、引き受けます」

「ありがたい」

時間と場所を打ち合わせているうちに、胸がどきどきしてきた。警部さんは、僕がこれまでに何度もクドウさんとハンバーガー屋に行ったりしてるに決まってると考えているのだろうけれど、とんでもない、そんなことはこれが初めてなのだ。

「警部さんの部下は、怖い人じゃないでしょうね？」

「それは大丈夫だ。私と同じように優しい」

むむむ。

「では、明日の五時に。君らの帰りが遅くなるといけないので、三十分程度の話ですますつもりだ。なんなら、覆面パトで送ろう」

「いいですよ。いつもそれぐらいの時間に帰るんだから」

「道草はあまり感心できんのだがな」

ランドセルに黄色い帽子のヒヨコじゃあるまいし。

挨拶《あいさつ》して電話を切ろうとしたとき、警部さんが追いかけるようにして言った。「そうそう、島崎君には君から伝えてくれよ」

「島崎に？　なんで？」

「なんでって、彼もいっしょだろう？　君らはB&Bみたいなもんだ」

「B&Bって？」

「知らんのか。昔売れに売れてた漫才コンビなんだがな。まあいい。工藤さんに聞いたんだよ、君らはふたりひと組の、本当にいいコンビだってな」

僕は黙っていた。

そうか、そういうことか。クドウさんは立ち会い人として僕を指名したのではなく、「僕と島崎」というコンビを指名したんだ。だからさっきから警部さんも、「君ら」と言っていたんだ。

僕はちょっとクサッた。一ヵ月間冷蔵庫に入れっぱなしにされていた牛乳くらいに腐った。でも、牛乳はクサッてもヨーグルトになるからね。立ち直りは早かった。

クドウさんとのことは、まだまだこれからだ。時間をかけて、僕個人の価値っていうか魅力っていうかそういうものを知ってもらえばいいわけだ。

だけど、警部さんからの電話を切ったそのあと、島崎にかけてみたら、

「さっきクドウさんから電話があって、話は聞いてるよ。ボブの店だって?」と言われたときには、日向《ひなた》に三日間放りだされていた鯖《さば》の切り身ぐらいにクサッてしまった。

その晩の僕に触ると、みんなジンマシンになったぞ、きっと。

ボブおじさんの店は、お客の顔を見てからハンバーグを焼き、ポテトを揚げる。つくり置きしない主義だ。だからいつもできたて熱々で美味《おい》しいのだけれど、できあがってくるまで五分から七分、混んでいるときには十分近くかかってしまう。これだけタイムラグがあると、部活で走り回ったあとの飢える中学生軍団は、我慢しきれずにトレイを飲みこみテーブルを噛《か》み砕いてしまう。それは不幸だということで、中学生軍団は、土曜日の午後でもないかぎりこの店を敬遠する。したがって、偶然のチョイスではあるけれど、人目にたちたくない警部さんとの会見にこの店を選んだのは正解だった。

妙な意識過剰になってしまって、昼間のあいだは、僕とクドウさんは、この会見のこと

では何も話をしなかった。島崎も、これといって変わった様子は見せなかった。

そして今、田村警部さんと警部さんの部下に向き合い、僕と島崎にはさまれて座ったクドウさんの顔は、心なしか青ざめていた。ハンバーガーが運ばれてくるあいだは、とりとめのない雑談ばかりしていたのに、ちっともリラックスした笑顔を見せない。ふだんから色じろの娘《こ》だから、貧血でも起こしたみたいに見える。

「そう緊張しないで」と、警部さんが言った。「知ってるかもしれないが、私と緒方君はなかなか縁のある間柄でね。まあポン友《ユー》みたいなもんなのだ」

「ポン友？」とクドウさんが問い返し、警部さんの脇で、警部さんの部下が笑った。

「今の中学生に、ポン友なんて言葉、通じないですよ」

驚いたことに——というとフェミニスト団体に叱られちゃうかもしれないけど——警部さんの部下は女性だった。美人ではないけれど、愛敬《あいきよう》のある丸い目と鼻を持っていた。笑うと、すごく親しみやすい笑いじわができた。名前は金指栗子《かなさしくりこ》。小説の登場人物の名前だとするとめちゃくちゃリアリティがないけれど、栗の木のある家で、栗の実がなるころ生まれたのでそういう名前がつけられたのだそうだ。クドウさんの呼び名がクウちゃんだと知ると、

「あたしの呼び名はクリちゃんだったわ」と言った。「今は刑事《デカ》部屋で『カナグリ！』って呼ばれてるけど」

事件となると、女性らしい姿をカナグリ捨ててしまうからだそうだ。ホントかね。けっこう、いいセンスのスーツを着てるよ。

運ばれてきたチーズバーガーに真っ先に手をつけたのはカナグリさんだった。

「食べましょ、熱いうちに」と言うなり、さっさと包み紙を開き、パクリとやった。そして口元のケチャップを指先でぬぐいながら、クドウさんに言った。

「もし話しにくいことなら、今日はやめにしてもいいのよ。こうしてお近付きになっておけば、いつでも電話一本で話せるし、会うこともできる。それぐらいに考えてね」

警部さんをそっちのけで、どんどん話す。警部さんもそれを認めているのか、ハンバーガーだけに集中している。

「話しにくいっていうか……」クドウさんは、困ったような顔で指先をもじもじさせている。「最初に警部さんとお話ししたときは大事なことのような気がしたんですけど、今こうやってみると、そんなに大したことでもないように思えてきて」

「あら、そんなの誰でもそうよ」レタスを食いちぎりながら、カナグリさんが言った。「それが普通の反応。逆に、頭に血がのぼりっぱなしで、『すごい事実を私だけが知ってるんです』なんて言ってくる人のほうが、案外単純な記憶違いをしてたりするの。ひどいときなんか、あることを目撃した日にちを、丸一年勘違いしてたりして、ね」

「目撃者の証言ほどあてにならないものはないですからね」チキンバーガーを頬ばりなが

ら、島崎。「とりわけ、自己顕示欲や捜査の役に立ちたいという願望の強すぎる証人の場合は厄介だ」

カナグリさんはむふふというような含み笑いをした。「君って、ベイカー街のネズミくんみたいね」

「なんです、それ」

「シャーロック・ホームズの家の屋根裏に住んでたネズミ。門前の小僧習わぬ経を読むってことわざ、あるでしょ？　ホームズの推理を、いつも屋根裏で聞いて勉強してて、自分も名探偵になっちゃうの」

僕はちらりと島崎を横目で見た。彼は涼しい顔でハンバーガーを頰ばっている。クドウさんが、やっと、ちょこっとだけほほ笑んだ。

「そのネズミ、可愛い」と言った。いっしょに笑おうと思った僕は、そこで顔が引きつった。可愛い、ね。なるほど。

カナグリさんが島崎のコナマイキな口振りをどう思ったかはわからないけれど、それがクドウさんの口元をほころばせたことについては大いに評価しているらしく、

「ホント、可愛いネズミよね」と言った。

クドウさんはもともとすごくしっかりした性格の娘だから、こういう席を持った以上、土壇場になってメソメソして何も話せないなんてことがあるわけはない。ずっと手付かず

でおいておいたミルクシェイクをひと口飲むと、心を決めたのかぐっと顎《あご》を引き締めて、口を開いた。

「亜紀子ねえちゃんのことで、お話ししたいっていうのは、お姉ちゃんがお金に困ってたらしいってことなんです」

僕も島崎も警部さんもカナグリさんも、いっせいに口を動かすのをやめて彼女に注目した。視線を浴びてクドウさんは少しひるんだけれど、カナグリさんが励ますようにうなずいてみせると、ちょっと目を伏せて言葉を続けた。

「亜紀子ねえちゃんの家——森田さんの家とわたしの家は、お姉ちゃんがまだ小学生のころからだんだん行き来がなくなってきて、このごろはもうすっかり疎遠になってました。ソエンって、そういう意味ですよね？」

「ええ、そうよ」とカナグリさん。

「どうしてそうなったかっていうと、森田の伯父さん——亜紀子ねえちゃんのお父さんと、おじいちゃんおばあちゃんがうまくいかなかったからなんです。コレという理由はないんですけど、なんか気があわないみたいで。森田の伯父さんがいばり屋だから……って、うちのお母さんは言うけど、それで十年ぐらい前に大喧嘩《おおげんか》して、すっかりソエンになっちゃって。それまでは、ゆくゆくは森田さん一家が立川に移って、おじいちゃんおばあちゃんと一緒に住むって話までしてたんですけど。……あの、わたしの話、まわりくどいですか？」

「いやいや、よくわかるよ」上着のポケットから煙草を取り出しながら、警部さんが言った。

「うちと森田さんところも、そういう感じで、年賀状のやりとりぐらいしかしないようになりました。森田の伯父さんは法事にもこないくらいだし。伯母さんは来ますけどね、うちの母と仲がいいから。こういうような話も、わたしはみんな母から聞いたんです」

結婚してそれぞれに家庭を持ち、離れ離れになっても、姉妹というのは案外仲がいいものだという話をしたことを、僕は思い出した。それにしても、自分の旦那《だんな》さんと両親とのあいだに入って、亜紀子さんのお母さんは、ずいぶんと気苦労が多いことだろう。

「そんな感じだから」ため息をひとつついて、クドウさんは続けた。「わたしも、亜紀子ねえちゃんに遊んでもらったりしたのは、うんと小さいころだけでした。あとはずっと、お母さんを通して伯母さんやお姉ちゃんがどうしてるこうしてるって話を聞いてただけだし、それも、これと言って気にして聞かないとならないようなものじゃありませんでした。森田さんの家のほうでも、同じような感じだったんじゃないかと思います」

クドウさんは少し寂しそうな目をした。

「わたしは一人っ子だし、亜紀子ねえちゃんは——森田の伯父さんとは血がつながってなくて、いろいろつまらない思いもしてるような話を聞いていたし、仲よくできると楽しいだろうと思ったこともあるけど、そんなことは全然ムリでした」

もう少し大人になると、こういう言葉のあとに、肩をすくめるような仕種《しぐさ》がくっついてくるのだろうけど、今のクドウさんは、ミルクシェイクのコップを持ちあげて、口をつけないまままたテーブルの上に戻しただけだった。

「そういう感じで、わたしと亜紀子ねえちゃんは全然べつの暮らしをしてきました。亜紀子ねえちゃんが十六歳で高校を中退したってことも、わたしはずっと知りませんでした。中退したのは四年前のことだから、そのときはわたしまだそんな話題に興味なかったし、うちのお母さんもわざわざ話す必要ないと思ってたみたい。それぐらいの間柄だったんです」

ところが、今から一年ほど前に、亜紀子ねえちゃんから、いきなり名指しでクドウさんに電話がかかってきたのだという。

「最初はうちのお母さんが出て、『亜紀子ちゃんがあんたにって』って、取り次いでくれたんです。お母さんもびっくりしてたし、わたしもなんだろうと思いました」

話を聞いてみると、

「コンサートに行かないかっていうお誘いだったんです。『ジッタリン・ジン』てバンドのライブだったんですけど」

「ジッタ――何？」

「ジッタリン・ジン」僕とクドウさん、そして、日ごろはポップ音楽には興味なしという顔をしている島崎までもが口をそろえて復唱した。

「『イカ天』から出てきたバンドだろ?」と島崎。

「イカ天てのは何だね?」

「バンド専門の公開オーディション番組みたいなもんですよ」と、カナグリさんが言った。「深夜番組だったわよね? わたしもたまに観たことあった。もう三年か四年昔のことじゃないかしら」

警部さんがちっこい目を見開いた。「三、四年前の深夜番組って、じゃあ君ら三人は、まだ十歳か九歳のころに、もうそんなものを観てたのかね?」

僕ら三人は、また唱和した。「ビデオに録《と》ってたんです」

「あのころ、大人気だったから」と、僕は説明した。「みんなそうしてましたよ」

「まあいい。続けて」警部さんは大きな顎をごつい手で支えて頬杖《ほおづえ》をついた。「勉強になる」

話がそれてしまったので、クドウさんはちょっと考えた。「えっと、ジッタリン・ジンでしたよね。そうそう、わたし、そのバンドの『プレゼント』って歌が好きだったんです。で、その電話で亜紀子ねえちゃんは、叔母《おば》さんがうちの久実子がジッタリン・ジンが好きだって言ってたのを聞いたので、チケットが手に入ったらクミちゃんを誘ってあげようと思ってたって言ったんです。二人で行こうよって」

当時のクドウさんはまだ小学六年生である。ライブ・コンサートへ出かけるには、ちょいと若すぎる。

「わたし、うちのお母さんと、高校生になるまでは、子供だけでライブとかコンサートには絶対に行かないって約束してます。けど、そのときは亜紀子ねえちゃんのお誘いだったからどうかなと思って、電話を保留にしておいて、お母さんに訊いてみました」

クドウさんのお母さんは、「感心できないね」と答えたそうだ。

「わたしも……ホント言うと、これがもし『聖飢魔《せいきま》II』とか『たま』とかだったらどうしても行きたかったけど、ジッタリン・ジンは、『プレゼント』って歌一曲がすごくすごく好きだっただけで、アルバムを聴いたことなかったし、そんなに残念でもなかったんです。ライブ・コンサートには行ってみたいなって興味あったけど、お母さんと喧嘩してまで行きたいって気分では、そのときはなかったんです」クドウさんは、ちらっと舌を出して言った。

「そのうち、家出したってへっちゃらで行くようになるわよ」と、夢見るような目つきになって、カナグリさんが言った。「あたし、『イーグルス』来日のときがそうだった。寝袋持って、前の晩から武道館に並んだもんね」

「また話がそれる」と、田村警部が唸《うな》った。

「失礼しました。だけど、警部は並びませんでした？　玉川勝太郎とか」

警部はえへんと言った。「私はビートルズ来日のときに空港の警備にあたったんだぞ」

これには、残り四人がいっせいに声をあげた。

「ホントに？」

「本当だとも」と、警部さんはちょっと胸を張った。「で、あれ以来、洋楽には近づくまいと決めた」

「まあいいや」と、島崎。「話を戻しましょう。一年前のそういうお誘いを、クドウさんは断わった、と。で？」

「それでね、実は、そのとき初めてお母さんに教えてもらったの。亜紀子ねえちゃん、高校を一年で中退しちゃってるんだよって。そんなことあんたに言ってもわからないだろうから黙ってたけど、亜紀子ちゃんいろいろたいへんらしいって」

あんたをコンサートに誘ってくるなんて、亜紀子ちゃんも寂しいんだろうと、クドウさんのお母さんは言ったそうだ。

「だから、コンサートのお誘いは断わったけど、そのうち遊びにおいでって、うちのお母さんが言ったんです。そしたらお姉ちゃん、はあいなんて返事してたって」

ところが、それから数日後、また亜紀子さんから電話がかかってきた。

「たまたまわたしがひとりで留守番してるときでした。そしたら亜紀子ねえちゃん――」

(ああ、よかった、クミちゃんが直接出てくれるまで何度もかけなおそうと思ってたんだけど)

(どうしてですか?)

(相談があるんだ。ねえ、このあいだのジッタリン・ジンのライブのこと覚えてる?)

(……はい)

(あれね、あたしも行かれなくなっちゃったの。でさあ、クミちゃん、お父さんやお母さんには内緒で、そのチケット買ってくれない? 一枚二千円でいいよ)

(そんなお金持ってないから……)

(お年玉とか貯めてるでしょう?)

(ライブは行かれないから)

(チケットなんか、学校で売ればいいじゃない。ねえ、お願いよ。今度、お姉ちゃんがお金持ってるとき、好きなもの買ってあげるからさ。モチロン、お母さんたちには絶対ヒミツで)

カナグリさんが、顔をしかめた。「嫌な感じの話ね。十九の娘が、十二歳の女の子にたかったというわけ?」

クドウさんが急いで言った。「そんなにしつこくはなかったけど。わたしが、とにかく駄目だし、そういうことはうちでは絶対内緒にしとけないからって言ったら、すぐに電話切っちゃった」

「不満そうだった？」と訊いたのは島崎だ。「機嫌悪い感じでガチャン！　とやられたの？」

「そうでもなかったけど、また今度ねって」

僕もこれには、少しばかり胸が悪くなった。冷めてしまった天ぷらの衣を食べたときみたい。ねちょっとしてる。

「そのこと、お母さんに話した？」と、僕は訊いた。

「話さなかった。なんか、言いにくくて。お母さんが怒るだろうってことはわかってたし」

うん、その気持ちはわかる。

「で、それっきりかい？」

田村警部さんの質問に、クドウさんは少しためらってから、首を横に振った。

「今年の夏休みに入ったばっかりのころですけど、亜紀子ねえちゃんからもう一度電話がかかってきたんです」

今度は、露骨な借金の申し込みだったという。

「いくら貸せと言ってきたの？」と、カナグリさんが訊いた。

「――五万円です」

「断わったんでしょうね？」

クドウさんはうなずいた。「そんなお金ないですから。亜紀子ねえちゃんは、また、お年玉貯めてるだろうからそれぐらいすぐ出せるでしょうって言ってたけど、わたしのお金はお母さんが貯金してるから、そんなの絶対無理なんです。一生懸命それを話したら、やっとあきらめてくれたみたいだったけど、電話を切ったあと、わたし、ちょっと震えちゃいました。それで、亜紀子ねえちゃんと話をしたのも、それが最後になりました」

「その後は電話、かかってこなかったのね？」

クドウさんは、嫌なことを思い出したのか、ちょっと目をつぶり、そのままうなずいた。

「はい、それきりでした。あたしが貸さなかったお金、お姉ちゃんがどうやって都合をつけたのかは、わからないけど……」

警部さんは、目立っちゃって嫌だと断る僕たちを、予定より遅くなったからと言って、覆面パトカーに押しこみ、クドウさん、島崎、僕の順で家まで送ってくれた。

クドウさんをおろし、後部座席の乗客が僕と島崎のふたりになったとき、助手席に乗った警部さんが、慎重な口振りで言い出した。

「被害者の生活ぶりが、徐々にわかってきてるんだがね」

「亜紀子さんはひとり暮らしだったんでしょう？」

「正確にはそうじゃない。一応、千葉の森田家に住んで、家族といっしょの生活をしていた」警部さんはここでいったん言葉を切った。それから、続けた。「月に四、五日はな」

「それ以外のときは？」島崎が乗り出した。

「わからん。今はまだな。家族にはいつも、友達のところに泊まると言って出かけていたそうだ。実際そうだったのかもしれんが、それらの場所を探り出してひとつひとつ確かめてゆくのは大仕事だ」

覆面パトカーはまだパワステ装備じゃないのか、運転席のカナグリさんは、大きくハンドルを動かし、通り過ぎる自転車を避《よ》けながら、言った。「森田さんのご家族も、いちいち詮索《せんさく》するのをやめていたようね。気の毒な話だけど、森田家のなかで、彼女は厄介者扱いされていたみたい」

葬儀のときの光景を、僕は思い出した。あのとき、亜紀子さんよりも、ペットのシベリアン・ハスキーのほうがずっとよく家族に溶けこんでいるな、という印象を受けた。それに間違いはなかったらしい。

「被害者の生前の生活のことでは、これから、君らの友達のクドウさんにとって、あまり耳にしたくないようなことが出てくる可能性が大きい」

警部さんは言って、大きな丸い肩ごしに僕らの顔を見つめた。

「こういうときこそ、友達甲斐《がい》を発揮してくれたまえよ」

「あったりまえですよ」と僕は答え、島崎は黙っていた。半眼になって、「次の一手」を考えるときみたいな顔をしている。

「おい、どうしたんだよ」

小声でそっと、僕が訊いても、上の空で返事をしない――と思ったら、いきなり、

「――ほかにも誰かいたんじゃないかな」と呟《つぶや》いた。

僕は島崎を小突いた。「おい」

島崎の目が晴れた。「うん？」

「何考えてんだよ」

「べつに、何も」

そしてこのとき、彼が、警部さんの言葉にうなずきつつも軽率な返事を返さなかったのは、悔しいけど、僕よりもはるかにシビアに現実認識をしていたからだと、あとでわかった。

警部さんたちとの会見の二日後のことだった。朝、あわただしく立ったまま牛乳を飲みながら、その日発売の週刊誌の新聞広告をちらっと見て、僕はあやうく吹きそうになった。

そこには、こんな文字が躍っていた。

「売春と覚醒剤《かくせいざい》――白河庭園刺殺事件被害者女性の黒い過去」

8

黒い過去。

以前に聞いた話だけれど、「黒い霧」という表現を発明したのは、あの松本清張さんなのだという。「夜の蝶《ちょう》」という言葉は、川口松太郎という作家の発明だそうだ。「黒い過去」にも同じような発明者がいるのだろうか。それともこれは、きまった産みの親もないまま、同時多発的に使われるようになって自然に定着した言葉のひとつなのだろうか。それくらい一般的なもの――どんな人の過去だって、一部は黒く変色しているものだから。総入れ歯でないかぎり、生きていれば虫歯ができることもあるのと同じように。

「ときには、過去の黒い部分が炭になってて、それを燃やしてエネルギーにしてる人もいるけどね」

放課後、制服のままうちに寄り道して、途中で買った週刊誌をふたりでまわし読みしたあと、島崎はそんなことを言った。

「そういう人は、炭が燃え尽きるとエネルギーもとれなくなっちゃうんで、わざと黒い過去をつくるんだ。無頼と呼ばれる芸人や文学者のなかには、そういう木炭車みたいな人がいたとオレは思うね」

「今は、現実からカッ飛んだ会話をする気分じゃない」と、僕は言った。頭のなかでは、読み終えたばかりの記事の断片がピラピラして、内側から僕の脳みそをつっついている。

記事の情報源は伏せてあった。「警察の捜査によると」という一文が見当たらないところをみると、独自の調査でわかったことだと強調したいのかもしれない。取材に応えた人たちのことは、亜紀子さんの友人Aさんとか知人のB氏とかいう書き方をしてある。彼らが、亜紀子さんの生前の生活を——生活の一部を——語っているのだ。

彼らの話によると、亜紀子さんは、高校を中退した直後から売春をしていた。最初からその手の組織に属していたのかどうかははっきりしないけれど、殺された当時の彼女は、ティーンエイジャーを大勢抱えて働かせている通称「会社《カンパニー》」というところのお抱えの女性だった。そして、この「会社」には、すでに警察の捜査の手が伸びているそうだ。

覚醒剤については、亜紀子さんを数回「指名」したことのある客が、彼女にクスリを勧められたことがあり、本人も重度の中毒患者だったと証言している——という書き方をしてあった。ただ、これについては、僕はすぐにはうなずくことができない。もしそんな事実があったなら、これまでに田村警部さんが、言葉を選んで遠回しにではあっても、それとなく教えてくれていそうなものだったから。

記事のしめくくりのほうでは、亜紀子さんは、「会社」とのあいだにトラブルを起こし、そのために殺されたのではないかと匂わせてあった。「会社」には、そういうトラブルを起こした女性を排除するための「始末屋」がいるのだとも書いてある。

たしかに、ぼんのくぼを鋭い針みたいなものでひと突き、という殺しかたには、素人離れしたものがある。だけど、このことにも僕は首をひねってしまった。

ホントに、そんなことがあるんだろうか。今の僕たちの生きてるこの国に。いや、この東京に。なんだか、小説やマンガのなかの話みたいな気がする。

「あるのかもしれないな」と、島崎は言った。「オレたちが知らないだけで。知らなくて幸せなだけで」

チリ紙交換のおじさんがのんびりと車を走らせ、軒先で野良ネコが居眠りをしている、平和な夕暮れだった。この同じ空の下に、「会社」とか「始末屋」とかがいる。同じ夕陽が、「会社」で働く女の子たちの目に映っている……。

「どっちにしろ、田村警部の言ったとおり、クドウさんには辛《つら》いことが多くなったね」と、島崎が呟いた。

世間には、新聞や週刊誌は読まないけれど、新聞に載っている週刊誌の広告の見出しは読むという人がいる。そのことはわかっていた。でも、そういう人たちがこれほどたくさんいるとは思ってもみなかった。

亜紀子さんの生前の生活が、あまり明るい性質のものではなかったらしいということは、田村警部さんから聞かされていた。だから覚悟はできていた。でも、それは僕たちの覚悟であって、世間さまは全然覚悟なんかしてなかったわけで、当然のことながら、それらの暗い情報が公になると、たちまちのうちに、亜紀子さんの従妹《いとこ》であるクドウさんの周囲には、週刊誌の見出しを読んだ人たちが巻き起こす、よからぬ風が吹き始めた。

今日日《きょうび》、若い女の子が売春してるなんて話には、誰も驚かない。女子高生が下着を売る時代だ。男子中学生の僕だって、ちょっとやそっとの話じゃびっくりしない。

だけれど、それはあくまで、それらのことが「実在するどこかの誰か」の話である場合のことだ。名前のない人びとの話である場合だ。だから、それらの人たちに名前と顔がついたら、しかも、その名前と顔が、自分たちの身近にいる人のものだったら、反応はまるで違ってくる。距離感という鎧《よろい》がなくなって、剝《む》きだしの生身の感情が現れる。そしてたいていの場合、そういう生身の感情は、これ以上ないというくらい保守的なものだ。下着を売って遊ぶ金をつくる女子高生の記事を顔をしかめて読み飛ばす中年男性は、自分の娘が門限に三十分遅れたら、門の前に立って待っているお父さんでもあるのだから。

そういう意味では、僕らは今、こぞって「匿名の時代」に生きているのだ。匿名でなら、何をやってもいい。また匿名の人びとがやっていることなら、どんなことでも「そんなもんか」と認めてしまう。僕が感じたのと同じように、「なんか小説のなかの話みたいだ」と呟いて、忘れてしまうこともできる。そうやって、僕らはみんな、あまりにも早すぎるスピードで進んでゆく世の中の一部と、かろうじてバランスをとりあいながら暮らしているのだ——

　というようなカタいことを僕が口にできるわけもなく、島崎の言ったことだけど、これは当たっていると思う。そうでなかったら、これほど仰天するような風俗情報が乱れ飛んでいる時代に、ああいう記事が出たというだけで、クドウさんのまわりの大人たちのなかに、血縁であるという以外のなんの関わりもないクドウさんのことを、斜に構えて横目で見るようになった人たちが大勢出てきたということの説明がつかない。

　ホントに、それはもう見事なまでの変化だった。そういう大人たちにとっては、目の前のクドウさんの性格とか行動とか友人関係とかは、まったく意味のないものなのだろう。ただ、クドウさんの近い身内に、彼らの道徳観に反する女性がいて、不幸な殺されかたをしたということだけで、すべてが決まってしまうのだろう。亜紀子さんが殺されることによって「匿名」から「個人」へ移籍した瞬間に、一部の人たちにとっては、彼女の従妹であるクドウさんという女の子の価値も決まってしまったのだ。

　まあ、そこまではいい。そこまではガマンもしましょう。大人たちのなかには、いつもひどく忙しがっていて、ひとつのことをゆっくり時間をかけて考えることのできない連中がたくさんいるのだから、いちいち怒ったってはじまらない。

　ただ、頭にくるのは、クドウさんのそばにいてクドウさんをよく知っている同級生たちのなかに、そういうアホな大人に追従してはばからないような連中がいることだ。これだけは許せない。しかも、そういう連中は、クドウさんがそういう不当なマイナスの風聞をしょってしまったことを楽しんでいるのだからなおさらだ。

と、僕が怒り狂っていると、島崎があっさり言った。「そりゃ、怒るおまえのほうがアホだ」

「なんだって？」

「僕らは大人たちとは違うんだなんていう幻想は捨てろよ。ティーンエイジャーだろうと青年だろうと中年だろうと年金暮らしの老人だろうと、人間はみんな同じさ。他人の不幸は蜜《みつ》の味なんだ」

「あのなぁ」僕はあやうく島崎につかみかかりそうになった。「テニス部の大野《おおの》って女がいるだろ？　あのデブの。あいつがクドウさんのことをなんて呼んでるか知ってるか？あいつとあいつのお仲良しのお仲間がさ」

「バイシュンフだろ」と、島崎。

「おまえ、そういうことを平気で口にできるのか？」

「オレはそんなこと思ってないもん」

「それはオレだってそうだけど……」

「聞き流せよ。おまえもアホだけど、あいつらはアホの二乗なんだからさ。だけど、アホにだって思ったことを口にする権利はあるし、幸せになる権利もあるんだからな。で、大野とかは、他人が不幸になったときがいちばん幸せっていうタマなんだよ」

聞き流せよ、か。

そう、島崎の言ってることは正しい。ここはいちばん大人になって、アホは相手にしないことだ。

だけど、そう思う心の端に、日毎に元気をなくしていくクドウさんの横顔が映る。僕らがどれだけ面白いことを言って笑わせようとしても、以前の二分の一ぐらいの笑顔しか見せてくれない――見せることのできなくなっているクドウさんが映る。そんなとき、僕は、彼女を苛《いじ》めるこの世のアホを、『エイリアン2』のシガニー・ウィーバーみたいに、端から端まで火焔《かえん》放射器で焼き払ってやりたくなってしまうのだ。

「気持ちはわかるけど、それじゃナチスだ」と、島崎は冷静に言った。「それより、何かクドウさんを元気づけることができるような企画を考えたほうがいいな」

島崎は常に正しい。けど、そういうヤツって、ときどきものすごくハナモチナラナイ存在になったりしませんか？

というわけで、僕と島崎はふたりで半日ほど首をひねり、らちがあかないので、クドウさんのいちばんの親友であるクラスメイトの伊達宏美《だてひろみ》を仲間に引き込むことにした。

「あたしもあんたたちに相談しようと思ってたとこだったんだ」

土曜日の休み時間のこと。僕らから話を持ちかけられると、伊達宏美はすぐにそう言った。

「今のままじゃ、クウちゃんホントに病気になっちゃうからさ」

彼女の目が動いて、空席になっているクドウさんの机をちらりと見た。そう、この日、とうとうクドウさんは学校を休んでしまったのだった。もっとも、それだからこそ、あの記事が出て以来、まるで影みたいにクドウさんにぴったりくっついて彼女を励ましてきた伊達宏美も、フリーになって僕らと話ができるというわけだ。

「おまえにはなんかプランある？」と、島崎が伊達さんに訊いた。「オレと緒方じゃ、出せるアイディアに限りがあってさ」

これまでの島崎を見てきた皆さんは、ここでちょっと驚かれたかもしれない。島崎という少年は、クラスメイトの女の子を「おまえ」呼ばわりするようなタイプではなかったはずだぞ、とね。そう、それはそのとおりなんだけど、この伊達宏美さんは別格なのだ。肉声で聞くと、島崎が伊達さんに呼びかける「おまえ」というのは、限りなく「おめえ」や「おめー」に近い響きを持っている。意外な一面でしょう？

たいていの場合、僕は彼女のことを「伊達さん」と呼んでいるけど、クラスメイトとして親しくなったばかりのころ、彼女が、

「ヒロリンて呼んでよ」と要求したことがあった。口調は冗談半分だったけど、本気でそ

うしてもらいたがってるみたいだった。

だけど、どうやったって僕には「ヒロリン」なんて呼べませんよ。その話を島崎にしたら、彼は大笑いして、

「冗談じゃないよ、あんなアッパーなやつ、ヒロリンじゃなくてヒロポンだ」

ヒロポンて何だよと訊いた僕は、そこで初めて覚醒剤《かくせいざい》が昔はそう呼ばれていたということを知り、「アッパー」というのも一種の興奮剤の俗称だということも教えられた。そういう次第で、僕と島崎のあいだでは、伊達宏美はときどき密《ひそ》かに「ヒロポン」という隠語で称されることがあり、でもそれはけっして蔑称《べっしょう》ではなく、事実彼女とおしゃべりすると元気が出てくるので、むしろ褒め言葉なのだ。

説明が長くなったけれど、そういうわけで、島崎はアッパーな伊達宏美さんを大いに評価しており、一目も二目も置いている。だいたい、島崎をアップさせることのできる精神構造を持った女の子なんて、それだけでも貴重だと僕は思う。島崎も同じことを感じているらしい。で、それが、意外な呼びかけ「おまえさぁ」に通じているのだ。

伊達さんは、クドウさんよりずっと大柄で、声も大きい。女の子にしてはごっ、つ、いという印象がある。ベクトルは常に前向きもしくは戦闘状態にある相手のほうを向いている。しばしば、その戦闘相手は先生である。島崎がこっそり——さすがの島崎がこっそり——言ったことには、「伊達にはテロリストの素質がある」

そのテロリスト的素質が、どういうわけかクドウさんの方を向くと、姉のような優しい包容力や、純な妹のように素直な信頼に変わったりするところが、人と人との組み合わせの面白いところだ。

思うに——伊達さんにとって「クゥちゃん」は、伊達さんが持ってなくて、ほしいと思っているもののすべてなんだろう。小さく整った顔とか、すべすべの頰とか、ちょっと危険なくらい素直な性格とか、可愛いしゃべりっぷりとか、愛らしい言葉を生み出す小さな頭とか。伊達さんが持っていないからこそ大事にしたいもののすべてなんだろう。

それをコンプレックスと呼ぶなら呼べと、僕は思う。伊達さんの劣等感が、圧倒的な友情に変わっていると思うなら思うといい。だってそれは事実だろうから。

僕には伊達さんの気持ちがよくわかる。僕にも、とうてい「かなわねえなあ」と思う友達がそばにいるから。けれど、僕はそういう「かなわねえなあ」という島崎と、多少でも張り合っていこうという気持ちがある。負けたくないという気持ちがある。けど、伊達さんにはそれがない。それはやっぱり、伊達さんが女の子だからだろう。それも、十代の女の子だからだろう。十代の女の子は、生まれつき持ってるカードだけで勝負しなくちゃならない。最初からいい手を持ってる女の子には、どう張り合ったって勝ち目がない。そのことを、賢明な伊達さんは理解してる。それはとっても悲しい聡明《そうめい》さを持ってることなのかもしれないけれど。

僕は伊達さんが好きだ。でも、彼女に会ってポウッとはしない。だけど、クドウさんを見るとポウッとする。伊達さんが好きだけど、彼女に恋はしない。でも、クドウさんには恋してる。こういう傾向は、僕たちの年代の男の子たちみんなが持ってるものだと思う。残酷だけど、でも事実だ。

伊達さんのタイプの女の子——と、ひとくくりにするのも乱暴だけど——は、ある年齢にさしかかるまで、みんな同じような思いを抱えてゆくのだと思う。男の僕がこんなこと言うのもおかしいけど、でもそう思う。だけどそのことで、伊達さんは曲がったり歪《ゆが》んだりはしないだろうとも思う。だからこそ、彼女は「クウちゃん」への友情を大事に大事にすることができるのだ。

「明日でしょ？　お弁当持ってピクニックってのはどうかな？」と、伊達さんが言った。「映画観るとかファミコン・パーティするとかも考えたけど、この際、閉じこもるより外へ出たほうがいいと思って」

「女の子はみんな原宿《はらじゆく》の竹下通りへ行きたがるものだと思ってた」

僕の台詞《せりふ》に、伊達さんは鼻で笑った。「かわりばえしないじゃん、それじゃ」

「ピクニック案に賛成だな」と、島崎。「実は、それがいちばんいいと思ってたんだ。ただ——」

「それには、あんたたちだけじゃクウちゃん誘うわけいかないもんね」伊達さんが先回りして言った。「あたし今日、帰りにクウちゃんとこ寄って、ノートの写しを届けるつもりなんだ。そのとき、ピクニックだったらどこへ行きたいか、彼女のリクエストをきいてくる。で、夜電話するよ」

というわけでスピーディに話は決まり、その夜、風呂《ふろ》上がりの僕のところに伊達さんから電話がかかってきた。

「あのさ、クウちゃんの希望をきいてきたんだけどさ」

「どこへ行きたいって言ってた?」

伊達さんは言い淀《よど》んだ。すごく珍しいことだった。

「クウちゃんが言うにはね……」ぼそぼそと、言いにくそうに続ける。「ぜひ行きたい――みんなに一緒についてきてもらえるのなら、どうしても行きたいところがあるっていうんだけど……。みんなが嫌がるんじゃないかって気にしてる」

「どこさ?」

一拍おいて、伊達さんは答えた。「白河庭園だよ」

9

翌日は好天に恵まれた。閉鎖も解除されており、白河庭園の池の水は平和に凪《な》いでいた。まだ紅葉の時期は遠く、褪《あ》せた緑の木立が一年のうちでいちばん趣に欠ける眺めをつくっていたけれど、木漏れ日は明るく、風の神さまはクールミント・ガムを噛《か》んでいた。

　事前の打合せで、伊達さんはいざというときにはみんなで彼女の家に押しかけてワイワイやれるような態勢を整えておき、僕はこの地区の面白そうな文化施設について下調べをしておき、島崎は難解きわまりなくかつ解答が限りなくバカバカしいクイズをいくつか考えておくことになっていた。そして、クドウさんの気が済んだらできるだけ早く白河庭園を離れ、白河庭園のことなど忘れてしまうような雰囲気をつくろうと話し合っていた。

　けれど、蓋《ふた》を開けてみたら、そんな気遣いは無用だった。クドウさんは、ただ、僕らとゆっくり日向《ひなた》に座りこんでおしゃべりがしたいと言った。そして、

「亜紀子ねえちゃんが倒れていた場所を教えて。これを供えたいの」と、小さな白い花束を持ってきていた。

　僕たちは誰も、反対しなかった。そんなことしないほうがいいよなんて、誰も言わなかった。

「案内してくれよ」と、島崎が僕に言った。僕は先にたって歩き出した。クドウさんがいちばんしたかったことのひとつが、これだったんだなと思いながら。

　きれいごとだけでなく、彼女は現場を見たいのだろう。嫌な後味と、彼女に対する現実的な損害を残して死んだ従姉《いとこ》に対して、中学一年生の語彙《ごい》では表しきれないほどの思いが、心のなかに積み重なっているはずだ。それを自分でもどうすることもできないでいるはず

だ。で、クドウさんは、現場を訪ねるという方法をとってみようと思った――。この花束は、半分はもちろん亜紀子さんのためのものだけれど、残り半分はクドウさん自身の心の傷のためのものだろう。

事件から二週間たっているので、日曜日の白河庭園は、以前のにぎわいを取り戻していた。僕らは楽しそうなたくさんの家族連れやカップルや団体さんたちに混じって、グループ交際の中学生らしい真面目さと陽気さをあたりにふりまきながら、事件の夜には無数の灯籠《とうろう》が飾られていた「こどもの広場」へと歩いていった。

今日のこどもの広場には、事件の前と同じように、たくさんの人たちが憩っていた。歓声をあげながらバドミントンをしているグループや、芝生に座りこんでいる若いカップル、イーゼルを立てて写生に余念のない日曜絵描きの一行。本当は禁止のはずなのだけれど、犬を連れてきて散歩させている人もいる。

僕が問題の場所の木立と植え込みを指さすと、クドウさんは小さくうなずいてそちらへ足を向けた。おどおどしている様子はなかった。先にたって歩いてゆく。ただ、広場を横切るあいだに、一度だけ振り向いて、僕らがすぐそばにいるかどうかを確かめた。ちょっと誇らしかった。嬉《うれ》しかった。

あの植え込みが近づいてくる。僕もどきどきした。事件のあとは、ここを訪ねることなど考えもしなかった。あの夜のことは、今でもはっきり覚えている。あのとき、僕の肘《ひじ》をぐりぐりつかんでいた町会役員のおじさんの指が冷たかったことも、おじさんの足元に倒れている亜紀子さんの身体にかけられていたジャケットの色も。彼女の死に顔と同じような、青ざめた灰色だった。

クドウさんはためらう様子もなく歩いてゆく——植え込みが近づく——近づく——あと一メートル——

そのとき突然、ざわりと音をたてて、植え込みの灌木《かんぼく》のあいだから誰かが立ち上がった。中年の男の人だった。一瞬僕は、あの夜のおじさんを思い出した。

クドウさんは、とっさに僕らのほうにあとずさり、小さく「キャッ」と声をたてた。花束が手から離れた。白い花びらが二、三枚散って、芝生の上にはらはらと落ちた。

伊達さんも「ひゃあ」というような声をたてた。もっともそれは声でなく、息を吸いこんだときの音だったかもしれない。僕の心臓がジャンプして喉《のど》につっかえ、おかげで僕は声は出さずに済んだ。島崎は、その場で、玩具《おもちゃ》の兵隊のように足を一歩前に出したままの姿勢で立ち止まった。

植え込みから現れた中年の男性も、僕らに負けず劣らず驚いていた。身を守るように身体の前に手を構え、大きく目を見開いていた。

「あ、すみません」

最初に言葉を出したのは、クドウさんだった。取り落とした花束を足元に、目をまん丸にして相手を見つめている。

中年の男性は、僕らを見、クドウさんを見、それから彼女の手から落ちた花束を見た。じっと見た。ついで、目をあげると、今度はクドウさんを見つめた。まじまじと。

「ここで殺された人のお身内のかたかな?」と、クドウさんに訊いた。しゃがれ声だった。声を聞くと、この人が中年というよりはむしろ老年に近い年齢であろうことがわかった。六十歳をすぎているだろう。この年代には珍しい長めの髪は、おしゃれでそうしているというより、不精で刈ってないだけという感じの乱れかただ。安っぽい仕立ての青いジャンパーに白いシャツ、膝《ひざ》の出たスラックス。足元は古い運動靴だった。

「はい……そうです」

クドウさんは答え、それから僕らのほうをちらりと見た。みんないるよね、という確認。大丈夫だよ、そばにいる。

「それは失礼した」

青いジャンパーの男性は、植え込みをまたぐようにしてこちらに近づいてきた。

「その花を供えるのかね?」と、クドウさんにきいた。僕らは四人組なのに、その人はクドウさんしか相手にしていないようだった。

「はい、そうです」

クドウさんはうなずき、あわてて足元の花束を拾った。青いジャンパーの人は、クドウさんにうなずきかけた。

「それじゃあ、お邪魔はせんから」

そうして、僕らのほうには一瞥《いちべつ》もくれず、広場の出口に向かってスタスタ歩きだした。

あっけにとられて見送りながら、島崎が「ふうん」というような声を出すのを聞いた。

「今の、誰だろ」伊達さんが呟《つぶや》いた。「クウちゃん、知ってる人？」

クドウさんは首を横に振った。「知らない」

まるでそれが聞こえたかのように、どんどん遠ざかっていた青いジャンパーの人が、そのときこちらを振り向いた。そして、僕ら四人がそろって見送っていることに気づくと、あわてて背中を向けた。小走りになって、逃げるように去っていく。

考えるより先に、僕の足が動いていた。駆けだし、芝生を横切り、一心に走った。広場の出口のところに来るまで、伊達さんがうしろにいることにさえ気づかなかった。

「緒方くん右、あたし左！」

伊達さんが大声を出し、僕は即座に従った。

前にも話したけれど、白河庭園は基本的に池を芯《しん》にした円形の庭で、出口はひとつしかない。伊達さんとふたり、ふたてに分かれて左右から攻めれば、どこかであの青いジャンパーに出くわすはずだった。しかも、ほんの一分ほどしか遅れをとっていないのだ。

でも、結果的には、僕も伊達さんも青いジャンパーを見失ってしまった。相手も僕らが追いかけてくるのを知って、どこかに隠れたのかもしれない。身をひそめる場所なら、庭園のなかにはたくさんある。

息を切らし肩を落として、僕と伊達さんは広場の植え込みのそばに戻った。島崎が顔を見るので、僕は首を振った。「逃げられた」

「ヘンだな」と、島崎がゆっくり言った。僕もゆっくりうなずいた。

「まあ、しょうがないよ」モヤモヤを断ち切るようにパッと首を振り、伊達さんが言った。「早く、お参りをしようよ、ね」

クドウさんは亜紀子さんが倒れていた地面に花を供え、手をあわせて頭を垂れる。僕らも黙とうした。

クドウさんが顔をあげて目を開けると、島崎が言い出した。「気が進まなかったらやめてもいいけど、提案があるんだ」

クドウさんは真剣な顔をしていた。「なあに？」

「今の男、ひっかかるよな」

「うん」クドウさんも僕も、伊達さんも声をそろえた。

「警察に知らせたほうがいいと思う」島崎は低く言った。「事件に関わりのない人間にしちゃ、あの態度はおかしいよ」

「そう思う」とクドウさんは言った。語尾がちょっと震えた。

「だけど、警察に知らせるったってどうするの？」伊達さんが困ったような声を出した。

「態度の怪しいじいさんを見かけましたってんじゃ、なんの足しにもならないよね？」

「今ならまだ、みんな記憶が新しい」

島崎は言って、僕を見た。

「田村警部さんに頼めば、モンタージュってのをつくってもらうこともできるんじゃないか？」

僕の隣で、クドウさんがくちびるを噛《か》んでいる。目はまだ、あの青いジャンパーが消えていった広場の出口のほうを見つめていた。

10

田村警部さんは、「むむむ」と言った。

くどいようだけど、「むむむ」と唸《うな》ったのではなく、「むむむ」という言葉を言ったのだ。これつまり、警部さんの機嫌があんまりうるわしくないということである。

「君らは――」

くわえ煙草をしているので、古い映画のなかのギャングみたいにくちびるのはしっこだけを使ってしゃべりながら、警部さんは僕ら四人の顔を斜めに見た。

「白河庭園に行ったと」

「はい、行きました」と答えたのは島崎。

「で、そこで――」

警部さんは、自分の煙草の煙に目をシバシバさせながら、回転椅子の背もたれによりかかった。かなりの年代もののようで、シートがぼろぼろになっている。警部さんの巨体に、抗議するようにむぎゅうときしんだ。

「不審な男を見かけて追跡したが見失った、と」

「そういうことです」島崎が再度うなずく。

「で、我々に、その男のモンタージュを作ってくれないかという。いや、作るべきだというう。なんとなれば、その不審な男が、森田亜紀子嬢殺害事件に何らかの関わりがあると思えるからだと、こういうわけかな？」

僕と島崎、クドウさんと伊達さん、四人でそろって頭をこっくりさせた。

警部さんはひとわたり、そんな僕らの顔をながめた。それから、大げさなため息をもらしてこう言った。「私の返答はこうだ。諸君、うちへ帰りなさい。そんな男のことなど忘れなさい。事件のことを考えるのもやめなさい」

僕は思わず立ち上がった。「そんな言い方ってないじゃないですか。僕らはこれでも捜査に協力しようと思って――」

大きな手を振って僕の言葉をさえぎり、警部さんは椅子をぎしぎしいわせてこちらに向き直った。

「君らが捜査に協力しようと思うのは、亜紀子さんを殺した犯人を早く捕まえたいからだろう?」

「そりゃそうですよ」

「しかし、犯人を捕まえるのは我々警察の仕事だ」と、警部さんは続けた。「したがって、君らが我々警察のためにできる『協力』は、ごく限られた範囲内のことだ。いや、事実上、ただひとつしかない」

「どういうことをすればいいんです?」

「何もしないことだ」警部さんは、ぴしゃりと言った。相槌《あいづち》をうつように、椅子が「ぎゅっ」と音をたてる。「よい子の中学一年生らしく、おうちにいることだ。小説のなかならいざ知らず、我々現実の警察組織は、お乳とおしっこの匂いのする名探偵の力を必要とするほど、ぼんくらではない」

頭にかぁっと血がのぼり、僕は警部さんにつかみかかりそうになった。けれど、その一瞬、隣に座っているクドウさんの、膝のうえにそろえて置かれた小さな白い手の甲に、きらりと光る涙が落ちるのを見たとたん、いっぺんに気力が萎《な》えてしまった。僕はしおしおと椅子に戻った。

警部さんも、もちろんクドウさんの涙を見たのだろう。声が優しくなった。「なあ、諸君。ああいうセンセーショナルな殺人事件の現場には、事件からある程度の時間がたっても、好奇心旺盛《おうせい》な野次馬を引き寄せる力があるものなんだよ。その不審な中年男も、まず一〇〇パーセント間違いなく、そういう類《たぐい》の連中だろう。忘れなさい。そんなことで心を悩ますなんて、あまりにもったいない時間の浪費だよ」

黙りこくっている僕らの上を、警部さんの声が通過してゆく。警部さんはまた椅子をきしませ、ひと膝乗り出すと、ほかでもないクドウさんその人に向かって、いっそう優しい声で語りかけた。

「今度のことでは、君もひどいショックを受けたことだろうね。お従姉《いとこ》さんのことであれこれ書き立てられて、君自身も辛《つら》いことが多いだろう。だがね、そんなものは、しばらくのあいだじっと地面に伏して我慢していれば、必ず、必ず消えてゆく。登山家や、極地探検の人たちのことを書いた本を読んだことがあるかい？　ああいう人たちは、天気の悪いとき、風が強すぎるときは、何日も何日もビバークしたまま動かずに、辛抱強く待つのだそうだ。前進することのできる時、雲が切れ雪がやんで、太陽が顔をのぞかせてくれる時をね。私が今の君にしてほしいのも、そういうことだ。わかるかね？」

ひと言ひと言区切るように、力をこめて語りかける警部さん。あいだに、耳障りな椅子の悲鳴が混じってはいたけれど、それは心を打つ言葉だった。

クドウさんは小さく「はい」と言った。また涙が手の甲に落ちた。

「君はとても強くて賢い女の子だ。そのうえ、ひとりぼっちじゃない。いい友達がいる。だから、辛抱するのも、けっして難しいことじゃないと、私は思う」

警部さんは身を乗り出し、クドウさんの華奢《きゃしゃ》な肩に手をのせて、宥《なだ》めるように柔らかく叩いた。沈黙のなか、警部さんのお尻《しり》の下の回転椅子だけが、またまた「むぎゅ、むぎゅ」ときしむ音が響いた。

「ひとつ約束をしよう」警部さんが力強く言った。「いや約束というより、確約と言ったほうがいいな。いいかね諸君、安心しなさい。この事件の犯人は、そう――もう半月としないうちに捕まるよ。我々が逮捕する」

クドウさんがはっと顔をあげた。伊達さんがクドウさんの顔を見た。僕もそうした。島崎だけがうつむいたままだった。

警部さんは、クドウさんにうなずきかけた。「そうだよ。事件の捜査はもう大詰めにきているんだ。犯人は間もなく捕まる。そうすれば、いろいろなことが明らかになって、嵐も止むだろう」

警部さんは椅子にそっくりかえり、大きな歯を剝《む》き出して笑った。「私を信じなさい。私はお天気予報おじさんだ。気持ちのいい晴れの日が、もうあとちょっとでやってくる。そしたら、テントをたたんで前進だ。な？」

警部さんの大きなお腹が、気持ちよさそうにゆさゆさ揺れた。それと一緒に、傾いた椅子がきしんだ。

「よくわかりました」

クドウさんが小さく答え、それをしおに、僕らは立ち上がって刑事部屋を出た。

階段の近くで、階下からあがってくるカナグリさんに行きあった。僕たちの神妙な顔を見て、心配そうな顔で近寄ってきた。

「田村警部に面会?」

「はい」と、僕は答えた。「お説教されちゃいました」

「あらまあ」カナグリさんは慰め顔をしてくれた。「あたしもしょっちゅうカミナリ落とされてるのよ。あんまり気にしないでね」

今日のカナグリさんは、クリーム色のパンツスーツ姿で、編み上げ靴みたいなブーツを履いていた。ところが、どういうわけか、右手にゴム長靴をぶらさげている。洗ったばかりのものなのか、踵《かかと》のところから水がポタポタ垂れていた。

僕の視線に気づいて、カナグリさんは笑った。「あらやだ、まだ水が垂れてる。お掃除のおばさんに怒られちゃうわ」

「そういうの履いて、捜査ですか」

「まあね」カナグリさんは肩をすくめた。秘密っぽい仕種《しぐさ》だった。「もう夕方よ。みんな、気をつけて帰ってね」

立ち去る彼女を見送り、僕らが階段のほうへ足を踏み出したそのとき、刑事部屋の方向から、どんがらがっしゃんばーんというような物凄《ものすご》い音が聞こえてきた。クドウさんが目を見開き、伊達さんがキャッといって飛びあがった。僕もどきんとした。

ひとり平静な島崎が、ぼそっと言った。「あの回転椅子だ」

その言葉を裏付けるように、カナグリさんの大きな声が聞こえてきた。「警部、大丈夫ですか？」

「危ないなあと思ってたんだ」と、島崎。「さかんにきしんでたもんな」

僕らは黙って階段を降りた。一階の通路を歩き、こみ合う交通課の窓口を横目に、正面玄関へと急いだ。張り番のおまわりさんに黙礼し、停まっているパトカーの脇を擦り抜け、警察署の前のバス通りへと出た――。

そこで笑いだした。笑って笑って笑いながら、走りだした。

クドウさんと伊達さんを送り届け、僕は島崎のうちに寄り道した。ふたりして、物干し台にのぼった。僕らは時々、男同士の話――他人様《ひとさま》に聞かれたくないような話から、本当なら聞いてもらいたいような話まで――をしたくなると、いっしょにここにのぼってくる。

この町にもマンションやビルが増え、以前よりは眺めが悪くなってきたけれど、ところどころ漆喰《しっくい》で塗りかためられた古ぼけた瓦《かわら》屋根の波の向こうに、真っ赤な夕陽が沈んでゆく光景は、まだまだ捨て難いものがある。

それに何よりも、ここにあがっているときは、世間からも学校からも切り離されて、気のあう友達同士、ふたりでいるんだという実感を味わうことができるのだった。それがちっとも寂しくない。もしもこれがマンションの屋上だったなら、島崎とふたりで下界を見おろしながら、僕はどこかしら、一抹の寂しさを感じるだろうと思う。

だけど、ここでならそんなことはない。一年三百六十五日、天気さえよければどんなときでも、頭上に張られたロープにはためいている数十枚の真っ白なタオルの下、島崎とふたり膝《ひざ》を抱えていると、僕の心はいつでも安らぐ。

「事件は間もなく解決する、か」

島崎が、暮れてゆく空を見あげながらぽつりと言った。

「あの警部さん、いい加減なことを言う人じゃないからね」と、僕は言った。「言葉どおりに受け取っていいんじゃないかな」

島崎は黙っている。はためくタオルが、彼の頬や額の上に、ちらちらと薄い影を落としている。

「犯人が捕まれば、それだけ早く、クドウさんも立ち直れる。ひと安心したよ、オレは」

僕の言葉に、それでもまだ、島崎は無言だった。謎めいたようなその沈黙は、いつも、僕が思いもかけないことを島崎が考えていることの証拠だ。

僕は訊いた。「何考えてるんだよ？」

島崎はゆっくりとまばたきして、僕を見た。そして、質問に質問で答えた。「おまえ、クドウさんが好きか？」

このときの僕の驚きは、ひとくちには説明しきれない。たとえばこれがもし、島崎の、「オレ、クドウさんが好きだ。彼女に恋してる」という告白だったとしても、これほどには驚かなかっただろうと思う。

うろたえた僕は、いちばん最初に頭に浮かんだことを口走ってしまった。「そんなこと訊いてどうするんだよ？」

すると島崎は、にっこり笑った。こんなときでありながら、僕はその笑顔を妬《ねた》んだ。時々——そう、夜寝る前に歯を磨きながら、そろそろ髭《ひげ》なんか生えてこないかなぁと思いつつ鏡をのぞきこみ、自分で自分に向かって笑顔をつくってみせるとき、ずきりという痛みと共に感じるうらやましさを——オレにも島崎みたいな顔があったらいいのに、あんな笑顔をつくることができたらいいのに——痛いほどに味わった。

「オレは、クドウさんが好きだよ。いい子だからさ」と、島崎は言った。「だから、彼女がすっかり自分に自信を失くしてるのを見ると、気になるな」

心のきりもみ状態のなかで、僕はどうにか自分を立て直そうとしていた。それができたのは、島崎が、「クドウさんが好きだ。彼女はいい子だから」と言ったからだった。「クドウさんが好きだ」というだけでなく、あとに言葉を付け足したからだった。

本当に誰かに恋してる人間は、メロメロに恋してる人間は、「○○だから好きだ」なんて言い方はしない。理由なんて付けられないからだ。僕だって、クドウさんに恋してる理由なんかわからない。ただ好きなんだ。

だから僕は——勝手な思い込みかもしれないけれど——島崎は、少なくとも、僕ほど深くクドウさんに参ってるわけじゃない——と判断した。そのことが、僕をとりあえず落ち着かせてくれた。

「自信を失くしてるってのは、あれこれ嫌なことを言うヤツラのせいだろ?」

僕の言葉に、島崎は首を振った。「そうじゃない。オレが心配なのは、彼女が自分で自分を傷つけてるってことさ。そのほうが、ずっと深刻だ」

僕は島崎の顔を見た。彼も、やっと僕のほうに目を向けた。

「ついこのあいだ、電話で話したときにさ、こんなことを言ってたんだよ。亜紀子ねえちゃんのことで悪い噂をいっぱい聞くと、どうしようもなく悲しくなる。それといっしょに、恥ずかしくてたまらなくなるって」

「そりゃ当然だよ」

「そして、こんなふうに思うんだってさ。確かに、亜紀子ねえちゃんは、女性として褒められた話じゃないことをした。なんでそんなことをしたんだろう? お金とか、いろいろ理由はあったんだろうけど、でも、世の中には、どれだけ困っても、自分の身を売ったりするようなことだけはしない女の人もいっぱいいる。だから、亜紀子ねえちゃんがあんなことをしたのは、結局はうちの家系に流れてる血のせいかなって。うちにはそういう血が流れてるのかなって、ね」

僕は絶句してしまった。それまで心地好かった夕闇が、急に心寂しいものに思えた。

「そんなことはないって、自分に言い聞かせてもみるんだけど、なかなかうまくいかないって言ってたよ。彼女のお母さんが、同じようなことを呟《つぶや》いて泣いてたことがあるんだってさ。もちろん、彼女のいないところでだよ。こっそり立ち聞きしたそうだけど、お母さんがお父さんにそんな話をしていたんだそうだ。お父さんは、馬鹿げたことを考えるなって慰めたってさ」

僕はふと、亜紀子さんのお母さん――クドウさんの伯母《おば》さんでクドウさんのお母さんのお姉さんである人が、未婚の母であったことを思い出した。そしてそのことを、すぐに「悪いことだ」と決め付けてしまう傾向が、ほかならぬ僕自身のなかにも眠っているということを。

「どんな家にも、その家の煩《わずら》いってヤツがあるもんでさ」と、島崎は言った。「蓋《ふた》を開けてみれば、薄汚いことや外聞をはばかるようなことが、どんな家にもゴロゴロしてる。だけど、それをそんなふうに、『よくあることさ』って割り切るには、やっぱちょっと歳を食わないとね。とりわけ女の子には、難しいことだろうと思うよ」

島崎の声音は、いつになく優しかった。夕闇のなかで、彼がまばたきするのが見えた。

「なるほど、事件は間もなく解決するんだろうさ。警部さんがああ言ってたんだしね」と、続けた。「けど、捜査ってのはあくまでも犯人を逮捕するためだけのものであってね」

「真相も突き止めるよ」

島崎は首を振った。「いや、真相は突き止められないと思う。突き止められないというより、その必要がないんだ。犯人さえはっきりすれば、そしてそれを立証できれば、警察としてはOKなんだからな。また、そうでなくちゃ、あれだけたくさんの仕事をさばくことはできないよ。だから、それでいいんだ」

「おまえ、何を言いたいの？」

島崎はちょっと笑った。「工藤さんが立ち直るためには、亜紀子さんがどうしてあんなことをしたのか、なぜあんな死に方をしなきゃならなかったのか、彼女がどんな生き方をしていたのか、彼女は本当に一片の救いもない女の子だったのか、そこのところを理解することが必要なんじゃないかって思ったんだ。もちろん、それだって全部を調べて白日のもとにさらすってことは不可能だよ。だけど、生身の亜紀子さんの姿をちょっとでも知ることができたなら、工藤さん自身も少しは楽になって、自分と亜紀子さんとの距離感もつかめるだろうし、ひいては自信も取り戻してくれるんじゃないかって気がするんだ」

僕はぎゅっと膝を抱えた。「それには、どうしたらいいんだろう?」

「あの中年男。白河庭園の」

「うん」

島崎は僕を見つめた。「オレ、あの男が気になるって言ったよな? 事件に係わりのない人間にしては、あの態度はおかしいって」

「言ったよ」だから、僕と伊達さんとで追いかけたのだ。

「だけど、どうしておかしいと思ったのかってことまでは、オレ、言わなかったと思う」

確かにそうだ。

「実をいうと迷ってたんだよ。警部さんに話そうかとも思ったんだけど、こんなこと言っても、『野次馬にはそういう人間がいるもんだよ』のひと言で片付けられそうな気がしたし、それは確かにそうだろうし。あの自信たっぷりの口調からすると、警部さんたちは、本当に事件の本筋をしっかりつかんでいるんだろうから、どっちに転んだって、あの中年男の存在は、ほんの傍流のもの——警察の求める『事件の真相』には係わりのない小さいものかもしれないって気もしたし」

「まどろっこしいな。どういう意味だよ」

苛立《いらだ》つ僕の目を見て、島崎は低く言った。「あのときオレには、あの中年男が、あの現場にひざまずいて祈っているように見えた」

僕はじっと島崎を見つめ返した。ひとつうなずいて、彼は言った。「確かにそう見えた。頭を垂れて、目を閉じてね。そして、あれが誰にせよ、亜紀子さんのために祈ってたとしたら、それはきっと、あの男が亜紀子さんと、なんらかの形でプラスの係わりを持っていたからだろうと思う。だとすると、あの男の正体を突き止めることは、生前の亜紀子さんのプラスの部分を探し出すことになるし、ひいては、クドウさんの心のより所を見つけることにもつながるかもしれないとは思わないか？」

僕は島崎の顔から目をそらし、すっかり暮れきって、星のまたたき始めた空を見あげた。風が頬を撫《な》でるのを感じた。

心のなかに力がわいてくるのを感じた。

「だけど、どうすればいい？　手がかりなんか、何もない」

島崎は言った。「とにかく、モンタージュが必要だよ。亜紀子さんの知り合いのなかに、あの男を知ってる人がいないかどうか調べたい」

「警察じゃ蹴《け》っ飛《と》ばされたよ」

「だからさ」島崎はニヤッと笑った。「橋口《はしぐち》に頼んでみたらどうかと思って」

11

橋口勇。「イサムじゃないよイサミだよ」と、本人はうるさく言う。美術部に籍を置く、僕らの同級生だ。

「やってくれるかい？」

「それは、興味をそそられちゃう話だね」

週明けの昼休みのことだった。いつも給食を十分でかっこむと美術準備室へふっとんで行って時間一杯まで絵を描いているというのが習慣の橋口をつかまえて、僕らは話を持ちかけていた。

「君らの記憶ははっきりしてるかい？　そこのところがいちばん肝心だからね」

丸椅子にきちんと腰掛けて、橋口は僕らに問いかけた。美術準備室の一角で、大判のスケッチブックを載せたイーゼルを背中に、右手のなかで木炭のスティックをもてあそんでいる。体格は僕と同じくらいだけど、肩のあたりが華奢《きゃしゃ》な感じで、その上に、卵のように形のいいつるんとした頭が載っかっている。大人になったら、きっとベレー帽が似合うに違いない。

「まだそれほど時間がたっていないからね」と島崎が言った。「それに、こっちは四人いる」

「四人？」橋口は小さい目をパチパチさせた。「いや、それは逆にまずいな」

「どうして？」

「かえって混乱するんだよ。せめて二人までだ。そのほうが、ずっとやりやすい」橋口は真面目な口調で言った。「僕、他人の記憶に頼って絵を描くってのは、初めてではないんだ。以前に一度、やってみたことがあるんだよ。そのときは、風景画だったけどね。六人の人の言うことを順番に聞いて、それを元に描いてみた」

「で？」

「出来上がった絵は、見事なまでに現実の風景と食い違ってたよ」と、橋口は笑った。「ちょっとした遊びでしたことだけど、あれには驚いたな。人間て、自分の見たと思ったものしか記憶してないものなんだ。あるいは、見たいと思ったものしか、ね」

僕と島崎は顔を見合わせた。「じゃ、誰と誰がいいかな」

「ひとりは島崎」橋口は言下に指名した。「写真的な記憶力を持っているからね。そんなことないなんて言うなよ。僕は、そういうことはよく気がつくほうなんだ。もうひとりは……」

ちょっと首をかしげて、橋口は遠慮がちに僕らの顔を見比べた。「なあ、訊いてもいいかな。これって、クドウさんの親戚《しんせき》の事件とからんでることか？」

僕らは詳しい事情までは話してなかったのだけれど、白河庭園で云々《うんぬん》ということを聞けば、みんなそう思うだろう。

「そうなんだ」

僕が答えると、橋口は迷わずに言った。「じゃ、クドウさんははずそう。心のなかに、あれこれ余計なことが浮かんじゃうかもしれないからね。正確な絵が描きにくい。となると、あとは緒方と伊達さんか。じゃあ、緒方でいいよ」

僕は嬉《うれ》しかった。勢いこんでうなずいた。

「よかった。僕はかなりはっきりその男のこと覚えてるからね。それに――」

「それに？」島崎と橋口が、同時に問い返してきた。

僕はあわてた。まったくもう、僕ってのはどうしてこうトンマの間抜けなんだろう。隠し事が下手なのだ。

「えーとつまりその……ですね」

「早く言ってよ」

僕はちょっぴり得意なような気分だった。

「オレはさ、その男の正体がわかるような気がしてるのね」

実を言うと、昨夜そのことを思い付き、自分の発見に自分で興奮して眠れなかったくらいなのだ。今、ふたりが目を見開くのを見て、僕はさらに舞いあがった。

「それは、はっきりした根拠のある考え？」と、橋口が訊いた。

「いや、証拠はないけど」

「つまり、推理？」

「そういうこと」

すると、橋口はあっさり言った。「じゃ、駄目だ」

「なんでだよ」

「言ったろ？　そういう余計な先入観があると、記憶が歪《ゆが》むんだ。引き受ける以上、僕は、可能なかぎり本物に近い似顔絵を描きたいからね。残念だけど、緒方は失格」

チェッと思った。

「じゃ、伊達に頼むよ。今日の放課後でいいか？」

立ち上がりかける島崎に、なぜかしら橋口は口ごもり、「まあ、いいよ」と答えた。その口調に、今度は島崎と僕がひっかかった。

「なんかまずいことがあんの？」

「いやべつに」澄まして答える橋口。「伊達さんはさ、ちょっとうるさいだろ、だからさ」

だがしかし、彼の目元がちょっぴり赤くなっているのを、僕も島崎も見逃さなかった。伊達さんには申し訳ないけれど、それは実に意外な発見であり、同時に心をほんわかさせてくれることでもあった。

「おまえが赤くなったなんて言わないから大丈夫だよ」と、島崎。

「だけどさ、おまえのほうにそういう雑念があって、ちゃんと絵を描くことができんの？」

僕がからかうと、橋口はすっかり赤くなった。「任せとけよ」と、ぶっきらぼうに言った。

教室に戻り、僕と島崎とふたりで、クドウさんと伊達さんに事の次第を説明した。彼女たちは熱心に聞き、聞き終えると、真っ先に伊達さんが言った。

「分かった。手伝うよ。あのおっさんを探そうじゃないの」

クドウさんは、目をうるませていた。ホントによく泣く子だと、僕は思った。

「ありがとう」と、うつむいたまま、小さく言った。この「ありがとう」を耳にするためにだったら、神様、僕は何度だって命を捨てるでしょう。ホントだよ。

橋口の言葉に嘘はなかった。彼は実に見事な仕事をしてくれた。

白いスケッチブックの上に、木炭で描かれた似顔絵は、確かに先日、僕らが白河庭園で見たあの男のものだった。顔だけでなく、写真でいうところのいわゆるバストサイズの絵だ。あの男が着ていたジャンパーの、襟の形まできちんと描いてあった。おまけに、ジャンパーにはちゃんと青い色がつけてある。

「伊達さんは、その男の後ろ姿も見てる。走るところも間近に見てる。で、肩の線まで描くことができたんだ」

集まった僕ら四人に、橋口はそう説明してくれた。

「そっくり」と、クドウさんがため息まじりに言った。「どうしたらこんなことができるのかな」

「あんたって、もしかしたら天才かもね」と、伊達さんが言う。「あたしと島崎の頭のなかに潜りこんで、ビデオを観るみたいにしてあのおっさんの顔を見て描いたみたいだよ。怖いくらいよく似てる」


伊達さんにほめちぎられて、正直なことに、橋口は頬を染めた。「ホントにそう思うなら、用が済んだらこの絵を僕に返してよ。三十年か四十年後に、初期の作品として画集に載せるからさ。エピソードをくっつけて」

「それより、あんたの名前をサインして、あたしにちょうだいよ」何も知らない伊達さんは、ひたすら感心してそう言った。「いつかきっと、値が出るからさ」


橋口は笑ってごまかし、ひたすら照れていた。そして、僕らがこれから絵をコピーすると聞くと、念のためにと、似顔絵全体に定着剤をスプレーしてくれた。


学校からの帰り道、途中のセブンイレブンで、小銭を出しあって絵のコピーをとった。女の子ふたりがその作業をしているあいだに、島崎が僕の肘《ひじ》をつつき、僕らはふたりで外に出た。

「なんだよ」

「おまえが今日、橋口に言ったことな」島崎は声をひそめた。「オレ、どういうことだかあてられると思う」

僕はムッとした。「あててみろよ」

「おまえ、あの中年男が、亜紀子さんの実の父親かもしれないと思ったんじゃないか？」

図星だった。

「島崎もそう思ってたの？」

「いちばん連想がいきやすいからな」島崎はちょいと肩をすくめた。「で、クドウさんに確かめてみたんだ。あの中年男が、亜紀子さんの父親である可能性はあるかってね」

僕は島崎の腕をつかんだ。「どうだった？」

「違うってさ」島崎はあっさり言った。「亜紀子さんの本当の父親は、彼女の葬儀に来ていたそうだ。いろいろ事情はあるにせよ、戸籍の上ではちゃんと彼女を認知していたくらいの人だ。やっぱり、知らん顔はできなかったんだろうよ。まあ、それはちょっと慰められる話だけどね。とにかく、クドウさんは亜紀子さんの実の父親の顔を知ってる。で、あの中年男はまったくの別人だと言ってた。あのとき、公園でも言ってたよな。あれは全然知らない人だって」

僕の考えるような事は、いつも島崎が先回りして考えてる。

腹が立つ。

「だからやっぱり、橋口がおまえをはずしたのは正解だったよな」

わかってる。だけど面白くないから黙っていた。いいんだ、これから先の「僕らの捜査」で、島崎以上の成果をあげてみせればそれでいいんだと、自分に言い聞かせながら。

12

どうすれば、橋口の描いてくれた似顔絵を効果的に使い、白河庭園で接近遭遇した不審な中年男を早く見つけ出すことができるか。

僕と島崎、クドウさんと伊達さん、四人で頭を寄せて相談をした。なんせ中学一年生のことだから資金はないし、行動範囲も限られている。出せるものといったら知恵だけだ。で、結局、二手に分かれることに決めた。

1 日曜ごとに白河庭園に赴き、公園の入口で訪れる人に似顔絵のコピーを渡し、「この人を見かけませんでしたか」と呼びかける。まあ、いわゆる目撃者探しということで、あまり期待はできないけれど、やってみる価値が皆無かどうかもわからないからね。ただ、公園に来る人たちが親切な市民だけとは限らないから、この役割は女の子にはやらせることができないので、実行部隊は僕と島崎ということになる。

2 あの中年男が、直接的にしろ間接的にしろ亜紀子さんを知っていたのだとしたら、亜紀子さんの友達や知り合いのなかに、あの男を知っているか、もしくは見かけたことがあるという人がいるかもしれない。でもそれにはまず、亜紀子さんの交友関係をある程度つかんでおかないといけない。これには、親戚《しんせき》であるクドウさんが適任だけれど、内気な彼女ひとりでは手に余る部分が多いと思うので、伊達さんが協力する。

「四十九日の納骨までまだ間があるから、その前にもう一度拝んでおきたいって言って、森田さんの家へ行ってみようと思うの」

クドウさんは、見るからに不安そうな、ホントにこんなことアタシにできるかなあというような顔つきで、そう言った。

「だけどあたしひとりじゃ心細いから、伊達さんについてきてもらう」

伊達さんはどんと胸を叩《たた》いた。「事件の夜、あたしも虫聞きの会に来てたってことにして、お線香あげさせてくださいって言えば、断わられる心配はないと思うのよね。で、怪しまれないように、ちくちくつついて聞き出してみる。あの似顔絵も、うまいタイミングで見せないといけないけど、もし森田さん家《ち》の誰かがあの男を知ってたら、そりゃもうビンゴだよね」

伊達さんの話を聞きながら、クドウさんが小さくうなずいている。大丈夫大丈夫、伊達さんがいっしょについてきてくれるんだからと、自分に言い聞かせているように見えた。

伊達さんが、「森田さん家の、亜紀子さんが使ってた部屋をのぞいてみることができるといいんだけど。もし、そこからアドレス帳でも出てきたらすっごいラッキーなんだけど」などと、推理小説の登場人物的バイタリティでタクランでいるのとは対照的だった。

白河庭園で聞き込みをしていて、「どうしてこの人物を探してるのか」と問われたときのために、言い訳も考えた。曰《いわ》く、つい先日、僕たちここに散歩に来ていて、不良グループにからまれて、お金をとられそうになったんです。そのとき、居合わせたこのおじさんが助けてくれたんだけど、僕らもあわててたので、名前も訊かないままでした。このおじさん、怪我をしたみたいだったので心配だし、どうしても探し出してお礼を言いたいんです――と。なかなかいいでしょう？

セブンイレブンでとった五十枚のコピーの裏に、「もしこの人を知ってたら連絡を下さい」というお願いと、連絡先の島崎理髪店の電話番号を手分けして書きこんで、さあ、僕らは「行動開始！」となった。

プロの捜査官ではない僕たちには、平日には学校生活があり、それぞれの家庭での子供としての暮らしがある。二学期の中間考査まで間がある時期だったので、勉強のことでそれほどカリカリする必要はなかったけれど、宿題は出るしレポートを書かなきゃならないこともある。

部活動のほうも忙しい。サッカー部員の一年坊主で、ようやく専門球拾い部隊からちょっとだけ昇格したばかりの僕は連日しごかれていたし、島崎は彼の才能を見こんで日本将棋連盟へ送りこもうと猛プッシュをかけてくる将棋部顧問の先生との葛藤《かっとう》のなかにあり、伊達さんはバスケット部で得意のロングシュートに磨きをかけ、軟式テニス部員のクドウさんは素振りとランニングの毎日を送る。彼女が言うに、人気種目であるテニス部の女の子たちにとって、この学校の二面しかないコートは、駆け出しのプロゴルファーにとってのオーガスタと同じくらい遠いところなのだそうだ。そのたとえに、僕が「へえ」という顔をすると、クドウさんは、彼女のお父さんが大のゴルフ好きで、しょっちゅうテレビ観戦してるので、ゴルフのことはちょっと詳しいのだと笑った。クドウさんのお父さんのゴルフ熱は本格的なもので、それもそのはず、大学時代には、プロを輩出していることで有名な大学のゴルフ部員だったのだそうだ。

「プロゴルファーになりたくて、卒業のときには、就職しないで頑張るって言い張ったこともあったんだって。だけどおじいちゃんとおばあちゃんに大反対されて、あきらめたのね。今でもときどき、あのときあきらめてなければなあって言うこともあるよ」

「酔ってるときだろ」

クドウさんは首を振った。「ううん。飲んでないとき。だからあたしも、ああお父さん、夢をあきらめたことが今でも残念なんだなって思うの」

クドウさんのお父さんは銀行マンだ。都内の某支店の支店次長。異動の多い仕事だけど、クドウさんの進学のこととかを考えて、この先地方への転勤があっても、単身赴任をすると決めているそうだ。僕はほっとした。

「でもお父さん、銀行の管理職なら、接待ゴルフが多いから、わりといいんじゃない？

しょっちゅうグリーンに立てる」

クドウさんはニコニコした。「相手はお得意さんだから、わざと負けなきゃならない、けっこう難しいとか言ってる」

僕の父さん——友達と話すときは「親父」って呼ぶけど——は、若いころには船乗りになるのが夢だった。ちょっと変わってるのは、船長とか航海士とかじゃなくて、機関士になりたがってたってことだ。ずっと昔、父さんが子供のころ、父さんの父さんの知り合いに、貨物船の機関士長だった人がいて、この人がとってもカッコよかった。で、一途《いちず》に憧《あこが》れてしまったんだそうだ。

うちの父さんがその夢をあきらめたのは、別に誰に反対されたからでもない。船酔いする性質《たち》だったからだ。どうしても慣れることができなかったんだって。ホントの話、家族旅行で観光船に乗っても、ひとりで青い顔をしているからね。

ただ——言いにくいんだけど、船乗りの悪口を言うときに、よく「港みなとに女あり」というでしょう。あれはホントなのかどうかわからないけど、うちの父さん、本物の船乗りになれなかったかわりに、そっちの俗説のほうにだけは忠実であるようでして……。

今年の夏休み、そのへんのことで我が家で大きなもめ事が起こったことは、僕と島崎の最初の物語を読んでくださった方はご存じだと思います。で、その後の我が家は、今のところは平穏無事。まだ、今のところはね。ただ、今後もそれが長続きするかどうかということになると、子供である僕にも自信がない。

亜紀子さんの事件にからんで嫌な噂がたち、クドウさんがひどく悩んでしまって、「あんなことをするのも家の血のせいなのかな」なんてトンデモナイことを考えているという話を聞いたとき、僕もふと、父さんのことを思った。そう、僕にも、浮気を繰り返す父さんと同じ血が流れてるからな――とね。

母さんと喧嘩《けんか》ばかりしてるわけではなく、そこそこ仲がいいと思えるときもあり、どっちかっていうと平均以上の会社人間的なところのある父さんが、どうしてほかの女性に目移りするのか？　これは僕にとって解けない謎であり、ひょっとすると将来にわたって大きな精神的外傷（カッコいいでしょ。心理学の本で見つけた言葉だけどね）となる要素でさえあるかもしれない。今だって、僕がもう少し大人になり、今より広い人間関係を持つようになったとき、一度にふたりの女性を好きになったり、三人の女性のあいだをヘラヘラ笑いながら行ったり来たりして、そういうのをとっても楽しんで、で、あるときふっと酔いが醒《さ》めるようにして思う……オレは親父とそっくりだ、と。そんなときが来たらどうしようかなと考えたりすることがあるんだ。

一度、島崎にそのことを話してみたことがある。するとアイツはこう言った。

「取り越し苦労をするな。おまえがそれほどモテるかどうか、誰にもわからない」

ご忠告、おおきにありがとうよ、フン。

現在の僕は、クドウさんひとりのことで、頭がいっぱいだ。だから、ほかに目移りする気遣いは皆無。だけど、これほどにクドウさんに恋をしてみて、ちょっぴりだけど、父さんが浮気ばっかりしている理由がわかったような気もした。仕事と家庭にどっぷりつかって、父さん、退屈するのが嫌なんじゃないかな。外から刺激を受けることがなくなるのが嫌で、だから「恋」するんじゃないかしらん。浮気だって、恋愛であることに違いはないんだからね。

それほどに、恋してると毎日が楽しい。日々がバラ色の刺激に満ちている。登校して教室でクドウさんの顔を見るたびに、電話で彼女と話をするたびに、僕はそれを痛いほど感じる。

それだから、あてのない「白河庭園における不審な中年男目撃者探し」も、僕にとっては少しも苦痛ではなかった。午前十時の開門直後から夕方五時の閉門まで立ちっぱなしで、声をかけられた人たちから変な目で見られたり、無視されたり、からかわれたりしても、全然辛《つら》いと思わなかった。

一方のクドウ・伊達組は、さっそく森田家を訪ねた。訪問自体はスムーズにいったようなのだけれど、あとでふたりがそろって気落ちして語ったところによると、森田家の人たちは、一様に口が堅いようだ。亜紀子さんの話題を出しても、とおりいっぺんの返事がかえってくるだけで、彼女と親しかった友達の名前とか、よく出かけていたお店とか、捜査の手がかりになりそうな事柄は、ほとんどつかめなかった。クドウさんは、テニスの壁打ちをしているような感じがしたと言った。

僕らはボブおじさんのハンバーガー・ショップにいた。第一回の、打合せ兼報告会だ。

「森田さんところで、シベリアン・ハスキーを飼ってるんだけど」

「知ってるよ。葬式のときに見かけた」

「あの犬ね、シーザーっていう名前なの。もう四年ぐらい飼ってるんだって。それがね、亜紀子ねえちゃんには全然なつかなくて、それどころか、亜紀子ねえちゃんが家を空けることが多くなってからは、お姉ちゃんが帰ってくるたびにワンワン吠《ほ》えてたいへんだったっていうの」

気の滅入る話だった。

「子犬のときから飼ってるんだろ?」と島崎が訊いた。

「そうよ。ちゃんとブリーダーの人から買って、躾《しつけ》もしてもらったんだって」

「主に世話をしてるのは誰?」

「森田さんの伯父さん。毎日二度、出勤の前と夜寝る前に散歩に連れていくんだって。伯父さんにはすごくなついてて、言葉が通じてるんじゃないかって思うくらい、伯父さんのいうことをよくきくのよ」

それでますます、気が重くなった。亜紀子さんと義理の父親との関係を、シーザーの行動が象徴している。

「半年くらい前、亜紀子さん、シーザーに噛《か》まれそうになったことがあったんだってよ」

と、伊達さんが言った。クドウさんが勢いよくうなずく。

「夜ね、伯父さんが散歩に連れていって、帰ってきたとき、ちょうど亜紀子ねえちゃんも帰ってきたところだったんだって。一カ月ぶりくらいだったとかで、それも、本人が言うには、ちょっと着替えを取りに来ただけだって。で、勝手口のほうからこっそり入ろうとしてて、泥棒に間違えられたのね」

「それでシーザーが吠えかかった？」

「うん。亜紀子ねえちゃんすごく怒って、真っ青になってたって。『こんな犬、殺してやる』ってね。そしたら伯父さんも怒っちゃって、しまいには亜紀子ねえちゃんが泣き出すくらい大声で怒鳴って……」

クドウさんは形のいい両の眉毛《まゆげ》をさげた。

「伯父さんがわたしにこの話をしてるとき、伯母さん、とっても悲しそうだった」

手のなかでミルクシェイクのカップをもてあそびながら、島崎がゆっくりと訊いた。

「そこなんだけどね。亜紀子さんには、家のなかに全然味方がいなかったのかな。お母さんはどういう態度をとってたんだろう？　父親とは義理の間柄でも、母親はちがうだろ？」

それは僕も、疑問に思っていたことだった。母と娘の絆《きずな》って、けっこう強いものだと思うから……。

クドウさんは、しばらくのあいだ黙っていた。ちょうどそのとき店内でBGMにかかっていた『ドック・オブ・ザ・ベイ』が終わるまで、音楽に聴き入っているかのように小首をかしげ、視線を落としたまま。

僕もオーティス・レディングのしゃがれたような歌声に耳を傾けながら、彼女の顔を見守った。波止場に腰をおろし、ただぼんやりと時間をつぶしているのさと歌う——うちには、通信販売で買ったCDオールデイズ・コレクションなるものがあり、母さんがしょっちゅうかけているので、『ドック・オブ・ザ・ベイ』もお馴染《なじ》みの曲だ。でも、何度聴いても不思議な歌だと思う。これは世捨て人の歌だろうか。それとも、世の中に見捨てられた人の歌だろうか。

「わたしも、そのことでは伯母さんとは話できない」

クドウさんは、BGMの切れ目に、小さな声で話し出した。

「だからこれは、うちのお母さんから聞いた話だけど……」

そもそも森田の伯母さんが、未婚の母として亜紀子さんを産むことになったのは、亜紀子さんの本当の父親である男性との結婚を、相手方の親に大反対されたからだったそうだ。

「伯母さんとその男の人は、その当時もういっしょに住んでたんだって。で、結婚に大反対する親をなんとか説得しようとしてたのね。そこに、亜紀子さんができた。だからそのときは、もう赤ちゃんがおなかにいるんだからって言えば、さすがに親も反対しなくなるだろうと思ったそうなんだけど」

ところがそうは問屋がおろさなかった。森田の伯母さん（当時は若い娘さんだ）の妊娠を知った相手の男性の母親が、ひどいノイローゼにかかり、挙げ句に入院してしまったというのだから。

「伯母さんとの結婚を決意してた伯母さんの恋人も、それでガックリきちゃったんでしょうね。母親と恋人の板挟みにくたびれて、で、結局――」

「伯母さんと別れることにした、と」

「うん。伯母さんの恋人も、そのころはまだ大学を出たばっかりで、若かったからねって、うちのお母さんは言ってた。気の毒な感じもしたって。だけど伯母さんは赤ちゃんを産みたかった。それで亜紀子ねえちゃんが生まれた」

島崎がフンと鼻をならした。「先方の母親は、なんだってそんなに反対したんだろう？」

「伯母さんの恋人の家は、お金持ちでね。しかも、学者さんとか裁判官とか、偉い人がいっぱい出てる家だったんだって。伯母さんのほう――うちのお母さんのほうは、町工場やってるの。プラスチック加工のね。子供の玩具《おもちゃ》とかつくってるんだ」

伊達さんがため息をつきながら言った。

「亜紀子さんのホントの親父さんさ、葬式に来てたって言ったでしょ？　今、弁護士だってさ。やれやれだよね」

そういう次第の別離だったので、恋人のほうも、ひとりでも子供を産むという伯母さんを放ってはおかなかった。金銭的な援助はしたし、認知もした――

「伯母さんが森田の伯父さんと結婚したのは、亜紀子ねえちゃんが二歳のときだったの。親戚《しんせき》の紹介で、半分はお見合いみたいな感じだったらしいけど、でも、コブつきだからって遠慮する伯母さんを、森田の伯父さんのほうが口説いていっしょになったんだって、うちのお母さんは言ってた」

森田の伯父さんは、物流会社の運転手である。仕事はハードだけど、同年代の男性と比べると、収入はかなり多い。いきなり二歳の女の子の父親になっても、充分やっていけるだろうと思えた。現実的な面でも気持ちの面でも、これで姉さんもやっと幸せになれると、クドウさんのお母さんは、この結婚をとても喜んでいたのだそうだ。

ところが、それがいつごろからかぎくしゃくし始めた――

「うちのお母さんが言うにはね」

クドウさんは、喉《のど》につまった錠剤を飲み下すときみたいに、何度か唾《つば》を飲み込み、言いにくそうに続けた。「やっぱり、伯母さんのほうに引け目っていうか、遠慮っていうか、変な気を遣っちゃうところがあったって。たとえば、夜勤を終えた伯父さんが帰ってきて昼間寝てるとき、亜紀子ねえちゃんが騒いだりすると、ちょっと大げさなくらい怒ったりとかね。お父さんの機嫌を損じちゃいけないって、しょっちゅう亜紀子ねえちゃんに言い聞かせてたって」

森田の伯母さんの側に、「面倒を見てもらった、引き取ってもらった」という感情があったのだろうか。

「姉さんには、昔から人に気を遣いすぎるところがあったんだって、うちのお母さんは言うの。それが悪いほうに出ちゃって、家のなかで、いつもいつも亜紀子ねえちゃんを押さえつけるようなことばっかりしてきちゃった。お姉ちゃんが小さいときはそれでも通るけど、だんだん成長してくれれば、どうして自分ばっかりこんなに小さくなってなきゃならないんだって思うでしょ？　ましてや、弟はそんなふうにちぢこまらないで生活してるんだもの。で、森田の伯父さんと喧嘩《けんか》したりする。すると伯母さんが、亜紀子が悪いって怒る。お父さんにそんな口をきいちゃいけない、恩を忘れたのかってね」

それでは、亜紀子さんには逃げ場がないわけだ。

「亜紀子ねえちゃん、伯母さんにそう叱られるたびに、『あたしが産んでくれって頼んだわけじゃないのに勝手に産んで、育ててやった恩を忘れるなって押しつける』って、怒鳴りかえしてたって。うちのお母さん、姉さんには悪いけど、亜紀子ちゃんがそうやって怒る気持ちもわかるって言ってた」

亜紀子さんが高校を中退することになったのも、そういう親子喧嘩の挙げ句、彼女が、「そんなに恩着せがましいことを言うんなら、もう学費なんか出してくれなくていい、あたしは就職するから」と言ったことがきっかけだったそうだ。けっして、亜紀子さんが学校で問題を起こしたとかいうことではなかった。

ただ彼女、学業にはあまり熱心でなく、そのことでも、両親とのあいだに摩擦が絶えなかったという。

目に見えるようだなと、僕は思った。勉強が苦手な女の子がいる。そのことでは、彼女自身も面白くない気分がしており、あたしってダメなのかなあとか思っている。そこに輪をかけて、外から プレッシャーがかかる。あんた、もっとしっかりしなくちゃいけないよ、学校へは無料《タダ》で行かせてもらってるんじゃないんだから。もっと頑張りなさい、原宿なんかへ遊びに行ってる暇があったら、そんな音楽聴いてる暇があったら、テレビなんか観てる暇があったら。

あんたはそんなことしていられる身分じゃないんだよ。

ゾッとする。ほんとに、腕に鳥肌がたった。

「森田の伯父さんはどうだったの?」と、島崎が訊いた。「最初から、亜紀子さんと義理の父娘《おやこ》になることは承知の上の結婚だったんだからさ」

「俺は亜紀子と悟――サトルって弟の名前ね――を差別して育てたつもりはないって言ってた」と、クドウさんは答えた。「それなのに、亜紀子はふた言めには『本当のオヤジじゃないからどうのこうの』って言う。世の中には、義理の親子でも仲よく暮らしてる家はいっぱいあるのに、亜紀子がそれをできないのは、あいつの根性が曲がってるからだって、よく言ってたそうよ」

僕らはそろって黙りこくった。なんかこう――悪循環の典型パターンを見ているような気分だった。

「亜紀子さんみたいな立場におかれたら、あたしもきっと、逃げ出すだろうな、家から」伊達さんが、ぽつりと言った。「うちのなかに居場所がないんだったら、いてもしようがないもんね。外へ出ていって、自分の居場所を探すよ」

僕もそう思う。たとえまだそれだけの力がついてなくたって、いてもたってもいられずに外へ出て、自力で生きようとするだろう。

芸術家とか芸能人とか、実業家にだって、そんなふうにして飛び出して成功した人が、いっぱいいる。ただ、そういう力と運に恵まれなかった人は――どうなる？

亜紀子さんの「売春」という行為も、その答えのひとつだ。彼女が自力で生きて、自分の居場所をつくろうとしたことの結果だ。

僕らは――子供は、当然のように、親元の自分の家に自分の居場所があるものと思っている。それで当たり前だと。生まれてきたんだから、自分はここにいる。ここが「家」だと。

だけど、世の中にはそうでない場合もあるのだ。「居場所」はある。たしかにある。だけど、その「居場所」はあくまでも「与えられている」ものであって、そのことに対して常に感謝し、居場所を与えてくれている人に礼を尽くしておかないと、いつ取り上げられ追い出されてしまうかわからない――というふうに考えざるを得ない立場に置かれてしまう人もいるのだ。

亜紀子さんは、そんな立場にうんざりした。だから飛び出した。だけど、もし彼女が、親に反抗したり、外へ飛び出すという、一種の「外向き」なパワーを持っている人でなかったら、どうだったろう。僕の想像だけど、その場合は彼女、きっと、おそろしいくらいの「優等生」になったんじゃないか。

親には逆らいません。学校の成績はつねに優秀。近所の評判もバツグン。うちの子も亜紀子ちゃんくらいできがよかったらねえとうらやましがられるような良い子の典型。

だけど、彼女をそういう良い子たらしめている原動力は、「恐怖心」以外の何物でもない。ホラ見てお父さん、お母さん。アタシこんなに良い子でしょ？　だから追い出さないでね。あたしの居場所はここよね？　ここにいていいわよね？　ずっと良い子でいるからね？　ね？　ね？

僕はうめいた。「胃が痛い」

「森田の伯母さんは」と、クドウさんがささやくような声で言った。「亜紀子がこんなことになったのは、みんなわたしが至らなかったからだって言ってるの。全部自分の責任だって。主人にも、悟にも辛《つら》い思いをさせてしまったって。ホントなら、もうこの家にはいられた義理じゃないんだって」

島崎が眼鏡をはずし、ズボンのポケットから取り出したハンカチでレンズをふき始めた。今の話で涙がにじんでレンズが曇ったというわけではない。これは、島崎が腹を立てて、その感情を押さえようとしている証拠なのである。レンズをふくという動作のなかに、怒りのパワーを分散させて吐き出しているのだ。

それでもまだ、「話題をかえよう」と切り出した語気には、怒りの勢いが残っていた。

島崎のこんな様子を、僕は久しぶりに見た。

「現実問題としての、亜紀子さんの居場所はどこだったのかな？　家を出て、どこかにいたわけだろ？　森田さん家《ち》の人たちは、誰も知らないの、彼女の居場所を」

田村警部さんの話では、亜紀子さんは、一ヵ月のうち四、五日しか自宅におらず、家族には「友達のところに泊まる」と言い置いていたということだった。その「友達のところ」をひとつひとつ探して確認してゆくのは大仕事だ、とも言っていた。

「伯母さんは、居所を知ろうとしてずいぶん努力したみたいだけど、わからなかったって」と、クドウさんが言った。

そりゃそうだろう。亜紀子さんとしては、せっかく自力で確保した「居場所」に踏みこんでこられて、そこでまた「あんたは他人様《ひとさま》に迷惑をかけてる、そんなことをできる身分じゃないのに」なんて言われるの、死んでも嫌だったにちがいないから、必死で隠しとおしたはずだ。

そして、島崎の仮説――あの中年男性が、白河庭園の現場で「祈っているように見えた」という事実から立てた説が間違っていないなら、亜紀子さんの味方であり、彼女とプラスの関係を持っていたはずのあの男は、かなり高い確率で、彼女のその「友達」の輪のなかに存在しているはずだった。彼女が彼女の居場所を確保していたところにいるはずだった。

「友達、か」と、伊達さんが呟《つぶや》いた。「ひょっとしたら、あの男の人もさ、そうだったかもね。亜紀子さんの馴染《なじ》みのお客さんだったかもしれないじゃん」

僕らはまた沈黙した。だけど、それぞれがそのとき頭のなかで考えていることは、たぶんひとつ、同じことだったろうと思う。

彼がたとえ馴染みの「お客」でも、亜紀子さんにとっては、いないよりいてくれたほうがいい人だったのだ。

そして、賭けてもいい、彼女が彼といたところ、「友達」といた輪のなかに、彼女を殺した犯人もまた、いたのだ。彼女が招いたからそこにいたのか、勝手に侵入してきたのかは、わからないけれど。


次の日曜日。

僕と島崎は、また白河庭園へと出かけた。季節柄、人出の多い時期なので、収穫はなくても、忙しい思いを味わうことはできた。人探しの理由を問われたとき、つくり話を披露することにも、どんどん熟練してきた。なかには、僕らのつくり話に感動して、似顔絵のコピーを何枚か持ち帰り、家の近所で訊いてみてあげようと言ってくれる人もいたりした。申し訳ないような気がしたけれど、有り難いことでもあった。とにかく、なんでもいいからあの男につながる手がかりがほしい。

午前中は、先週と同じように空振り続きだった。最初から、あるかなしかの糸をたぐるような聞き込みだから、「あらこの人なら知ってる」とか、「この前白河庭園に来たとき、この人が車に乗り込んでいくのを見たよ、ナンバーはね」なあんていう奇跡みたいな成果を期待してはいないけれど、ま、やっぱり寂しい連続三振ではある。

お昼は白河庭園の正門の近くにある喫茶店でランチを食べることにした。先週来たとき、ここのスパゲティ・セットが安くておいしいということを発見したからだ。

「パンピー」という名前のその店は、三十をちょっと出たぐらいの若いマスターがひとりで切り回している。親切そうな人だったので、先週、カウンターに座ってボンゴレを食べながら、つくり話を打ち明けてみた。すると思った以上に反応がよく、似顔絵を何枚か預けておいてくれれば、お客さんたちに訊いてみようと言ってくれた。

というわけで、今週「パンピー」のドアを開け、正面の壁にかけられた小麦畑の写真の隣に、「この人を知りませんか？」というキャプションつきで張り出してあるあの似顔絵を見たときも、それほどびっくりはしなかった。ところが、カウンターの内側にいたマスターは、僕と島崎の顔を見て、大いに驚いた顔をした。

「ああ、来たね、よかった」と言いながら、急いで近寄ってきた。

「預かりものがあるんだ」

「預かりもの？」

マスターは赤いエプロンの裾《すそ》で手をふくと、カウンターのレジの下から薄っぺらい封筒をひとつ取り出した。

「つい昨日の午後、ここに立ち寄った女のお客さんが、あの似顔絵を見てすごく驚いて」

僕と島崎はコーラスした。「ホントに？」

「ホントだとも。で、僕が事情を話したらもっと驚いて、君たちが来たらこれを渡してくれと頼まれた」

島崎が封筒を受け取った。封はしてなかった。なかには、四つにたたんだチラシみたいな紙が入っていた。

広げてみると、みたいじゃなくて、本当にチラシであることがわかった。それも、テレクラのチラシだった。その裏側の白いところに、きれいな女文字でこう書いてある。

「君たちの探している人を知っているかもしれません。よかったら連絡して」

安西杏子《あんざいきょうこ》と、署名してある。その下に都内の局番の電話番号。

「すげぇ」と、僕は唸《うな》っていた。「あたりがきたじゃないか」

だが島崎は無言だ。石のように黙りこくっているばかりか、固まってしまっている。僕は肘《ひじ》でつっついた。

「どうしたんだよ?」

島崎は目をあげ、チラシを僕のほうに差し出し、右手の指先で、チラシの下のほうに印刷されている数人の女のコの顔写真をさした。「見てみろよ」

「なんだよ、マジな顔しちゃって」

どうということのない、原色カラフルの感嘆符いっぱいのチラシだ。うちの近所の電話ボックスにもよく入っているチラシだ。イラストあり、顔写真あり。みんな可愛くて色っぽい女のコのものばかりだ。島崎が怖い顔をしなくちゃならないような代物ではない――だけど、島崎の指の先にあるものを認めたとたん、僕も硬直した。店内に漂うトマトソースの匂いさえ感じられなくなった。

「キュートなわたしたちがお相手します」というリードの文章の横で、笑っている女の子の顔写真。

クドウさんだった。

13

僕と島崎は、まず「パンピー」を出て、まっすぐ島崎の家に向かった。

チラシの伝言を残してくれた、この安西杏子という人に電話するのに、静かな場所にあって他人に邪魔されない電話を確保する必要があったからだ。それには、昼間店を開けているあいだは使う人のいない、島崎家のホームテレホンが最適だと思った。

もうひとつ、僕にも島崎にも——特に僕のほうに——頭を冷やしてしゃんとなるだけの時間の余裕がほしかった。島崎理髪店まで、白河庭園から徒歩で約三十分。そのあいだ、僕らは黙りこくって歩き、僕は手のなかに問題のチラシを握り締めていた。

テレホンクラブのチラシのなかで笑う、クドウさんの顔写真。それは僕の心を傷つけはしなかった。だって、こんなこと、何かの間違いに決まってるから。

それでも、動揺せずにいることはできなかったのだ。いったい、クドウさんの身に何が起こっているのだろう？　また何が起こりつつあるんだろう？　それに対して僕は何かすることができるのだろうか？

「落ち着けよ」

島崎理髪店の看板が見えるところまで来ると、島崎は僕に声をかけてきた。

「うちのオフクロ、あれでなかなか鋭いからさ。挨拶《あいさつ》するとき、ちょっとでも様子がおかしいと、どうかしたのかって訊いてくるぞ」

「わかってる。大丈夫だよ」

幸い、島崎理髪店は大忙しの状況で、島崎のオフクロさんは、お客の顔に蒸しタオルをのせながら、「あら、こんちは」と言っただけだった。僕らは店の脇のドアを通り抜け、家のほうへと通じる階段をあがった。

島崎家のリビングルームには、島崎のおばあちゃんの代から使っているという、年代ものの籐《とう》製のソファがある。電話機は、そこに座って右に手を伸ばせば届くところにある。島崎がソファに腰をおろし、僕は向かい側のこれも古びた肘掛け椅子に座って、それぞれ申し合わせたように深呼吸をひとつした。

島崎が受話器をあげた。僕は、ふたりの会話を聞き取ることができるように、電話機のオンフック・ボタンを押した。

呼び出し音二回で、先方につながった。

「驚いちゃったわね、ホントに」

安西杏子という人は、はきはきしたきさくなしゃべり方をした。声がちょっとしゃがれている。年齢は、三十代の半ばぐらいというところだろうか。

「僕らも驚きました」と、島崎が応じた。「こんな形で反響があるなんて思ってもみなかったから」

「そうでしょうねえ」笑いを含んだ声で、安西さんは言った。「あのチラシ、ごめんなさいね。君たちもきまり悪かった？　あのお店のご主人に、あたしもジロジロ見られちゃったわ」

確かに、「パンピー」のマスターは、チラシと僕らの顔を見比べていた。

「だけど、意味なくやったことじゃないの」と、安西さんは続けた。「君たちが探してる『恩人』のあの男の人とね、あのチラシは関係があるのよ」

恩人――と思って、僕は島崎の顔を見た。そうなのだ。安西さんは僕らのつくり話を信じて、あくまでも、僕らが不良グループにからまれて困っているところを助けてくれた親切なおじさんを探していると思っている。話をあわせないといけない。

念を押すように島崎の顔を見ると、彼は黙ってうなずき返してきた。

「実はね、あたしは、ああいうチラシ――テレクラのチラシばっかりじゃないわよ、言っとくけど――をつくったり、配って歩いたり郵送したりする会社をやってるの。安西情報サービスっていうんだけどね」

会社は内神田《うちかんだ》にあるという。

「そのチラシのテレクラね、『パラダイス』っていうところでしょ?」

そのとおり、店名は「パラダイス」だ。僕はチラシに目を落とし、またクドウさんの笑顔を見た。

「『パラダイス』はうちのお得意さんのひとつでねえ。あそこのスタッフは、うちにもしょっちゅう出入りしてるの。なかなか注文のうるさいところでね。チラシのレイアウトとか、いちいち指図してくるのよね」

格別、そういう努力の跡が残されているようには見えない代物だけどね。

「まあ、それはいいんだけどね。で、問題のおじさんよ。あの人、うちに来たことがあって」

「お客としてですか?」

島崎の質問に、安西さんはすぐに答えた。

「いえいえ、違うの。ぜんぜん逆。このチラシを配るのをやめてくれないかって頼みにきたのよ。もちろん、無料《タダ》でじゃなくてね」

島崎は眼鏡をずりあげ、座り直した。

「それはつまり――自分が買い取るとか、そういう意味ですか?」

「そうそう。『パラダイス』側には内緒で、チラシを配ったことにして、捨ててしまいたいんだっていうわけね。『パラダイス』が払ってる料金の倍払うから、頼むって」

僕が口を出そうとすると、島崎が手でそれを制した。安西さんの声が続けた。

「そういうの、どう思う?」

「たぶん、その人は、これに載ってる顔写真の女の子の身内とかで――」

「そうよね、そう思うでしょ。あたしもピンときたわ。きっと、この人の娘さんがこのチラシのなかにいるんだなって。でも、言ったの。申し訳ないけど、それはできませんて。『パラダイス』ってところはうるさいところで、ちゃんとチラシをまいてないことがバレると、うちが困るんですって」

「『パラダイス』は、そういうチェックも厳しいんですか?」

「どうかしら。ホント言えば、チラシぐらいごまかせたかもしれない。でも、あそこは裏に暴力団が噛《か》んでたりしてね……うちとしても、まあ商売柄そんなこと気にしてたらやってられないから平気だけどさ、厄介なお得意ではあるのよ。だからねえ」

島崎はゆっくりとうなずいている。

「で、このおじさん、すぐに納得して帰ったんですか?」

「少々食い下がられたけどね。だからあたしも顔をよく覚えていたわけですよ」

安西杏子さんは、大きなため息をついた。僕らによく聞こえるように、わざとそうしたのだろう。

「こっちとしてもしんどい話でね。親の言うことをきかない娘さんを持ってるんだろうなあって、思ったわ。だけど、そんなこと正面から訊くわけいかないでしょう？　だから、からめ手から訊いたの――からめ手ってわかる？」

「ええ、わかります」

「頭いいのねえ」安西さんは、ちょっと笑った。「あたしはこう訊いてみたの。このチラシをうちでつくってるってこと、どうしてわかったんですかって」

「そしたら？」

安西さんは、少し声を小さくした。「知り合いの娘さんが、だまされてここに顔写真を載せられてるんですって。その娘さんからききましたって、ね」

僕はチラシのなかで笑うクドウさんの目を見つめた。彼女は笑い返してきた。

このチラシには、三人の女の子の顔写真が載せられている。いちばん右がクドウさんだ。いつどこで撮られた写真なのかわからないけれど、今の彼女とは髪型が少し違う。今よりももっと短い。首はきれいに写っているのに、洋服の襟が見えない。何を着てるのだろう？

背景もぼんやりしている。白黒のそれも粒子の荒い写真だから仕方ないけど、イライラした。

右から二番めの女の子は、クドウさんより少し年上の感じで、ストレートの長い髪を、幅広のヘアバンドでおさえている。首のところに、わずかに白い襟が見える。全体にお嬢様ふうの感じだ。

三番めの女の子は、にっこりと笑っている。ショートカットの活発そうな可愛い女の子で、年はクドウさんぐらいだろうか。でも、耳たぶにピアスらしきものが見える。

三人の女の子。みっつの笑顔。

安西さんの話をそのまま受け取っていいものならば、あの白河庭園の中年男性は、この三人のうちの誰かの知り合いで、「だまされて」ここに写真を載せられた女の子のために、心を砕いていたということになる。

もとい――と、僕は心のなかで訂正した。

三人のうちの二人だ。クドウさんは関係ない。だって彼女は、白河庭園であの男と遭遇したとき、「あんな人は知らない」とはっきり言っていたじゃないか。

クドウさんの知らない男が、彼女のためにそこまでしてくれるわけがない。あの男は、残り二人――お嬢様かピアスかどちらかの知り合いもしくは身内であるのだろう。

僕はなおも、みっつの顔写真を見つめた。見れば見るほど、彼女たちの笑顔の明るさ、素直さが、安西さんの言っていることを裏付けるような気がした。いや、より正確には、安西さんの聞いた、あの中年男性の言っていることを。

だまされて顔写真を載せられた――

そう、そうだ。三人の女の子たちは、「パラダイス」とはなんの係わりもない。僕の心を先取りして、島崎が安西さんに訊いた。「そのおじさんは、『だまされて載せられた』と言ってたんですか。『無断で』とか『勝手に』とかいうことじゃなくて」

安西さんは「うーん」と言った。「どうかしら。『だまされて』という言い方だったと思うけど、でもそれって、今君が言ったみたいな意味も含まれてるんじゃないかしらね」

「そうですね」

「言われてみればね、その写真、チラシのためにわざわざ撮ったっていうより、学生証の顔写真みたいでしょう。それとか、スナップ写真とかから切り抜いてきたみたいにも見えるわね。そういう写真のレイアウト、あたしたちは『顔丸』って呼ぶんだけど、顔だけのアップだからね、どんな写真からだって引っ張ってこれるのよ」

丁寧に説明してくれてから、今話していることの意味するところを、安西さんは考えたのだろう。ちょっと言葉を切ってから、弁解口調で言った。

「チラシをつくるときには、こっちは向こうの持ってきた材料を使うだけだから、気にとめてないからねえ」

島崎は、安西さんの自己弁護にはとりあわなかった。表情はともかく、口調はあいかわらず明るいままで、

「びっくりしたなあ」と続けた。「ところで、そんな事情だったんじゃあ、そのおじさん、

名前は名乗らなかったんでしょうね？」

「ええ、残念ながら。こちらも強いて訊かなかったし」

「それ、いつごろのことでしたか？」

「おじさんが訪ねてきた日？」

「はい。最近のことでしたか？」

驚いたことに、安西さんはこう答えた。

「あの事件よ、女の子が白河庭園で殺されたでしょう、あのすぐあと。二、三日あとだったかな。お客じゃなかったから記録とってないけど、あの事件のことでうちでもまだいろいろ騒いでたころのことだから、間違いないと思うよ」

僕と島崎は目と目を見合わせた。僕のほうは、亜紀子さんの事件の話が出てきたので反射的にそうしただけだけど、島崎が僕の目を見たことには意味があった。

彼はこう訊いた。「へえ、じゃあ安西さんは、あの殺された女の子をご存じだったんですか」

「ええ、知ってましたよ」

安西さんの返事を聞いて、僕は目を見開いた。それから、自分の頭を蹴飛《けと》ばしたくなった。

安西さんが、どういう形であれ亜紀子さんと係わりがあったというのは、最初から考えてしかるべきことなのだ。だってそうでしょう。そうでなかったら、安西さんが今ごろ白河庭園あたりをウロウロしているわけがない。

だからこそ、島崎が僕の目をとらえて、合図をよこしたのだ。だのに僕ときたら、全然そっちのほうへ頭を働かせていなかった。

「わりとよく知ってたわよ、あの森田さんて娘《こ》のことは」

安西さんの声が低くなった。故人のことを話すときは、みんなこうなる。

「あの娘、うちによく来てたの」

「何をしに？」

「仕事に。だって、『パラダイス』のスタッフだったからね。さっき言ったでしょう、チラシのレイアウトとかにうるさいって。そういうことは、あの娘がみんなやってたのよ。あの娘、テレビとか週刊誌とかじゃ、ただの雇われ売春婦みたいに言われてたけど、本当はそれだけじゃなかったのよ。スタッフの一員みたいな顔してたもの」

しゃべってしまってから、安西さんは、僕らとあの殺人事件とはなんの係わりもないということ――彼女はそう思ってるわけだから――に気づいたらしい。

「あらイヤだ、なんの話してるのかしらね、あたしは。君たちには関係ないわよねえ」

島崎はソツがない。「地元じゃビックリ仰天の事件でしたから、僕らもしばらく大騒ぎしてましたよ」

「そう……そうよね、下町のド真ん中であんなことが起こったんだもんね」

電話の向こうで、カチリと音がした。どうやら、安西さんがライターで煙草に火をつけたらしい。

「あの殺された女の子のことをご存じだったんで、昨日も白河庭園にいらしてたんですか」と、島崎が訊いた。

「そうなの」煙を吐く気配をさせながら、安西さんは答えた。「まあ、一応いっしょに仕事したことのあった娘さんだからね。実を言うと、白河庭園には、事件があったすぐあとにも一度行ってるのよ。お花を持ってさ。そのときは、まだ現場検証中とかで入れなかったけど」

「そうですか……」

「なんとなく、足が向いちゃうのよ。いろいろ考えちゃって」

安西さんは、自分が話している相手が中学生の男の子であることを忘れがちになっているようだ。島崎は、よくこういうことをやってのける。顔の見えない電話でなら、生徒指導の先生と話をして、相手に身の上話をさせることだってできるだろう。

「あんな若いのに、あんな死に方をしてさ……。可哀相だなあって思うけど、でも、あの娘はああいう死に方をしそうな娘ではあったのよ。というか、いつかああいう死に方をするか、さもなきゃ人を殺すか、どっちかになりそうな娘さんだったね」

島崎は黙っている。眼鏡の縁に手をやって、ちょっと眉根《まゆね》をひそめて。

「怖い娘《こ》だった」と、安西さんは言った。

その声を聞いて、僕は、亜紀子さんのことを語るとき安西さんが声を低くするのは、故人を悼んでいるためではないんじゃないか、と思った。

安西さんは、今でも亜紀子さんを怖がっているのだ。だから亜紀子さんが死んでいなくなってしまっても、彼女の悪口を大きな声で言うことができない――

「あんな娘、あたしは初めて会ったなあ。何をやらかすかわからないって感じだった」

呟《つぶや》くようにそう言ってから、安西さんは、急に大人の分別を取り戻した。急いで言った。

「まあ、こんなこと君たちには関係ないからね。余計なおしゃべり。だけど、ねえ、約束してくれない？」

「何をですか？」

「さっき言ったみたいに、『パラダイス』ってとこは怖いところよ。新聞とかで読んだでしょう？　あの娘さんが殺されたのも、あのなかの内輪もめらしいじゃない」

「『会社《カンパニー》』とかいう組織ですか」

「そう、そうよ。『会社』ね。『パラダイス』も『会社』の店なんだから」

「怖い話ですよね、もし週刊誌とかで書かれてることがホントなら」

無邪気な声を出す島崎に、安西さんははっきり言った。

「もしなんて話じゃないよ、あれはほとんど全部、本当よ。だからさ、君たち、問題の親切な恩人のおじさんを、これ以上探すのはやめなさいよ」

島崎はしゃらっと嘘をついた。「どうして？　僕らはあの事件とは関係ないのに」

「関係なくても何でも」

安西さんは本気だった。

「君たちがあのおじさんと白河庭園で出会ったのは、偶然でしょうよ。だけど、あのおじさんが白河庭園にいたのは、偶然じゃないよ。きっと、あの殺人事件にからんでると思う。あの人、うちに来たとき、本当に真剣な顔してたからね。『パラダイス』と——ううん『会社』と、何かゴタゴタを起こさないといいなって、思ったもの」

「ああ、そういう意味ですか……」

「そうよ。呑気《のんき》なこと言ってる場合じゃないわよ。だからあたしも、君たちと話したかったんだもの。親切おじさんを探してて、とんでもないことに巻き込まれかねないんだよ、わかる？」

「僕らも『会社』に目をつけられるかもしれないってことですか？」

「具体的なことはわかんないけど……でも、君たちの親切おじさんが、『会社』相手に何をやってるかわからないじゃないの」

「それはまあ、そうですね」

「それはまあなんて、生意気な声出すんじゃないの」

安西さんは、今や完全にひとりのうるさ型心配おばさんになっていた。

「いいね？　おじさんのことは忘れなさい。それでもどうしても探し出してお礼を言いたければ、もう少し待ってからになさいよ」

「待つって？」

「放っておけば、そのうち警察が『会社』をどうにかしてくれるからよ」

たしかに新聞や週刊誌には、警察が「会社」の摘発に乗り出しているというようなことが書いてあった。

「あっちこっちに内偵が入ってるらしいから。もうすぐだからさ。ね？　そういう意味じゃ、白河庭園のあの事件、いいきっかけになったんだわよ」

いいわね、お願いよ、約束してよ――しつこく繰り返し、安西杏子さんはやっと電話を切った。受話器を置いてしばらくのあいだ、島崎は頭のうしろで腕を組み、そっくり返って天井をながめていた。

「親切なおばさんだったね」

僕が水を向けると、島崎は天井をにらんだまま、ぼそっと言った。

「親切な人は、いっぱいいる」

「うん」

「だけどそういう親切な人が、『パラダイス』のチラシづくりを引き受けて生計を立ててる」

「……うん」

「でもって、いよいよ警察が乗り出してくるまでは、これと言って手を打たないままで、『パラダイス』が――『会社』が若い女の子たちを食い物にするのを傍観してきた」

僕はいろいろ言葉を探した。島崎がしているのと同じように、天井を見つめてもみた。だけど、答えはそこには書いてなかった。

「みんな、食っていかなきゃならないもんな」

お経を読むみたいに抑揚をつけて、島崎は小さく言った。

「食っていくためには、いろんなことしなくちゃならないもんな」

「そうだよ」

「うちの親父とオフクロはさ」島崎は、頭を動かして僕を見た。「今までずっと、他人様《ひとさま》の髪の毛を刈ることで金稼いで暮らしてきた。で、オレのことも育ててくれてる」

「店、今日も満員だったじゃない」

「真面目にさ、コツコツ働いてるわけよ。だけどさ、それは、運がよかったからかもしれないな」

「どういう意味？」

「運がよかったから、他人様の頭を刈るっていうまっとうな仕事をするだけで生きてこれたって意味さ。ひとつ間違って、何かがひとつ狂ってたらさ、親父もオフクロも、ひょっとしたら、間接的にしろ『会社』みたいなところの仕事を手伝って、それで金を稼がなきゃならないような羽目になってたかもしれないよな？」

僕はじっくりと島崎を観察した。べつだん、すさんだ顔をしているわけではないようなので安心した。

「そういうことを考えてると、二十歳《はたち》前に白髪だらけになるからよそうよ」

「言えてる」と、島崎はうなずいた。「オレのおじさんに、ときどき酔っぱらって『出家したい』ってわめく人がいるんだ。オレ、なんとなくその気持ちがわかるような気がしてきた」

「お寺さんだって金儲《かねもう》けしてるよ。うちのおばあちゃんが死んだとき、戒名、えらいボラれたもんね」

へへっと、島崎は声を立てて笑った。「そうだよな、そんなもんだ。だけど、みんな自前のお経を唱えてるよな。何かを傍観したり、ちょっとうしろめたいことをしたりするたびに」

「どんなお経？」

「食っていかなきゃならない、食っていかなきゃならない……」

また抑揚をつけて言った。さっきも、わざとやったのだ。

「もうよそうよ。深く考えるなよ。安西さんは親切なおばさんだったよ。彼女のおかげでわかったことがあるじゃないか」

じっとチラシに目をすえて、島崎は言った。「クドウさんの写真をここに載せたのは、亜紀子だな」

初めて、島崎が亜紀子さんを呼び捨てにした。

「たぶんそうだろうね。いくら彼女自身はクドウさんとこと交流がなかったって言っても、彼女のオフクロさんはクドウさんの家に出入りしてたんだから、スナップくらい手にいれるチャンスはあったろうから」

「そのへんのことは、クドウさんに訊いてみよう」

僕はどきっとした。島崎は、すかさず言った。「もちろん、それとなくさ。クドウさんには、このチラシのことは言わないよ。安西さんの件については、オレたちの胸にだけしまっておこう」

「ありがとう」

言ってしまってから、僕は赤面した。僕がお礼を言う筋合いのことじゃないんだ。

「どっちみち、この男の人の身元をつかむ手がかりは見つからなかったんだしさ。安西さんの言うとおり、少し静観してみるか。『会社』の近くにいる安西さんがああ言ってるんだ、案外早く、警察の手で『会社』が明るいところに引きずり出されるかもしれない」

「僕もそう思うよ」

島崎は、手を伸ばしてチラシを取り上げた。

「もしそうなったら、田村警部さんにはこのチラシの事情を説明したほうがいいだろうな。あの人なら、きっと善処してくれるだろうから」

僕としては、警部さんにこれを一枚残らず見つけ出してもらい、全部この手で焼き払ってしまいたい。さらには、これを見てイヤラシイことを考えたヤツら全員を見つけ出して、目を抉《えぐ》り出してやりたい――

そのとき、島崎がソファの上でぱっと起き直り、びっくりするような勢いで眼鏡をはずした。

「どしたの？」

声をかけても、返事をしない。チラシを手につかみ、にらんでいる。

もう一度声をかけた。反応なし。さらにもう一度。それでようやく、彼の目が動いて僕を見た。

「なんだ？」

「なんだじゃないよ、どうしたの？」

僕を見つめる島崎の瞳《ひとみ》が、急に、ビリヤードの球のような硬いものに変わってしまったみたいに感じられた。

「なんでもない」と、彼は言った。それから、ゆっくりと眼鏡をかけなおした。

「なんでもなくないよ、ヘンだよ」

「チラシをじいっと見つめてたらさ、写真の女の子が、オレに笑いかけたみたいに見えたんだ」

「そんなことあるかよ」

「光のせいかな」と、島崎は笑った。「それより、オレたち今日、新事実を発見したな」

「新事実？」

「森田亜紀子さんをさして、『怖い』と言った人は、安西さんが初めてだ」

「口に出して言った人はね」

クドウさんも怖がってたろう。それに、森田家の飼い犬、シーザーだって。犬は人間の本性を見抜く生き物だから。

クドウさんに訊いて、最近撮った写真が森田家の誰かの手に渡る可能性があったかどうか確かめることは、案外簡単だった。まあ、島崎の質問の仕方がうまかったからではあるだろうけれど、彼女は、この正月に森田の伯母さんが工藤家を訪ねてきたとき、いっしょに写真を撮り、それをあとで伯母さん宛てに郵送したことがあると、すぐに話してくれた。

その写真を撮ったとき、クドウさんは襟ぐりの大きなセーターを着ていて、今よりも髪は短かったそうだ。あのチラシの顔写真とぴったりあう。これで問題はひとつ解決だ。

亜紀子さんは、クドウさんの写真を持ち出し、勝手にあのチラシに使った。彼女が勤めていた——しかも、安西さんの言によればスタッフの一員として籍をおいていた「パラダイス」では、幼い少女に目のないお客を引き寄せるために、そういうインチキをやることも厭《いと》わなかったのだろう。

でもそこに、亜紀子さんがわざとクドウさんの写真を使ったところに、僕は不気味なほど濃い悪意の存在を感じた。

中学生の女の子の写真ぐらい、どこでだって手に入るだろう。むろんそれだってとんでもないことだが、たとえば盗み撮りでもすれば簡単に済むことだ。それをわざわざ従妹《いとこ》の写真を持ち出して、れいれいしく「わたしたちがお相手します」なんてキャプションといっしょに並べる——

そのやり方は、クドウさんの話してくれた亜紀子像に、不愉快なくらいぴったりあてはまるように思えた。

亜紀子さんは、自分とは違う恵まれた暮らしをしているクドウさんが、憎らしくてたまらなかったんだろう。だから金をせびってみたり、写真を持ち出したりした。もしクドウさんが、亜紀子さんからジッタリン・ジンのコンサートに誘われたとき、うっかり出かけていたらどんなことになっていただろう？　亜紀子さんは何を企み、どんな意地悪い仕掛けを用意していたのだろう？

それを想像すると、僕は寝つきが悪くなった。嫌なことを考えようとすると、いくらでも考えられた。

コンサートに出かけたクドウさんは、亜紀子さんの「連れ」と称する、彼女の「客」に引き合わされたかもしれない。その「客」は女子中学生が大好きで、実は事前に亜紀子さんから、今夜あんたに付き合うのはあたしじゃなくて、これからやってくる十三歳の従妹だと聞かされていたかもしれない——

そういうことを考えるのをやめるためには、たびたび声に出して、

「クドウさんはもう大丈夫だ、もう平気だ、彼女を陥れようとしてた諸悪の根源はもういない、もう死んだ」と、自分に言い聞かせなければならなかった。

僕のなかには、森田亜紀子を殺してくれた犯人に、感謝する気持ちさえ生まれ始めていた。

そして、ふと思った。

やっぱり、白河庭園で見かけたあの男、チラシを買い占めて回収しようとしていたあの男が、亜紀子さんを殺したのではないか、と。彼が白河庭園で祈っているように見えたのは、自分が手にかけた被害者に対して、彼が頭をさげていたからではないのか、と。

あの二人がどこでどうつながるのか、それはわからない。でも、可能性はある。それも、濃厚な可能性が。

それを島崎に話してみた。彼は何も言わなかった。ただその沈黙には、肯定の色合いがあると、僕は感じた。

そんな僕らが、朝刊の社会面に、「会社」と称する少女売春の大規模な組織が摘発を受け、関係者が大勢逮捕されたことを大々的に報じる記事を見つけたのは、その次の日曜日のことだった。

14

新聞を読んだあと、何度か田村警部さんに電話をしてみたけれど、予想どおり、とてもじゃないけど今は僕らと話のできる状況じゃなかった。ただ、一度だけカナグリさんが電話口に出てくれた。

「いろいろ心配したでしょうけれど、もう大丈夫よ。半月ぐらい待ってくれないかな。そしたら、田村警部があなたたちに詳しい説明をしてくださると思うわ。どう？　みんな元気？」

「元気ですよ。でも、ちゃんと勉強してるかなんてきかないでね。中間テストが近いんでしょうとかいうことは言わないでね」

カナグリさんは、あははと笑った。

「自慢話をしようか。あたしね、高校生のときだったけど、物理のテストで三点をとったことがあるのよ。化学で四点とったこともある。もちろん百点満点のテストでよ。スゴイでしょ。狙ってとろうったってとれない点だもの。そんなあたしが、どうして君たちに勉強のことなんか言える？」

電話を切ったあと、僕と島崎は、物理の三点というのは、採点のとき、三角がひとつだけあったということだろうけれど、化学の四点というのは、いったいどういう採点と計算で出てきたものであろうか？　という話で盛りあがった。

「常識的に考えれば、三角の三点にプラス一点があったということなんだろうけど、何に対して一点加算してくれたんだろうな」と、島崎は興味津々《しんしん》の様子だった。

警部さんからの連絡を待っているあいだ、「会社」に関する新聞やテレビのニュース、大騒ぎのワイドショー関連の報道からはあえて目をそむけ、僕たち四人は、中学生生活にいそしんだ。報道のなかには、森田亜紀子殺害事件と今回の「会社」摘発との関連性を匂わせているものもあったから、クラスの一部では、またクドウさんに対する白眼《しろいめ》攻撃が復活したりしたけれど、その手の嫌がらせや噂に対抗するには、クドウさんは徹底的に事件のことを「シカト」したほうがよかったし、僕らがそれに協力するには、いっしょになって知らん顔を決めこんでいるのがいちばんいいと思ったからだ。

このあいだに僕は、初めての紅白戦を経験した。一年生だけのフレッシュ・チームが、二年生のレギュラー・チームと対戦したのだ。もちろん互角には戦えないので、レギュラー・チームはFW《フォワード》とMF《ミッドフィルダー》をひとりずつ欠いた言わば飛車角落ちの編成で、僕らは終始パワープレイだったのだけど、結果は4対0の惨敗。チームメイトのひとりが言うには、

「キーパーもなしにしてくれなきゃ」

ちなみに僕のポジションはMFだ。後半戦の中盤でヘバッてしまい、完全に顎《あご》があがって足がもつれ、あとでコーチにボロクソに言われた。

島崎のほうは、期末テストのあとに予定されている、将棋部恒例の他校との交流トーナメントに備えて、日々将棋盤に向かい沈思黙考の毎日だった。一度休日に家へ遊びにゆくと、テレビのトーク番組に羽生《はぶ》名人が出演していたとかで、そのビデオを熱心に観ていた。

「将棋漬けだな」と言ってやると、「今年のトーナメントにはどうしても勝ちたいんだ」と、さらりと答えた。口調はいつもどおりだったけれど、島崎が勝負にこだわるというのはめずらしいことだったので、僕はちょっと驚いた。

「おまえ、勝ち負けのために将棋をやってんじゃなかったんじゃないの？」

「まあな。でも、たまにはいいだろ」

伊達さんはあいかわらず長い脚でバスケットコートを走り回っていた。放課後、首にタオルをかけて洗いたての頬っぺたをつやつや光らせた彼女が、美術準備室の前で橋口とし

ゃべっているのを見かけたことがある。遠目にもなかなかいいムードだったので、僕は素早く廊下を回れ右して遠慮した。ふたりが何をしゃべっていたのかはわからない。でも、階段をおりる僕を、伊達さんの明るい笑い声が追いかけてきた。僕の背中をくすぐるような、気持ちのいい笑い声だった。

当然のことながら、クドウさんがいちばん元気がなかった。亜紀子さんの過去が暴かれて不愉快な騒ぎが起きたころよりも、今度の方がもっと、落ちこみ方がひどかった。何日か、学校を休んだ。そのたびに伊達さんが授業のノートを持って訪ねていった。その翌朝には、伊達さんの顔も曇っていた。

「昨日は、クウちゃんには会えなかった」と話していたこともある。「お母さんにノートをあずけてきたのよ」

「クドウさん、どうしてるんだろう?」

「そのときは寝てたみたい。身体の具合もよくないらしいよ。疲れてんのかな」

伊達さんは、少しむくれた顔をした。

「クウちゃんのお母さんの話だと、今でも時々、警察が彼女に事情を訊きにくるんだって。ほら、クウちゃん、亜紀子さんから電話をもらったりしてたでしょう? その件だと思うけどね。シツコイと思わない?」

「それが仕事だからさ」と宥《なだ》めつつ、僕もちょっぴり腹が立った。十三歳の女の子を相手に、そこまでやることないだろうに。

クドウさんが学校へ出てきたときには、僕はわざとバカみたいなことをやってでも、彼女を笑わすことに努めた。クドウさんはおなかを抱えて笑い、たいてい、眼に涙をにじませた。僕としては、笑い過ぎて涙が出てるんだと思うことにした。

対照的に島崎は、あまり彼女に接触しないようにしているようだった。僕はそれを、島崎の僕に対する配慮と受け取った。今ではもう、事件についてはとおりいっぺんの知識しか持っていないクラスメイトたちのあいだでも、僕がクドウさんにお熱であることは知れ渡っており、クドウさんも僕といるときは楽しそうで、となると島崎曰《いわ》く、

「ま、邪魔者は消えるわな」というわけだ。

深夜に天井を見あげて、僕は時々考える。

「信じらんない」と。

島崎はクドウさんが好きで、僕もクドウさんが好きで、それでもってクドウさんは僕を選んだ——少なくとも現在はそう見える。

こんなことってホントにあるんだろうか？　僕が島崎に勝ってしまったなんて。

あまりに不思議なので、たった一度だったけど、昼休みに伊達さんとしゃべっているとき、彼女に、

「そのうちさ、クウちゃんとどっか遊びに行ったら？　もうデートに誘ったっていいころ

だと思うけど」と言われたとき、思わずポロリと呟《つぶや》いてしまった。

「ホントに俺でいいんだと思う？」

するとと伊達さんは、眼をまん丸に見開いた。日焼けした顔に、澄んだ白眼が——妙なところをホメるみたいだけど——一瞬どきりとするくらい清潔に見えた。

「なんでそんなこと思うの？　クウちゃん、緒方くんといるとすっごい楽しそうにしてるじゃん」

「それはそうだけどさ。でも俺なんか……」

「俺なんかって、誰と比べて？」伊達さんは、ズバリと言った。「島崎と？」

僕は黙っていた。

「ヘンなの。そんな比べ方するの、クウちゃんにも島崎にも失礼だよ」

そうなんだろうな。伊達さんの言うとおりなんだろうな。だけど僕は心のなかで、

（でも伊達さん、キミだったらどうだい？　もしもキミとクドウさんが同じ男子生徒を好きになって、その男子生徒がクドウさんでなくキミのほうを選んだなら、やっぱり今のオレと同じような気分になるんじゃないかい？）と思っていた。口には出さなかったけれど。

かわりに、こう言った。「伊達さん、橋口はキミに、『キミの白眼はとってもきれいだね』って言ったことあるか？」

伊達さんに黒板拭《ふ》きを投げつけられる前に、僕は退散した。

　中間テストが終了し、ひと息ついたころに、タイミングよく田村警部さんから連絡があった。どうやらすっかりあの味が気に入ってしまったらしく、「ボブおじさんの店」で会おうと言う。

　当然、僕ら四人で行こうと思ったら、クドウさんにはもう事情を話してあるから、君と島崎君と伊達さんでおいでと言われた。

「工藤さんは、もうあの話を繰り返し聞きたくはないだろうから」

　というわけで、土曜日の夕方、僕らはボブおじさんの店に集合した。警部さんとカナグリさんが先に到着していて、ふたりでビッグハンバーガーをかじっていた。僕らの顔を見ると、カナグリさんがケチャップだらけの手を振って合図してくれた。

「血まみれの食卓」

　ケチャップの滴《しずく》だらけのテーブルをひと目見て、島崎が言った。

「これ、こぼさずに食べるの難しいのよ」と、カナグリさん。

「君らも早く注文しなさい」と、警部さん。「食いながら聞いて気持ちいい話ではない」

　僕らがハンバーガーをパクつき終えて、テーブルの上をきれいにしたところで、警部さんがハイライトに火をつけながら口を切った。

「明日のニュースで、森田亜紀子さん殺しの容疑者の氏名が公表されるだろう。お察しのとおり、この容疑者は『会社《カンパニー》』の一員で、森田さんにとってはいわば同僚だった男だ」

僕らはそろって警部さんの顔を見つめた。

「二時間ほど前に記者会見があったからな。夕刊紙なら、今夜のうちから載せるだろうし、明日の朝刊にも出るだろう。私がこれから君たちに話すことの九割は、そこで報道されることと同じ内容だ。残りの一割が、君たち向けの私的な打ち明け話だ。一割のほうを言いたくて、ここへ来てもらったようなものだ」

警部さんはまず、九割の話のほうから始めた。

「問題の少女売春組織『会社』については、二年ほど前から、警視庁でもその存在をつかみ、内偵を始めていたんだ。発端は、ある殺人事件でね」

「殺人？」

亜紀子さんのほかにも、「会社」がらみで殺された人がいるのか。

「一昨年の春、昭島《あきしま》市のマンションの一室で、二十七歳の会社員の男性が、側頭部を拳銃《けんじゅう》で撃たれて殺された。射殺事件ということで当時はかなり騒がれたんだが、覚えてないかね？」

記憶になかった。島崎も首を振っている。

「これが奇妙な殺しでね。被害者は同じ市内の自動車販売会社の営業マンで、勤務成績も中くらいなら、交友関係にもとりたてて派手なところはなく、生活もごく地味なもの。たとえば車なんか、会社を通して買ったカローラで、その時点で購入から五年経っていた。今どき、自動車販売会社に勤めながら、型式の古いカローラを乗り回している若者なんて、本当にいるものかと思ったよ。実際、会社の同僚たちのあいだでも、彼の車はからかいの対象になっていたらしくて、カローラが好きならそれでもいいけど、せめて新車に乗れよ、ディーラーなんだからさと、先輩が勧めたことがあったそうだ」

警部さんはお冷やをひと口飲むと、ふうとため息をついた。

「ところがですな、この若者は、給与振込口座のある地元の銀行に、貸し金庫をひとつ借りていた。開けてみると、通帳が何冊も出てきた。記帳されている定期預金の額は、あわせて一億円あまり。我々も仰天したよ」

「ほかに収入源があったんですね」と島崎が言った。「それが原因で殺された?」

警部さんはうなずいた。「彼は両手を後ろ手に縛られ、床に跪《ひざまず》かされて、頭を撃たれていた。これはテロリストや一部の暴力組織が好んで使う処刑方法だ。使われた拳銃は改造型のトカレフ。知っているかな? 旧ソビエト製の拳銃で、我が国には主に中国の密売ルートを通って入ってくる。暴力組織のあいだで、たくさん流通している型の拳銃だ」

ということは、と、警部さんは続けた。

「平凡なサラリーマンのように見えたこの被害者は、なんらかの形で暴力組織と係わりを持ち、そこで起こったトラブルのために処刑されたということになる。貸し金庫の件からすると、彼はその種の組織のなかのいわゆる『会計士』だったのかもしれないとも思えた。だから最初はその線で捜査を進めた。ところが、どれほど探りまわっても、その関連が見つからない。警視庁の捜査四課が――ここはマル暴と呼ばれる暴力団対策専門の課だが――つかんでいる現在活動中の組織のどれとも、この被害者は無関係なんだよ。信じられないようだが、暴力団との係わりにおいては、この被害者は真っ白だった。そこで私は考えたわけだ」

警部さんの大きな小鼻がぴくぴくした。

「ひょっとするとこの被害者は、警察がまだまったく把握していない未知の組織の一員であり、そこの『会計士』だったのではないか。その組織の利害と、ある既成の暴力団との利害が衝突し、その結果、彼は処刑されたのではないかと」

島崎が眼鏡の縁を押し上げながら、ゆっくりと言った。「そしてその未知の組織が『会社』だったわけですね？」

「そういうことだ」と、警部さんは言った。

「『会社』の存在をつきとめるのは、根気が要ったよ。彼らの隠れ方が巧妙だったというよりも、この『会社』は、そもそもが……なんというかな、そう、サナダムシみたいなものだったんだ」

伊達さんが気味悪そうな顔をした。「なんですか、それ」

「君らの年代だとピンとこないだろうが、昔は多かったんだよ。寄生虫の一種でね、動物の腸のなかに棲《す》み着いて、宿主から栄養分を横取りして成長、繁殖する」

カナグリさんが胸に手をあて、「ゲエ」とおどけた声を出した。「それぐらいでいいですよ、警部」

警部さんは鼻の下をごしごしこすった。

「それでだ、『会社』というのはな、既成の暴力団の資金源になっている売春組織や風俗営業の店に密《ひそ》かに入りこんで、そこの顧客ネットワークを応用し、本来そこであがるべき収益を、宿主に覚られないように吸い上げていたんだ。だが、こんなことはそうそう長続きしない。で、ほころびが出て発覚し、『会社』の主要メンバーのひとりが殺されたというのが昭島市の射殺事件の顚末《てんまつ》だったわけだ」

「無謀だけど、短期決戦で稼ぐつもりなら、けっこういい手段だったかもしれない」

島崎が独り言のように呟《つぶや》くと、警部さんがギロリとにらんだ。

「真似しようなどと思うなよ」

「とんでもない」と、島崎は笑った。

「いや、実際、『会社』をつくりあげたスタッフは五人の男性だったんだが、それぞれなかなか優秀な青年で、年齢もそろって二十代の半ばぐらいだった。みんな真面目な会社に勤めていて、学歴も高い。相互の連絡にはパソコン通信を使っていたっていうんだから、恐れ入るよ」

カナグリさんが声をひそめた。「警部はいまだにワープロも打てないし、外線電話をほかの部署に回そうとすると、いっつも切れちゃうの。操作が覚えられなくて」

「うるさい」と、警部さん。「私にはどうも理解しかねるのだがね。現在逮捕拘留《こうりゅう》されている彼らに――ひとり殺されたから四人だけどね――話を聞いてみると、最初は本当に遊び半分で始めたというんだな。メンバーのうちのひとりがテレクラ愛好家で、ほかにふたり、パソコンマニアがいた。そしてみんな、若さと能力はあったが収入は低く、金をほしがっていた。だから当初は、趣味を転用して金になればめっけものだというくらいで、テレクラで知り合った少女たちに声をかけたんだという」

「あたし、わかんない」と、伊達さんが唐突に言った。

「わからないって？」

「売春する女の子たちの気持ち」

「生涯、わからないままでいてよろしい」と警部さん。「君には係わりのない世界だ」

伊達さんは黙りこんだ。係わりのない世界のことでも、知ったり理解したりせずにはいられない僕らの気持ちを、残念ながら警部さんは理解していないと思った。

「こんなことで感心してはいかんのだが」と、警部さんは渋い顔で続けた。「『会社』がそういう素朴な発想から始まったからこそできたことだと思うんだがね。彼らは、スカウトしてきた女の子たちを、仲間としてほとんど同格に扱い、彼女たちの意見もきいて、より多くの収益のあがる、よりうまいシステムをつくりあげる参考にしてきたというんだな。これは実に巧妙だと思うよ。伊達さんが理解できないという売春をする女の子たちというのは、たいていの場合、家庭や学校からはじき出されてしまった行き場のない娘たちだ。彼女たちは、『会社』に係わって初めて、彼女たちの意見を聞きたがり、それを尊重し、その結果が良と出れば、それに見合った報酬を返して評価してくれる対象に出会ったんだ。こうなると、彼女たち自身にも、妙な言い方だが、『やり甲斐《がい》』が出てくる。『会社』の収益が急速にあがってきたのも、むべなるかなと思うよ」

ううんと唸《うな》るような声をあげて、

「これが売春業でさえなかったらと、つくづく残念だよ。残念でたまらん」

感傷にひたる警部さんにかまわず、島崎が言った。「だけど、『会社』がそれほど経営状態良好の組織だったのなら、どうしてその一員である森田亜紀子さんが殺されるようなことになったんですか？」

「そう先走りしなさんな。話はまだ続くんだよ」と、警部さんは苦笑した。「このように円滑に楽しくやっていた『会社』の性質が変わるきっかけとなったのが、さっき話した昭島市の殺人事件だった。牧歌的なことをやっていた『会社』の面々も、ああいう事態になっては、『会社』を潰《つぶ》して一般人に戻って逃げ出すか、『会社』に暴力団と対抗するだけの力を持たせるか、どちらかの道を選ばなければならなくなった」

そして彼らは後者を選んだ。

「高い収益をみすみすあきらめたくなかったんだろう。女の子たちとの共同体的気分も捨てたくなかったんだろう。だがこれは決定的な間違いだった。しかもそのうえに、彼らはもっと致命的なミスをおかした。他の暴力団の攻撃から身を守るために、新宿を根城にしているある小さな組と手を組んだんだ。毒をもって毒を制すというくらいの意味──もっといえば、『会社』で用心棒を雇ったんだぐらいに考えていたんだろう。しかし、暴力団というのはそんなに甘いもんじゃない。すぐに、ひさしを貸して母屋をとられることになった。そしてこれをきっかけに『会社』の性質は激変する。ほかの売春組織となんら変わりのない、脅しと強制に満ちた搾取マシーンになってしまったんだ。

当然のことながら、女の子の多くは逃げ出そうとした。だが、そんなことが簡単にできるもんじゃない。大多数の女の子たちは『会社』に足止めされて、それまでとはうって変わった環境のなかで働かされることになった。それでもあきらめず逃亡を試みる娘もいたが、そういう娘が行き着いたところは──」

思わず、僕は言った。「殺されたんですか？」

警部さんは重々しくうなずいた。「去年の夏、北区赤羽《あかばね》のファミリーレストランの駐車場で、十六歳の無職の少女が駐車していた車のなかで焼き殺されるという事件が発生した。

危うくお宮入りになりかけていた事件だったがね。今回の捜査で、『会社』による女の子の逃亡阻止、そして口封じであるとわかったよ」

ほかにも数件、同じ種類の殺人・失踪《しっそう》事件ではないかと思われるものがあり、裏付け捜査を急いでいるという。

「新しく『会社』を牛耳ることになった組の連中は、『会社』を完全に乗っ取る反面、創立メンバーの手法を、ある程度取り入れた。ただ、彼らしいやり方ではあったがね」

警部さんはちょっと身を乗り出し、眉毛《まゆげ》をぐいっとあげて、僕らに問いかけた。

「君たちは、『擬餌鉤《ぎじばり》』というのを知っているか？」

僕と伊達さんは顔を見合わせた。島崎が言った。「ルアーフィッシングに使うものですね？　餌に似せてつくった鉤だ」

「そうだ。言ってみれば囮《おとり》だね」

「それが何か？」

「新生『会社』は、新しい女の子たちをスカウトする――もしくは狩り集めるために、この『擬餌鉤』作戦を使ったんだよ」

僕らは息を呑《の》んだ。

「もともと『会社』にいた女の子たちの何人かを、新しい女の子を連れてくる際の囮にしたのさ。そういう意味では、『擬餌鉤』より、むしろ鮎の友釣りの方に似ているかもしれないね。楽しいことをして、楽にお金を稼げるよ、気に入った相手と、二、三時間デートするだけでいいんだからさ——という具合だ。そういう擬餌鉤を、あちこちのテレクラや風俗営業店に潜り込ませたり、もっと直接的に、原宿や渋谷《しぶや》あたりで、深夜、町をうろついている女の子たちに声をかけさせたりした」

「ごめんなさいね」と、カナグリさんが伊達さんに言った。「恐ろしくて胸糞《むなくそ》悪い話よ」

「あと少しだ」と、警部さん。「こういう擬餌鉤になった女の子たちは、そうでない女の子たちよりも高い金をもらうことができたし、それなりの扱いもしてもらえた。つまり、一種のスタッフ待遇だな。擬餌鉤娘たちのなかには、効果的なスカウト方法を提案したり、いろいろ実験してみる女の子もいたそうだから、新生『会社』としても、彼女たちの存在には旨味《うまみ》があったろう」

「どうしてそんな……そんなひどいこと……」

伊達さんの呟きに、警部さんは少し口調を和らげて言った。「彼女たちは、ひどいことだと思わなかったんだろう。そんな気持ちのゆとりがなかったんだ。どんな形であれ、旧『会社』で、自分の意見を聞いてもらい尊重してもらえることの楽しさ、嬉《うれ》しさを知ってしまった彼女たちは、そういう社会的なフィードバックを失いたくなかったんだ。それだけしか考えられなかったんだろう」

「凄《すご》く歪《ゆが》んでるけどね」と、カナグリさんが言った。

僕は、『パラダイス』のチラシを刷っていた、安西さんの話を思い出していた。安西さんは、亜紀子さんをさして、「『パラダイス』のスタッフだった」と言っていた——

「森田亜紀子さんは、擬餌鉤娘だったんですね？」

島崎の質問に、警部さんは黙ってうなずいた。

「そして彼女がスカウトの対象として選んでいたのが、君たちの友達であり、彼女の従妹《いとこ》である工藤さんだったんだよ」

「だけどクウちゃんは普通の女の子なんだよ！」

びっくりするほどの大声で、伊達さんが言った。

「ちゃんとお父さんとお母さんに大事にされてて、友達もたくさんいて、普通の中学生なんだよ。どうしてそのクウちゃんがスカウトされなきゃならないの？」

しばらくのあいだ、警部さんもカナグリさんも黙っていた。やがて、カナグリさんが伊達さんの手を軽く撫《な》でながら、言った。

「嫉妬《しっと》だろうと思うわ」

「ヤキモチ……」

「工藤さんの幸せが、嫉《ねた》ましくて仕方なかったんでしょう。なんとか彼女を、自分と同じような立場に引きずりおろしたかったんでしょう。森田亜紀子だって、たとえ擬餌鉤としてスタッフ面していたって、そのときの自分の状態が、幸せとはほど遠いものだってことは充分わかっていたでしょうから」

　でも自分はそこからは抜け出せない。どうしてあたしばっかり？　そんなの不公平だと、彼女は思ったのか。

　カナグリさんが、小さく空咳《からぜき》をした。言いにくそうに、警部さんをチラリと見て、僕らの顔を見回して、

「工藤さんのこと、悪く思わないでほしいんだけど……」と言い出した。

「悪くって、何を？」

「実は彼女、わたしたちに——言ってみればその……ウソをついていたのね」

　伊達さんが乗り出した。「ウソ？」

「工藤さんはね、以前わたしたち——君たちにも話してくれたとき、亜紀子ねえちゃんからは二度電話がかかってきただけだと言ってた。でも、実はもっと頻繁に、彼女から接触があったそうなのよ。それも、借金の申し込みだけじゃなくて、どこかへ遊びに行こうとか、友達を紹介したいとか、手をかえ品をかえ、ね」

　僕の背中に悪寒が走った。「ホントですか？」

「うん。怖いから、その都度必死で逃げてきたって。でも一度だけ、御両親が留守のときに亜紀子が訪ねてきて、どうしても買い物に付き合ってくれと粘られて、いっしょに新宿へ行ったことがあったんだって。実はね、森田亜紀子の身辺を洗っていたうちの捜査員た

ちが、聞き込みの間に、亜紀子が可愛らしい女の子といっしょに歩いていた——という情報をつかんできたの。調べてみると、その可愛らしい女の子の人相が、工藤さんそっくりなのよ。それでわかったの」

だから、クドウさんの家には今でも警察がくると、彼女のお母さんが嘆いていたのだ。だから、クドウさんはこのところ、ずっとずっと落ち込んでいるのだ。

その理由を僕たちに——いや、僕に打ちあけてはくれずに、ひとりきりで。

少し、淋《さび》しいと思った。すきま風が吹き抜けるように、すうっと。

「わたしたちにそのことを話すと、いろいろ調べられたりしそうな気がして怖くって、この前の話し合いのときには言えなかったっていうのよね。ごめんなさいって」

「すると工藤さんは、危ないところだったんですね」と、島崎が言った。僕はそれで、自分勝手な感傷から覚めた。

僕の身体じゅうの骨が、内側から震え始めた。恐怖のためと、怒りのために。この感情は、絶対に身体から出ていかないだろう。内側に封じ込めて静めることはできても、身体から追い出すことはできないだろう。

「『会社』が係わっていた『パラダイス』というテレクラを捜索したとき、いろいろな種類のチラシが見つかってね。そのなかのひとつに、工藤さんの写真が載せられていた。むろん、亜紀子が勝手にやったことだ。どこからか、写真を持ち出したんだろう」

これは、僕と島崎にとっては周知の情報だ。『会社』が摘発されたら警部さんに打ちあけようと思っていたことでもあるけど、どうやらその必要はなくなったようだ。僕と島崎はちらりと視線を交わした。

伊達さんは、とうとう泣き出してしまった。

「許せない、絶対ゼッタイ許せない」

「これが、君らにしか話せない一割の部分の話だ」と、警部さんは言った。「工藤さんは恐ろしい体験をしていた。『会社』に係わることしかり、我々警察が捜査で彼女を悩ませたこともしかり。下手すると、人間不信になってしまうかもしれん。君たち友達が、しっかり支えてあげてほしい。お願いするよ」

警部さんは、薄い頭を深々とさげた。

「最後になったが、森田亜紀子を殺害したと思われる容疑者の名は畑山稔《はたやまみのる》、二十一歳の青年だ。もとは『パラダイス』のアルバイト従業員で、『会社』とは亜紀子を通じて係わりができたらしい。彼女とは個人的にも親しい仲だったようだ」

「そんな男が彼女を?」

「詳しいことはまだわからん。だが、『会社』の内情を知るにつれ、畑山は恐ろしくなってきたんじゃないかと思うね。『会社』で彼とつきあいのあったある青年の証言によると、畑山は密《ひそ》かに足を抜こうとしていた節がある。彼としては、亜紀子もいっしょに抜けてほしかったのかもしれない。そこでもめ事が起こったんだろうな。ひょっとすると亜紀子が彼をなじり、彼の脱走を密告してやると脅したのかもしれない」

僕の腕に鳥肌が浮いてきた。

「畑山は、『会社』でどんな仕事を？」島崎が質問した。

「彼は下っ端だ。ただ、亜紀子とは親しかったから、彼女の擬餌鉤業務を手伝うこともあったらしい。進んでやっていたかどうかはわからないがね」

「じゃあ、あの日、畑山は森田亜紀子とふたりで白河庭園にいて、そこで彼女を殺したわけですね？」

「そう考えられる」

「なんのためにあそこにいたんだろう」

「工藤さんに会うためだろう。彼女が家族と灯籠《とうろう》見物に来ることは知っていたろうからね。亜紀子としては、偶然をよそおって工藤さんにつきまとうには、ひとりでいるよりボーイフレンドといっしょであるほうがいいと判断したんじゃないか？　そうやって、叔母《おば》さんの家とお近付きになるのも、亜紀子としてはいい作戦だと思ったんだろう」

「すると畑山は、亜紀子から逃れるチャンスをうかがっていた、そしてあの夜、好機とみて彼女を刺し殺した——そう考えていいんですね？」

「そのとおり。畑山のアパートの家宅捜索で凶器とおぼしきものは出てこなかったが、部屋の家具からは、森田亜紀子の指紋が多数検出された。近所の人たちも、彼女の姿を頻繁に目撃している。畑山としては、どこか自宅から離れた、自分とは係わりのない土地で亜紀子を殺して逃げるのが、いちばん安全に思えたんだろうな」

ま、本人が捕まれば、細かいところもわかってくるだろうと、警部さんは言った。

「畑山稔は全国に指名手配されているからね。逮捕は時間の問題だよ」

島崎がうなずいている。でも僕には、ひとつ疑問があった。

「警部さん、亜紀子さんはぼんのくぼを刺されて死んでいたでしょう？　あんな殺し方、素人にできますか？」

警部さんは落ち着き払っていた。「いやいや、だからこそ、彼に容疑がかけられたのだ。畑山は、『パラダイス』で働くかたわら、鍼灸《しんきゅう》の学校にいっていたんだよ。鍼灸というとじじむさく聞こえるが、スポーツトレーナーとかリハビリとか、いろいろな方面で見直されている技術だそうじゃないか」

ボブおじさんの店から外に出たとき、カナグリさんが伊達さんに小さく声をかけて、店の脇に連れていった。二、三分して、伊達さんが独りで戻ってきた。

「何をきかれたの？」

尋ねる僕に、伊達さんは真っ赤になった眼を向けた。

「刑事さんたちがね、亜紀子さんから怖い思いをさせられていることを、どうしてもっと早く御両親に相談しなかったんだって訊いても、クウちゃん、黙って泣いてるだけなんだって」

「それで?」

「親友としてどう思うかって訊かれたから、あたし、言ったのよ。クウちゃんはね、亜紀子さんのことでそんなことを話したら、お母さんと伯母《おば》さんのあいだがまずくなるんじゃないかって心配で打ち明けられなかったんだろうと思うって。伯母さんにとっては、クウちゃんのお母さんは、たったひとりの妹だものね。クウちゃん、そういうことまで気遣っちゃう子なんだって」

僕もそのとおりだと思う。

事件は終わったのに、もう心配することはないのに、帰り道を僕らは一様にうなだれて歩いた。森田亜紀子と『会社』の影が、町のあちこちに落ちているような気がした。

その夜、クドウさんに電話をかけてみた。最初は話し中だった。十分後にかけたら、つながった。伊達さんと話していたのだと、クドウさんは言った。

「警部さんから聞いたよ」と、僕は言った。「僕らにウソついてたなんて思わなくていいよ。あやまることもないよ。警察にいろいろ調べられるのは、誰だってイヤだもんな」

クドウさんは黙っている。やがて、消えいりそうな声で言った。「最初は、電話がかかってきたことさえ黙ってようと思ってたの。だけど……」

ぼくは笑った。「あの警部さん、鼻だけはいいからね」

クドウさんも笑った。「伊達さんも、同じこと言ってた」

ごめんねと、クドウさんは言った。いいんだよと、僕は言った。僕らは――友達なんだから。

15

田村警部さんの言っていたとおり、翌日の新聞はいっせいに、森田亜紀子殺害事件の詳細について報道した。それらの記事には、警部さんの話に付け加えることができるような新しい内容のものはなく、そういう意味では、僕らは外部の人間としては誰よりも早く、事件の全貌《ぜんぼう》を知ったことになるんだなと思った。

ただ、警部さんの話には欠けていて、新聞や週刊誌、テレビのニュースやワイドショーには存在していたものが、ふたつあった。ひとつは、畑山稔という容疑者の青年の顔写真だ。

新聞の顔写真で見る限りでは、彼は、尖《とが》り気味の顎《あご》と落ちくぼんだ目を持った陰気な印象の青年だった。島崎の意見では、これは彼の運転免許証の顔写真だろうという。

「それでも、ああいう写真にしてはよく写ってるほうじゃないか？　きっと、実物はもう少し好感の持てる顔だろうと思うよ」

その推測が当たっているかどうかは、生身の畑山稔が逮捕されない限り確かめることができない。でも、ワイドショー番組などで頻繁に使われた写真は彼の高校時代のものだそうで――詰め襟の制服を着ている――こっちの顔はずいぶんと表情も明るく、目鼻立ちもはっきりと写っていて、なかなかハンサムに見えたということは付け加えておこう。少なくとも、わざわざタイマー録画しておいて見るだけの価値のあった顔だった。

もうひとつ、警部さんの話からだけでは知ることができなかったのは、畑山稔のプロフィール――個人的な生活の様子や家庭環境だ。雑誌やテレビ番組は、このへんのことを取材する能力にかけてはたいへんなものだから、僕らはテレビの前に居ながらにして、畑山稔という青年の二十一年間の人生をトレースすることができた。

畑山稔は東京・浅草の生まれだった。家は鞄《かばん》の小売業を営んでいたが、今から十年前、稔が小学校五年生のときに倒産し、店も家屋も土地もそっくり人手に渡ってしまい、畑山一家は浅草を離れた。花やしきに近く、浅草ビューホテルの明かりを頭上に見あげる、かつて畑山カバン店があった場所には、現在小さな共同ビルが建っている。テナントは居酒屋とカラオケ屋と、開店休業状態の理髪店が一軒。

家業の倒産の直接の原因は――もちろん商売そのものも不振だったのだろうけれど――

稔の父親の畑山嘉男《よしお》が、知人の借金の連帯保証人になったことにあると、ワイドショーのレポーターが報告している。それによると、その知人は最初から畑山嘉男を騙《だま》すつもりであったらしく、彼から連帯保証を取り付けると、借りた金を全額懐に、すぐに夜逃げを決めこんでいた。

その結果、畑山嘉男と彼の鞄店には、約五千万円の理不尽な負債が降りかかってきた。小さな鞄屋には、とうてい弁済不可能の額だ。家と土地はすでに、鞄店の営業資金を借りるための担保になっていたし、だいいちこのうえ借金を重ねても、返済する見込みが立たない。手放すことになったのも、仕方のない成り行きだった。

おまけにこの一連の騒動のあいだに、もうひとつ厄介事が起こった。父の嘉男が債権者のひとりと――悪質な民間金融会社の取立屋だったそうだ――もめ事を起こし、相手を殴ってしまったのだ。運の悪いときというのはそういうものなのかもしれないけれど、殴られたほうは翌日死亡。殴打による脳内出血が死因ということで、嘉男は傷害致死罪で逮捕・起訴されることとなった。

公判は半年ほどで終わり、畑山嘉男は五年の懲役刑を宣告された。殺人罪ではなかったし、先に暴力をふるったのは被害者の側だったということがはっきりしていたそうで、同情すべき事情が多々あったのにもかかわらず、執行猶予は付かなかった。

島崎と、うちで並んでワイドショーのビデオを見ながら、ずいぶん非情な判決だねと話していたら、その後のレポーターの言葉で、その理由はすぐにわかった。畑山嘉男には、それ以前にもう一件、暴行傷害による前科があったのだ。

「喧嘩《けんか》っ早い親父だったんだな」と、島崎が言った。

それは畑山嘉男が二十一歳のときに起こした事件で、酔ったうえでの酒場での喧嘩だった――と、テレビのレポーターが続けて説明したとき、僕はなんとなく背中が寒くなるような気がした。

父親も二十一のときに事件を起こし、息子も今二十一歳の若さで全国指名手配の容疑者として追われている――

「環境が犯罪者をつくるんだとか思ってるのか？」と、島崎が茶化すように訊いてきた。

僕は首を振った。

「そんなムズカシイことを思ってたんじゃないよ。ただ、運の悪さとか、運命の意地悪さとか、そういうことを考えてたんだ」

畑山カバン店が倒産し、嘉男が収監されてまもなく、稔の母親は離婚を決める。

「ようやく中学一年生になったばかりの稔を連れて、母親は家を出たのです。こうして、母ひとり子ひとりの貧しい暮らしが始まりました」

思い入れたっぷりに説明しながらレポーターが指さすのは、離婚当時に畑山母子が暮らしていたという、足立《あだち》区にあるアパートの窓だった。

稔はそこで地元の公立高校卒業までの歳月をすごす。成績は中くらいだが、バスケット部のエースで、友達には人気があった生徒だったという。母親は近くにある家政婦協会に登録し、時には住み込みで働いていたので、稔は身の回りのことなどをほとんど自分でやっていたそうだ。

離婚以後、嘉男はいっさい連絡をよこさず、また畑山母子のほうでも父親との縁を断ち切るつもりでいたようだ。嘉男は収監から丸三年で仮釈放されているが、以来まったく消息不明で、現在もどこで何をしているかわからない。

高校を卒業した稔は、都内のあるオフセット印刷の会社に就職する。だが、ここでの仕事はどうも彼には向いていなかったらしく、一年ほど勤めただけで辞めている。その後はアルバイトなどで食いつなぎ、新宿区にある、この世界では一流の鍼灸《しんきゅう》の学校へ通い始めたのは、成人式を迎えた直後のことだったという。もともとスポーツには熱心なほうだったそうで、高校時代の担任教師には、もし家に経済的な余裕があれば、大学に進学してスポーツ医学を研究したいと言っていたそうだから、彼としては、多少形は違っても、本来進みたかった道筋へ、遠回りの末たどりついたということだったのだろう。

人間がすべて、生まれつきなんらかの「星」というものを背負っているのだとしたら、畑山稔の背中にくっついていたのは、たぶん「孤独」という名前の星だったのだろう。彼が鍼灸の学校に通い始めたその春、母親が脳卒中で急死する。文字通り天涯孤独の身の上となった彼は足立区のアパートを離れ、鍼灸の学校に自転車で通うことのできる距離にある、JR大久保駅近くの一間のアパートへと引っ越す。

画面が切り替わり、別のレポーターが顔を出した。彼は右手をあげて、錆《さ》びた鉄製の外階段を横腹にへばりつかせた、薄汚れたモルタルの二階建アパートを指し示した。

「この二階の、あの窓が、畑山稔の部屋でした」

カメラがアップで映し出した窓の外に、洗濯物を干すロープが一本、だらりとぶらさがっている。西陽がまぶしく照りつけ、ガラス窓に反射している。

ここが、現在追われる身となった彼を待っている、唯一無二の「家」なのだ。

畑山稔のここでの生活は、最初のうちはきっと、多少とも夢のある、楽しいものだったのだろうと、僕は思う。独り暮らしは寂しいときもあるだろうけれど、親がらみの苦労を味わってきた彼にとっては、一面、気楽でもあったろう。

それに彼にはやりたいことがあった。鍼灸学校で彼と同級生だったという男性が、レポーターのインタビューに答えて、

「いちばん熱心な生徒でしたよ」と言っているのを聞いて、切ないような思いがした。

畑山稔の失敗——もしくは運が悪かった点は、鍼灸の勉強に割く時間を増やすために、時給が高く拘束時間の短いアルバイトを探し、その結果「パラダイス」を選んだということだ。その一点だけだったろう。

苦学生のなかには、稔と同じ理由から水商売の世界に踏み込む人たちがいっぱいいるんじゃないかと思う。外国から来る留学生たちなど、飲食店や酒場のようなところで働いて、生活費を稼ぐための時間と勉学にかかる時間との葛藤《かっとう》を、少しでも減らそうとしている。そして、そういう人たちの大部分は、初志を失わず、そういう世界の垢《あか》にまみれず、いつかはそこから出てくるのだ。

だけど畑山稔は、そこでつまずいた。「パラダイス」という「場」も悪かったし、彼がそこで親しくなった森田亜紀子という相手も悪かった——

「畑山稔は捕まるまで逃げ続けるかな？　それとも、どこかであきらめて出頭してくるかな？」

僕の言葉に、島崎は答えなかった。視線はテレビのほうに向けているけれど、眼鏡がずり下がっていて、ちっとも集中しているように見えない。頭のなかの考えを追いかけていて、まわりのことがお留守になっている様子だった。

ワイドショーも、次の話題に移った。それをしおに、僕は立ち上がった。

「なんか食う？　カップメンならあるよ」

島崎は「うん」と生返事をした。僕は台所でお湯をわかしながら、心のなかでひとつの計画を温め始めていた。

畑山稔の留守宅——大久保のアパートを訪ねていってみよう。

もちろん、僕ひとりで。

16

僕も芯《しん》は気の短い性質《たち》なので、その週の土曜日の午後には、総武線の黄色い電車に乗っていた。サッカー部の練習をさぼり、島崎にも伊達さんにも、そしてクドウさんにさえ何も言わずの単独行動だ。

なんでまたそんなことをするのだと、不思議に思われますか？ どうして畑山稔の生活の跡を見に行こうなんてするのか。それで何の足しになるのか。

実を言うと、僕の心のなかにはもうひとつ、温めちゅうの大きなプランがあった。クドウさんをデートに誘う――という一大計画だ。

ふたりきりでは、いきなり映画を観にいくというのはキツイかな？ 原宿を歩くとか、上野動物園に行くとか、さもなきゃ臨海公園の水族館。僕にとっては思い出の場所だ。

あれこれ考えるのはドキドキして楽しい。これが僕ひとりの妄想に近いドキドキではないことは、伊達さんに「そろそろクウちゃんをデートに誘ったら？」と水を向けられたことで確認できているから、なおさらだ。

だけど――そういうプランを立てているとき、いつも途中で立ち止まってしまう自分にも気がついた。

クドウさんには、一日も早く事件のことを忘れてほしい。嫌な思い出として葬り去ってほしい。それは本当に、心から僕が望むことだ。

だけど反面、彼女がそう容易《たやす》く忘れはしないことを、僕は知っている。クドウさんの顔を見ていればわかる。

今度の事件で、森田亜紀子という女性の一面の真実の顔を、僕らは知った。彼女が何を考え、従妹《いとこ》であるクドウさんに何をしようとしていたのかを知った。そしてそのことは、クドウさんの心から、たぶん一生消えることはないだろう。思いとして残ってしまうだろう。しかもそれは、「危なく被害者になるところだった」というような、楽観的なものではない。

「亜紀子ねえちゃんにあんなふうに思われるような、わたしは何をしたんだろう」とか、「亜紀子ねえちゃんは、そこまでわたしを憎んでいたのか」とか、「亜紀子ねえちゃんと同じ血が、わたしにも流れているんだ」とかいう、厄介なほど内向的な、自罰的な方向のものなのだ。

クドウさんは……僕の好きなクドウさんは、そういう子なのだ。

これからクドウさんと親しく付き合うならば、デートに誘おうなんてクワダテるならば、僕は僕なりに、彼女のなかのそういう思いに対して応える考え方を持っていなければならない。もちろん、今後は、僕とクドウさんとのあいだであの事件が話題にのぼる機会など、どんどん少なくなってゆくだろう。僕らのどちらも、それについて語ろうとはしなくなるだろう。それで僕とクドウさんは、楽しく付き合うことができる——きっとできるだろうと思う。

だけどそれでもやっぱり、僕のなかではひとつの結論を出しておかなければならない。クドウさんのなかに思いが残っているのを知っている以上、その結論を出すことができないうちに彼女と付き合うのは、あまりに無責任というものだ。だって僕は、同時進行形ですべてを見てきた人間なんだから。

森田亜紀子個人のことは、僕らはよく調べ、よく見てきた。僕らなりに彼女を理解しようと努めてきた。だけど彼女を殺した畑山稔という青年については、まだ何も知らない。

畑山稔は、森田亜紀子という若い女性の生活と深い係わりを持っていて、その係わりの故に彼女を手にかけた。彼を知らなければ、僕はあの事件に対して公平な見方をすることができない。彼を知ることによって初めて、彼が殺さなければならなかった森田亜紀子が見えてくる。そこでようやく、パズルでできた森田亜紀子像の欠けていたピースが見つかる。

いや、見つけなければならない。島崎や伊達さんとは違う意味でクドウさんとの距離を縮めようとしている僕にとって、それは、どうしても越えなければならないハードルなのだ。

畑山稔は住所不定の人ではなかったから、新聞記事にもはっきり住所が載せられていた。ただ、アパートの名前まではわからない。ワイドショーで映し出されていたのは、大久保駅の高架の脇の、車二台がどうにかこうにか擦り抜けられるという程度の広さの道に面した、古びたモルタル造りのアパートだった。周囲の町並みも、これが本当にあの新宿の街へ徒歩で出ることができる位置にある町なのかと思うほど、さびれた感じだった。そこでとりあえず、大久保駅で降りると、にぎやかでないほうの改札口から外に出てみた。

高架を見あげる細い道を、中野方向へ向かって歩き始めるとすぐに、テレビで観た記憶のある景色が現れた。僕のカンが格別鋭かったというわけではない。すごくわかりやすい場所なのだ。

人が住んでいるのかどうかも定かでない、割れた窓ガラスが放置されたままのしもたやと、表戸のシャッターを閉めたまま、傾いたネオンの看板を風雨にさらしているスナックにはさまれて、そのアパートはあった。レポーターが指さしていた、鉄錆《てつさび》の浮いた外階段の上がり口のところに、「第二幸荘」という木の看板が掛けられている。

アパートの入口は片開きのドアなのだけれど、いつか定かではないかなり昔に、蝶番《ちようつがい》がいかれてしまったのだろう。開けっ放しにして、コンクリートブロックのようなもので止めてあった。のぞいてみると、ドアの向こうに続く廊下は薄暗く、うちっぱなしのコンクリートの床に、水漏れの染みがいくつもあった。

曇り空の下、僕は二階の端の窓を見あげた。洗濯物用のロープがさがっている、あの窓。今日はまだ西陽がさしておらず、窓の向こうはただ真っ暗に沈んで見えた。

あたりには人気《ひとけ》がない。本当に、新都心を間近に持つ町とは思えない風景だ。だけどここは、畑山稔にとってはそれなりに居心地がいい町だったはずだ。

彼のもとに出入りしていた森田亜紀子にとってはどうだったろう？　田村警部さんは、畑山の部屋から亜紀子さんの指紋がたくさん見つかったと言っていた。近所の人たちも、ここで彼女の姿を頻繁に目撃していると言っていた。ひょっとしたら彼女は、畑山の部屋で洗濯をして、あの物干しロープに靴下だのハンカチだのをぶらさげたかもしれない。ふたりであの危なっかしい外階段をあがったり降りたりしたかもしれない。ここから歩いて新宿へ買い物や映画を観に行ったかもしれない。

畑山は、あの部屋で亜紀子さんへの好意を——最終的には殺意を——育てていったのだ。

殺人が白河庭園で行われたことは事実だし、それには警部さんも説明していたような事情があったのだろう。だとすれば、あの日、白河庭園に行く計画を立てたのは亜紀子さんのほうだったろうし、彼女のしようとしていることにも、「パラダイス」にも、「会社」にもうんざりして逃げ出すことしか頭になかった畑山にとっては、白河庭園行きはおぞましいだけのことだったに違いない。

だからこそ彼は、白河庭園で亜紀子さんを殺した。彼女から逃げ出すためには、それしか方法がないと思って。そしてこれは僕の勝手な解釈にすぎないかもしれないけれど、畑山は、このアパートでは亜紀子さんを殺したくなかったのだろうとも思う。だって、ここではいいこともたくさんあったろうから。楽しい思い出もたくさんあったろうから。だからこそ彼は、自分にはまったく係わりのない東京の東の果てにある、けっして有名でもない小さな公園に彼女が出向いてゆくときを、そのときに選んだのだと思う。

外から見ただけで、あのアパートの部屋の内側がどんな様子なのか、だいたい見当がついてくる。風呂場《ふろば》はないかもしれない。トイレは共同かもしれない。給湯器なんてしゃれたものはないだろうから、旧式の湯沸かし器でも使っていただろうか。エアコンなんてあるはずもなく、真夏にはきっと扇風機が生温い空気をかきまわしていたに違いない。

それでも、ふたりでいれば、楽しいことがたくさんあったのだ。

切実に、畑山稔に会いたいと思った。亜紀子さんをどう思っていたのか。彼女のどんなところに惹《ひ》かれたのか。彼女はどんな笑いかたをしたのか。どんなテレビを面白がったのか。どんなものを欲しがっていたのか。どんな洋服が好きだったのか。料理はつくったのか。それとも彼のつくるものを喜んで食べたのか。きいてみたい。教えてほしい。

亜紀子さんはあんたにとってどんな人だったのか。彼女が年下の従妹に向けている憎悪に近い嫉妬《しっと》の感情を知ったとき、あんたはどう思ったのか。畑山稔にきいてみたい。

あんたと亜紀子さんは、似たもの同士だった。ひとりぼっちの星の下に生まれたもの同士だった。あんたから見た亜紀子さんは寂しがりやだったかい？　それとも怒りんぼうだったかい？

陽ざしに目を細めながら、とりとめのないことを考えて突っ立っていた。と、うしろから声をかけられた。

「おい、なにしてるんだい？」

はっとして振り向くと、大きな自転車を傾けて地面に片足をつき、不審そうに顔を歪《ゆが》めた年配の男の人と、まともに視線があってしまった。あまりに驚いたので、僕は口をパクパクさせた。

「子供がこんなとこでウロウロしてちゃいけないよ」と、そのおじさんは続けた。「あのアパートに用があるわけじゃないんだろ？　殺人事件だかなんだか知らないけど、あの男はもうここにはいないよ」

うんざりしているという口調だった。なるほどと思った。僕のほかにも、純粋な野次馬が、このあたりをうろつくことがあるのだろう。

それなら話が早い。落ち着いて、僕は嘘をついた。「僕、あの畑山稔って人の知り合いなんです」

「みんなそう言うんだよ」と、おじさんは素っ気ない。

「ホントなんです」

少なくとも、関係者の一端に連なる者なのだ、僕は。その自信が顔に出たのか、おじさんはもう一度しげしげと僕を観察し直した。それに、物見高い野次馬にしては、僕は年少にすぎるのだろう。

おじさんの口元が、少しゆるんだ。

「どういう知り合いなの」

「あの人、うちでアルバイトしてたことがあるから。僕んち、クリーニング屋なんです」

ワイドショーで、畑山稔が高校生時代、家計を助けるためにいろいろなアルバイトをしていたと言っていたのを覚えていたのだ。そのなかには、クリーニング店の配達業務というのも含まれていた。

「へえ……」

おじさんは自転車から降りた。よく見ると、サドルのところに「焼きたてパンの木村」と、白ペンキで書いてある。

「おじさん、近所の人ですか」

おじさんは、大久保通りの方向へ顎《あご》をしゃくった。

「あっちでパン屋をやってんだよ」

「畑山さんのこと、知ってましたか」

おじさんは再度、僕をじろじろと観察した。この情報を投げてやる見返りに、この子は何かくれるだろうかと値踏みしているという感じだった。これがもともとこのおじさんの持っている勘定高い性質ならばいざ知らず、この数日間のマスコミの大騒ぎ取材合戦のなかで身についてしまった習慣なのだとしたら、ちょっと悲しい。

「うちにときどき、パン買いにきたよ」

いともあっさりと、おじさんは答えた。見返りがなくても、まあ子供が相手じゃ仕方がないとあきらめるかわりに、情報を投げ与えてやることで優越感を覚えようと決めたのだろう。自慢気な口ぶりだった。

「ふたりで?」

「そういうこともあったね」

「仲よさそうでしたか?」

「わかんないねえ。だけど、あの男はあの女を殺しちまったんだから、仲がよかったわけはないだろうよ」

世の中がそれほど単純ならば、殺人事件なんか起きない。そう思ったけど、言っても意味のないことだ。

おじさんはちょっと身をかがめ、いかにも大事な情報だぞという風情で身構えて、声をひそめた。

「あいつが帰ってくるかどうか、刑事が張り込んで見張ってるんだよ」

そういうこともあろうとは思っていた。

「おじさんのところにいるんですか?」

「うちにはいないけど」ひどく残念そうだった。「このへんの、アパートの空き部屋にもぐりこんでるって話だ」

「畑山さんは帰ってこないだろうと思うけど」

「わからねえよ、ああいう野郎の考えることはね」

僕はもう一度階段を、あの窓を見あげた。それから視線を移して、あの部屋を監視するのに都合のよさそうな場所を探した。すぐ近くに古びたマンションがある。北側の部屋なら、ちょうど第二幸荘を見おろす位置にある。その並びにある工場みたいな建物もいいかもしれない。今このときにも、それらの窓のどこからか、刑事が望遠鏡だか双眼鏡だかあるいはもっと性能のいいスコープだかを使って、第二幸荘の前で立ち話をする自転車の男と中学生を、子細に観察しているのかもしれなかった。

「よく、焼きそばパンを買っていったな」

不意にぽつりと、おじさんが言った。

「うちの焼きそばパンは旨《うま》いんだよ」

それは僕にとって、宝石のかけらのような貴重な情報だった。そうか、焼きそばパンか。

「僕もそのパン、買って帰りたいな」

するとおじさんは、また大久保通りのほうに顎をしゃくった。「じゃ、いっしょに行くかい」

おじさんは自転車を押し、僕らは並んで歩きだした。

「来るのは決まって、午後も遅くなってからだったな」と、おじさんは続けた。「あの女はいつも派手な格好してたよ。スケスケのシャツとかな、パンツの見えそうな短いスカートとかさ。爪なんか真っ赤で。ひと目で水商売の女だってわかったな。だけどまさか、二十歳の娘だとは思わなかった。あの畑山って男より年上に見えたくらいだから」

「たいてい、ふたりでいっしょに買いにきたんですか」

「ひとりのときもあったよ」言ってから、おじさんはフフンと鼻を鳴らした。「ひとりで来ると、あの女はきまってうちの息子に色目をつかってよ」

僕は黙っていた。おじさんはそれが不満だったのだろう。「しょっちゅう男に色目をつかってる女だったんだよ」と付け加えた。

大久保通りに出ると、これまでの貧弱な空気が嘘のように消えてなくなり、とたんに喧《けん》騒《そう》に包み込まれた。木村パン店は、通りを右に折れて一区画ほど歩いたところにあった。真新しいビルの一階で、ケーキやクッキーも売っており、階上は喫茶室になっている。すぐ隣はビデオとCDのレンタルショップだ。大勢の客で混みあっている。店の前には自転車がいっぱい停めてあった。

「そういやあ、女のほうが、ここの袋を持ってたことがあったな」

木村パン店の脇に自転車を停めると、おじさんはレンタルショップのほうをさして言った。

「ビデオとかを借りると、ビニールの袋に入れてくれるだろう？　それを持って、うちにパンを買いにきたよ」

それならば、畑山稔の部屋にはビデオデッキがあったのだろう。ＣＤプレーヤーもあったのだろう。ふたりでパンを食べながらビデオを観たり、音楽を聴いたり――

そのときふと、思い出した。亜紀子さんが以前、クドウさんをコンサートに誘ったということを。あれは、ジッタリン・ジンのコンサートだった。

そう――彼らのヒット曲に、『プレゼント』というのがあった。クドウさんもそれが好きだと言っていた。

（あなたがわたしにくれたもの――）

そういう歌い出しで始まる曲だった。早口言葉みたいな独特の歌いかたで、ショートカットのキュートなボーカルが、もらったプレゼントを並べ立ててゆく――

そして最後にこう結ぶ。

（大好きだったけど、最後のプレゼント）

森田亜紀子は、この曲が好きだったろうか。だから、目的は別にあったにしろ、クドウさんを誘うとき、ジッタリン・ジンのコンサートを選んだのだろうか。

大好きだったけど、最後のプレゼント。そう、そうやって畑山稔が彼女にくれたのは、

「死」というものだった。

「焼きそばパンはひとつでいいのかい？」

おじさんに声をかけられて、僕は急いで木村パン店のなかに入った。そのとき気づいたのだけれど、この店の名前は「ブランシュ・キムラ」だった。

「ふたつください」

おそらくこの店は、あのおじさんが経営者だったときには、「木村パン店」という名前にふさわしい町のパン屋さんだったのだろう。それが代替わりして息子の店になったとたん、ブランシュ・キムラになる。昔の面影を止《とど》めているのは、自転車のサドルに書かれた文字と、おしゃれなショーケースには場違いな感じの焼きそばパンだけ。

おじさんが焼きそばパンを包んでくれているあいだ、僕はレジのうしろのガラス越しに見える調理場に目をやっていた。白いエプロンをかけた三十半ばの体格のいい男性が、ドーナッツに砂糖衣をかけている。あれがおじさんの息子だろう。亜紀子さんが彼に色目をつかったかどうかはわからないけれど、少なくとも彼女も、こうしてパンを包んでもらうあいだ、あの調理場の光景を眺めていただろうことは間違いない。

「二百四十円だよ」

包みを僕に差し出しながら、おじさんは言った。それから僕の肩ごしに、僕の背後に向かって「いらっしゃい」と声をかけた。

新しいお客が来たのだ。道をあけるつもりで、僕は一歩脇に寄りながら振り向き——

そこに、あの白河庭園の中年男、橋口の描いてくれた似顔絵の男の顔を見つけた。

17

人間の記憶なんて、あてにならないものだ。振り向いてその男と顔をあわせた瞬間には、僕は相手が誰だかわからなかった。ただなんとなく、どこかで会ったことがある人だと思っただけだった。

それは向こうも同じであるようだった。だからしげしげと僕を見つめた。もっともそれも、僕がじいっと見つめていたから、（なんだい）という感じで見つめ返していただけのことだったのかもしれない。

ピンときたのは、その男が動いたときだった。彼が僕の脇を擦り抜けて、パンの並んでいる棚のほうへ歩きだしたとき、僕は、白河庭園で走って逃げていったあの中年男の、身体の調子が万全ではないような、ちょっとふらつくような足取りを、そこに見たのだ。

「あっ」と、僕は声を出した。相手はびっくりして僕を見返った。そしてもう一度、今度は目を見開いて僕の顔を見つめた。とたんにその顔に、暗号を解いた瞬間の解読者みたいな表情が走った。彼も僕が誰だかわかったのだ。

僕が近寄るより早く、男はぱっと僕のそばを走り抜けた。パン屋のトレイ置きの台に膝《ひざ》がぶつかり、ぶらさがっているトングがガチャガチャと音をたてた。そのまま外へ飛び出してゆく。

「なんだよ、どうしたんだい？」

ブランシュ・キムラのおじさんの声を背中に、僕も街路へと躍り出た。スニーカーが片方脱げかけて、一瞬前のめりになった。

町中、しかも人通りの少なくない大久保通りという場所が、今度は僕に幸いした。男は外へ飛び出すとすぐ左に走り、ちょうど居合わせたカップルにぶつかりかけて足が鈍った。僕の手は、もうちょっとで彼の上着の背中に届くところだった。彼は身をよじってカップルを避けると、また走り出した。すぐに、駅へと続く曲がり角に達した。どうするかと見ていると、ちょっとためらうように足を踏みかえてから、信号待ちで停まっていた白いヴァンの車体に手をついて方向転換し、左に折れて駅の方向へ、僕がパン屋のおじさんと歩いてきた道のほうへと走り始めた。

ここは一本道だ。左手に電車の高架を支えるコンクリートの壁を見ながら、小滝橋《おたきばし》通りに突き当たるまで一直線に走ればいい。そしてこうなれば、なんたって僕のほうが足が速い。どんどん間合いを詰めていって、ちょうど第二幸荘の鉄階段の前で、僕は男の右手の袖《そで》をひっつかんだ。

「小父《おじ》さん、小父さんちょっと待ってよ！」

叫びながら袖を引っ張ったけれど、相手はしゃにむに腕を振って僕を振り切ろうとする。僕は相手ともみあいながら、声をひそめて話しかけるという芸当をやった。

「ねえ、ここで騒いでると、警察が見てるかもしれないよ。あのアパートの真ん前なんだから」

すると相手は、まるで本当に巡査がこっちへ走ってくるのを見つけたとでもいうように、急にもがくのを止めた。それがあまりに唐突だったので、僕も不意をつかれて相手の袖を離してしまった。でも、もう彼も逃げ出すような様子を見せはしなかった。激しく両肩で息をしながら、いくぶん腰をかがめて両手を膝に置き、下を向いてあえいでる。

「どっか、身体が悪いんですか？」

僕はもう普通の呼吸を取り戻していた。この程度の全力疾走でアゴを出すようなら、コーチにチームから放り出されてしまう。

彼はまだはあはあしており、僕の質問に答えるために――答えようとしたのだろう、口がパクパクしたから――息を整えなければならなかった。やっとこさ、

「膝が、ちょっと」と、切れ切れに言った。「リュウマチ」

「白河庭園で会ったときも、小父さん、走りかたがヘンだったよ」

「そうか」

ちょっとこもったような、独特の声だった。ひょっとすると入れ歯なのかもしれない。

僕の母方のおじいちゃんが、今年、長年の歯槽膿漏《しそうのうろう》が原因で総入れ歯の身の上となった。本人はまっさらの白い歯を剝《む》き出して喜んでるけど、それ以来電話での会話が難しくなって、こっちは困ってる。そのおじいちゃんの語調と、よく似ていた。

「小父さんも、僕のこと覚えてる？」

ようやく息をあえがせるのを止めて、でもまだ腰をかがめたまま、男はうなずいた。目をあげて、僕の顔を見た。

「すぐにはわからんかったな。坊ずがびっくりした顔をしたときに、思い出した」

「僕もすぐにはわからなかった。歩きかたを見て思い出した」

僕らは顔を見合わせた。どちらからともなく――いや、この小父さんの方が一秒の半分くらい早かったかもしれない――僕らは微笑しあった。

「行きましょうか」僕は相手の袖をつかんだ。逃げられないようにするためにではなく、支えてあげるためだった。「ここ、ホントに警察が見張ってるかもしれないからさ」

言ってしまってから、さっきの警告も、今のこの台詞《せりふ》も、ひょっとしたらゼンゼン見当違いのものだったのかもしれないのに、と考えた。この人が、あの事件の関係者であるとは限らないのだ。実際、僕らはこのところずっと、白河庭園で出くわしたこの人を、亜紀子さんの「上客」で、テレホンクラブで稼ぐ女の子たちに同情的なだけの、ただの部外者だと思っていたのだから。

臓かな。

「駅のほうにベンチがあった」と、小父さんは言った。「そこで少し休んでもいいか」

「うん」と僕はうなずき、いっしょに歩き出した。並んで足を運んでゆくと、この人の病気はリュウマチだけじゃないなと気づいた。まだ少し、呼吸が変だ。悪いのは肺かな、心臓かな。

僕らは大久保駅の改札口の前まで行った。そこはガードの下になっており、鉄パイプに木の板を打ち付けただけの、粗末なベンチが一脚あった。並んでそこに腰かけると、怪しい小父さんはほうっと長い息を吐いた。右手が動いて、膝をさすり始めた。

改札口には、駅員がひとりいるだけだった。若い人で、僕らのほうにちらっと視線を投げただけで、あとは改札脇のボックスに入っている同僚と、何やら楽しげに話をしている。僕らのこと、父子《おやこ》だと思ったかもしれない。

そのときちょうど、電車がやってきた。音しか聞こえない。「大久保、大久保」というアナウンスがあって、やがて電車は出ていった。二、三人の乗客が降りてきて、改札を抜けてゆく。みんな、僕らのほうをちらりと見た。

誰もいなくなったところで、

「追いかけっこはこたえるな」と、隣で小父さんが呟《つぶや》いた。

その横顔が疲れていた。人が表情をつくることができるのは、真正面から見せる顔だけだ。横顔は正直だ。そしてその、やや落ちくぼみ気味の目を間近に見たときに、僕はこの人が誰だかわかったと思った。ひょっとするとその思いは、長い間僕の心のなか、皮一枚くらいの浅いところにずっと淀《よど》んでいて、このときを待って出てきたものなのかもしれない。

ずっと前に、思いついていてもいいことだった。思わず、膝の上に載せたパンの袋をぎゅっと握り締めた。

「小父さん」呼びかけても、相手はぐったりと足元を見つめている。「小父さんは、畑山稔のお父さんですね?」

相手はゆっくりとまばたきした。それから僕の顔を見た。

「畑山嘉男さんでしょう?」

小父さんは、ゆっくりとまばたきし、まぶたの動きにあわせてうなずいた。

「やっぱりそうか……」

「なんでわかる」

「ちょっと似てる。目のところが」

ああ、というように、小父さんはちょっと口を開けて笑った。声は出さずに。

「そうだよ。でも、小父さんでいいよ」

「ぼくは緒方雅男っていいます。中学一年。でも、坊ずでいいです」

小父さんはちらっと僕の頬や額のあたりに目をやり、「まだヒゲもニキビもないなあ」

と言った。

「でも、ガールフレンドはいるよ」と、僕は言った。「そいで、そのガールフレンドが、殺された森田亜紀子さんの従妹《いとこ》なんです」

小父さんは膝をさするのを止め、両手を両足のあいだにだらりと垂らして、顎をさげた。改札口の駅員が、また僕らのほうに視線を投げた。訝《いぶか》っているような様子ではなかったけれど、その視線が外れるまで、僕は口をつぐんでいた。

「稔は、罪なことをしたな」と、畑山嘉男は呟いた。「あたしが白河庭園だっけ、あの公園に行ったのもさ、伜《せがれ》が済まんことをしたと思ったからだよ」

あのとき、あの男が「祈ってるように見えた」という島崎のカンは、当たっていたのだ。

「じゃ小父さんは、あのときもう、亜紀子さんを殺したのは息子さんだと知ってたんですか？」

畑山の親父さんはうなずいた。「伜から、いっしょに住んでる女の名前は聞かされてた。女を殺すのは、たいてい、その女と係わってる男だからな。すぐピンときた」

言葉を切り、こもったような咳《せき》をして、

「それでニュースを見てすぐに、あのアパートへ来てみた。稔はもうおらんかった。逃げたんだと思った」

「だけど、警察には報《しら》せなかった」

親父さんは黙っている。

「だから、僕らと白河庭園で顔を合わせたとき、逃げたんだ」

親父さんは手をあげて首のうしろをさすった。

「坊ずらが、あの亜紀子って娘さんの知り合いだと思った。でなきゃあそこへ花持ってくるわけねえだろ」

「そうですね」

「お従妹さんとは思わなかった。亜紀子さんて娘に、妹さんがいたのかと思った。あのとき、女の子がふたりいたよな？　大きい子と小さい子」

よく覚えてる。「そう。あの小さいほうの子が、亜紀子さんの従妹で、僕のガールフレンド」

うんうんと、親父さんはうなずく。「あの大きいほうの子は、足が速くてまいった」

伊達さんだ。「バスケット部のエースだから」

僕らはちょっと黙りあった。ひとつ息を吸い込んで、僕は訊いた。

「息子さんの今の居所を知ってますか？」

図々《ずうずう》しくも大胆不敵な質問だった。畑山稔は全国指名手配の身の上で、彼の居所を知りたくて躍起になっている警察官がたくさんいる。今のこの僕の場所に座ることができるならば、その代償に、田村警部さんは残り少ない髪の毛だって提供してくれるかもしれない。

でも、小父さんは首を振った。「今は知らん。いっときは知ってた。あのアパートだからさ」

「いつごろから、連絡とってたんですか？」

出所してからこっち――という言葉を省いて、そう訊いてみた。ところが、小父さんはちゃんとそこを補って答えた。

「出所してからずっと、音信不通だったよ。稔もあたしがどこにいるか知らなかったろう。初めて連絡とったのは――」

ちょっと黙ってから、小父さんは言った。

「連絡したというんじゃないな。前の家のあったところに行ったんだ。そしたら、近所の人間が教えてくれた。女房が――別れた女房が死んで、葬式に行ってきたって。で、そのころ稔が住んでた場所を教えてくれたんだ。一年ちょっと、前のことだね」

「小父さんの家って、浅草の鞄《かばん》屋さんだったんですよね」

畑山の親父さんはほうっという顔をした。「へえ、知ってるのかい？」

「週刊誌に出てた。今は小さいビルになってて、カラオケ屋とかが入ってた」

「カラオケ屋？　あたしが行ったころには、焼肉屋の看板が出てたがね」

ガード下の薄暗がりを、涼しい風が吹き抜けてゆく。自転車の後ろに幼稚園の制服を着た子供を乗っけた女の人が、子供とさかんに話をしながら僕らの前を横切っていった。

畑山の親父さんは、ちょっとのあいだ、その母子連れを目で追っていた。女の人が自転車の後輪をよいしょと持ち上げて、ガードの反対側の道路に出てゆくと、自転車の上の子供がきゃっきゃと声をあげて笑った。たぶん、子供の幼稚園カバンにつけてあるのだろう、鈴がチリンと鳴る音がした。

母子連れが見えなくなると、畑山の親父さんが、唐突に言った。「週刊誌を読んでるなら、坊ずはあたしが前科者だってことも知ってるんだろう?」

「はい」

「怖くないか」

答えにくかった。機嫌を損じないようにするためというのではなく、自分でも説明が難しい気持ちでいたからだ。

「ほんの今までは、そんなこと忘れてました。夢中だったから」

「そうかあ」

「けど、今言われて思い出したら、ちょっと怖いかな」

畑山の親父さんは黙っている。また電車がやってきた。今度は若者のグループが降りてきた。彼らが去ってから、僕は言い足した。

「前科者だから怖いんじゃなくって、小父さん、気が短そうだから怖い。前の事件って、そういうのだったでしょう」

「そんなことも週刊誌に書いてあったんか」

「詳しかったよ、わりと」

ぼんやりと改札口の方を見つめて、そのままその視線を動かさず、畑山の親父さんは言った。「あたしは、素面《しらふ》のときには短気じゃないんだよ」

それから、（本当だよ）というように、首を巡らせて僕の顔を見た。

「そんな感じだね」と、僕は言った。

畑山の親父さんは早口だった。語尾がはっきりしていた。自称するときの「あたし」の「あ」は、「あ」と「わ」の中間くらいの音だった。「あったんか」の「ん」も、「ん」と「の」の中間くらいの音だった。こういう話し方をする大人に、僕は初めて出会った。

「ここへ来たのは今日で二度目だ」と、畑山の親父さんは言った。「どっちも、稔がいなくなってからのことだけどな。以前は、女と住んでるから親父は来ないでくれって言われとったから」

「今日は、息子さんが戻ってくるんじゃないかと思って来てみたんですか？」

親父さんは首を振った。「坊ずだってそうじゃないだろう？　何しに来た」

「自分でもよくわかんないな。説明すると長くなるし」

「ガールフレンドに関係あるか」

「ちょっぴり」

「ガールフレンド、美人か」

「可愛いよ」

「そうか」と、親父さんはほほ笑んだ。「可愛いってのは、いいな」

「森田亜紀子さんは、美人だったね」と、僕は言った。親父さんはうつむいた。その横顔から、彼女のことをどう思っているのか推し量ることはできなかった。

「会ったことないから、あたしは知らん」と小さく言った。

そんなことはないはずだと、僕は心のなかで呟《つぶや》いた。彼女のこと、親父さんはよく知ってるはずだ。倅から話を聞いてたんだろ？　そうでなきゃ——亜紀子さんと彼女の仕事、「会社《カンパニー》」のことを知ってなきゃ、なぜ安西情報サービスを訪ねて、チラシをまかないでくれなんて頼むわけがある？

それなのに、言葉が出なかった。相手が怒り出すのが怖いからかもしれない。刑事みたいな真似をするには、僕は臆病《おくびょう》すぎるのかもしれない。そのくせ、

「息子さんから、連絡はないんですか」

と、また大胆な質問をした。そしてまた、親父さんは首を横に振った。

「稔が逃げてからは、ないね」

「じゃ、どこにいるのか全然見当つかないわけだ」

「あたしなんか頼ったってしょうがないってこと、あいつはよく知っとるから」

「だけど親子でしょ。何か言ってこないかな」

しつこい僕に、親父さんは突然、

「坊ず、何か飲むか」と訊いた。ベンチの並びに、清涼飲料の自動販売機がある。そっちを指でさしていた。

「そうだなあ……」喉《のど》は渇いていた。

僕の返事をきかないうちに、畑山の親父さんは上着の内ポケットをごそごそやり、小銭を取り出していた。

「そこの販売機で、好きなのを買いな」

手渡された小銭は、かすかに温かかった。体温のせいだ。財布なしで、ポケットにじかにお金を入れているのだろう。

「ついでに、あたしにも買ってくれ。なんでもいいや、坊ずと同じで」

不精なのではなく、一度腰をおろしてしまうと、立ちあがるのが辛《つら》いのだろう。

「じゃ、いただきます」

僕はベンチを降りて、販売機のところへ行った。ポカリスエットにしようかと思ったけれど、畑山の親父さんが好きかどうかわからない。で、缶コーヒーを選んだ。手渡すと、親父さんは「ありがとうよ」と言った。

缶コーヒーはよく冷えていた。親父さんは、旨《うま》そうに、半分ほどを一気に飲んだ。ふと思いついて、僕はパン屋の袋を差し出した。「これ、一個ずつ食べませんか」

改札口の駅員が、今度はじろじろと僕らを見てる。きまり悪い感じもしたけれど、ふたりならいいやと思った。

「あのお店の焼きそばパン。ふたつ買ったんです」

袋を広げて、一個取り出し、親父さんに差し出した。ちょっと間をおいて、親父さんは受け取った。「いただきます」と言った。

「あのパン屋さんで、息子さんと亜紀子さんは、よくこの焼きそばパンを買ったんですってさ」

そう言ってから、僕はひと口がぶりとやった。親父さんは、パンを口元まで持っていって、じっとしている。

「それ聞いて、買ってみようと思ったんだ。小父さんは、あのパン屋にどうして来たんですか？」

少し、沈黙があった。そのあいだに、電車が来た。今度はひとりしか降りてこなかった。若くてきれいな女の人だった。ガード下でパンを食べる僕たちに、露骨に顔をしかめて通り過ぎた。

「たまたまだよ」と、畑山の親父さんは返事をした。

それは嘘だと思った。偶然にしちゃできすぎてる。でも、僕はそれ以上つっこんで尋ねる気になれなかった。その方法を知らなかった。田村警部さんならできるんだろうけど、僕にはできない。

「美味《おい》しいですね」と、僕は言った。「冷たくても旨いや」

焼きそばがいっぱい入っていた。紅しょうががきいていた。なるほど、パン屋のおじさんが自慢にするだけのことはある。

畑山の親父さんは、ひと口、もそりとパンを齧《かじ》った。焼きそばの端っこが、口の隅からはみ出した。

「ずっと前に」と、口をもぐもぐさせながら言った。「来たことがある。いっぺんだけ。稔のとこに」

「まだ亜紀子さんと住んでるときに？」

親父さんはうなずいた。つまり、さっきの話には嘘があったということだ。けど、僕は黙っていた。

「半年くらい前だ。たまたま、あの娘さんはいなかった。稔はあたしを部屋にあげてはくれんかった。引っ張っていって、あのパン屋に連れていった。そこでこのパンを買って、これ持って帰れってな。俺も金ないから、親父には貸せんて。そのころあたし、仕事にあぶれてたからな。見るからに、そういうなりをしとったから。金のことで行ったんじゃなかったんだけど」

それはどうだったかなと、僕は思った。嘘ではないけれど、濾過《ろか》された話なのかもしれない。お金がなければ、心細くなる。身内に頼りたくなる。

伜に会いたいという気持ちは、いつも心の中にあったはずだ。そして、お金のことが、自分に対する一種の言い訳になったんだろう。会いに行くんじゃないんだ、金貸してくれって言いに行くんだ、と。でも、いざ顔を合わせたら、お金のことなんか言い出せなくなった。というより、お金のことなんか忘れてた。けど、伜のほうはすぐに金のことだと思った――

パンを買って、その袋を親父の手に押しつけて、これ持って帰れって言った。

畑山の親父さんは、すごい勢いでパンを口につっこんでいた。鼻息が荒かった。そんなに慌てて食べることないのに――と思って、気がついた。

親父さんは泣き出していた。

口いっぱいにパンを頬ばって、ぐふ、ぐふという声を押し殺しながら、涙を流していた。前かがみになって、顔を伏せていた。とうとう、パンを頬ばるのをやめた。親父さんが目をつぶると、涙がポロポロとガード下のアスファルトに落ちた。

僕は黙ってパンを食べ続けた。親父さんがまた口を動かしてパンを嚙《か》み始めるまで、顔をそむけてそうしていた。

電車が来て、去っていった。今度降りてきた乗客たちは、改札を通り抜けるとき、僕らのことを見て見ぬふりをした。改札の駅員もそうだった。

やがて、ゆっくりと親父さんがパンを飲み下した。握り締めていた最後の一切れを食べて、缶コーヒーを飲んだ。もう涙は無かった。目尻《めじり》が濡《ぬ》れているだけだった。

「坊ずはどうやって帰る？」と、いきなり訊いた。もう話は打切りだった。

「この電車で。飯田橋《いいだばし》で東西線に乗り換えるんです。僕の家、白河庭園の近くだから」

「駅はどこだ」

「木場《きば》ですよ。小父さんは？」

コーヒーの缶を、ベンチの脇にあるくず入れに投げ込んで、「高橋《たかはし》だよ」と答えた。

「森下町《もりしたちょう》のところ？　じゃ、近くだ」

いっしょに帰りますかと訊く前に、畑山の親父さんは、いかにもしんどそうに立ち上がっていた。

「あたしは新宿から帰る。ここをまっつぐ行けば駅だから」と、僕らが歩いてきた道をさした。

「膝《ひざ》は大丈夫なの？　ここから乗っていってもいいじゃない。都営新宿線でしょう？」

すると親父さんは、ちょっと笑った。

「坊ずは、あたしなんかといっしょに電車に乗っちゃいけないよ」

旨かったよ、ごちそうさんと言って、身体の向きをかえた。

「サヨナラ、僕もごちそうさまでした」と声をかけると、振り返らないまま手だけ振ってみせた。

ガード下を出てゆく。少したってから、僕は魔法が解けたように動きだし、畑山の親父さんのあとを追った。一本道を遠ざかる後ろ姿が見えた。ゆっくり、えっちらおっちらという歩調で歩いている。あの感じじゃ、今日の追いかけっこも、白河庭園での逃亡劇も、あの親父さんの膝には、ずいぶんと辛いことだったろう。

見えなくなるまで、僕はその後ろ姿を見送っていた。そうして、高橋には昔、ドヤ街があったことを思い出していた。今も、小綺麗《こぎれい》なビジネスホテルに姿をかえて、細々と残っている。一泊数百円のベッドハウスもある。日雇いの労働者が集まるところだ。近ごろの不景気で、仕事の無い人たちが、昼からぼんやり道端に腰をおろして、煙草をふかしているのを見かけたこともある。畑山の親父さんも、ああいうところに住んでいるんだろうか。

大久保駅で切符を買い、改札を通るとき、駅員がじいっと僕の顔を見た。僕ら、どういうふうに見えただろうかと、また思った。

電車に揺られながら、結局、オレは何もきき出すことができなかったなと思った。倅からは連絡がない、今どこにいるか知らない、それだけだった。親父さんの正確な居所を聞いて、それをこっそり田村警部さんに伝えることさえできない。

そんなこと、したい気分にならなかったんだ。だらしない。探偵失格。でもそうだった。

口のなかに、ソースの味が残っていた。しばらくのあいだは、焼きそばパンを食べるのはよそう。

その晩、ほとんど発作的に、僕はクドウさんに電話をかけた。彼女の声は、わりと明るかった。それに元気づけられてさらに発作を重ね、明日どっか行かない？　と誘ってみた。

彼女はびっくりしたようだった。一瞬黙った。でも、次にきこえてきた声は、彼女が放課後懸命に打つ練習をしている軟式テニスのボールくらいにはずんでいた。

「どうもありがとう」と、クドウさんは言った。「ただ、明日はわたし、おじいちゃんとおばあちゃんのところに行かないといけないの。残念だなあ」

「そうなのか……」

クドウさんの声は明るいままだった。「来週の日曜日はダメ？」

僕の心がふわりと舞いあがった。父さんか母さんがそばにいたならば、僕の背骨がぐにゅーと柔らかくなったのを見てとることができただろう。

「いいよ、いいよ。どこ行こうか」

「白河庭園ばっかりじゃつまんないよね」と、クドウさんは笑いながら言った。それがまた僕を喜ばせた。

「海、見たくない？」と僕。

「海？　晴海《はるみ》に行くの？　船の科学館とか」

「そっか、それもいいね。臨海公園なんかどうかと思ったんだけど」

「あ、あたしまだ行ったことないの」

クドウさんが「わたし」じゃなくて「あたし」と言った！　僕はもう手足までぐにゅぐにゅだった。

「臨海公園て、きれい？」

「きれいだし、気持ちいいよ。人工の砂浜があってさ、降りていけるし」

「じゃ、そこにしようよ。自転車で行く？」

「そのほうが早いな」

「あたし、お弁当つくってく。サンドイッチでいい？」

僕は溶けて液体人間になってしまった。

「いいよ、いいよ。オレ、飲むもの持っていくからさ」

「じゃ、近くなったらまた打合せしようね。電話でいい？」

学校でおおっぴらに話し合うわけいかないもんね。

「いいよ。オレからかけるよ。これくらいの時間でいい？」

「うん。大丈夫。お父さんに自転車のタイヤの空気入れておいてもらわなくちゃ」

久しぶりに、クドウさん――クウちゃんの楽しそうなクスクス笑いを耳にした。

じゃあねと言って電話を切ったあとも、僕はしばらく夢のなかにいた。また固まって人間に戻るまで、甘いシロップになって床に広がっていた。

「雅男、お風呂《ふろ》に入りなさい」

母さんの呼ぶ声がした。

「はあ～い」

スキップで廊下をゆく。母さんがテレビのサスペンスドラマから目を離し、僕を見た。

「なにニヤニヤしてんの、あんた」

「別に、なんにも」

風呂のなかでも、まだニタニタしていた。

深夜になって、僕はもう一本電話をかけた。

この電話番号は、僕の手帳のなかに赤いカッコ付きで書き込まれているものだ。書き込んだのは今年の夏の終わり。以来、一度もかけたことはない。今日が初めてだった。

お店の電話番号だから、夜は彼女、いないかもしれない。でもいい。とにかくかけたかったのだ。

呼び出し音が鳴る。僕の心臓も高鳴る。三つめの呼び出し音で、かちゃりとつながる音がした。

やわらかなクラシック音楽が流れてきた。管弦楽だ。続いて、女性の声。

「こちらは、ジュエリー・サワムラでございます。お電話ありがとうございます。ただ今の時間は閉店しております。御用の方は、発信音のあとにメッセージをお残しくださいませ」

へえ……マダム・アクアリウムのお店は、ジュエリー・サワムラというのか。やっぱりね。

マダム・水族館《アクアリウム》。彼女と僕と島崎との出会いは今年の夏のこと。とても美しいマダム。少し寂しいマダム。そして僕が、いつか「この人」と思う女の子を得たときに、会いにゆくと約束したマダム。

まだ早いかもしれない。でも、マダムに言いたかった。留守番電話になっててくれたのは、幸せだった。

ピーという音のあとに、胸をドキドキさせながら、僕はしゃべった。

「僕、水族館で会った緒方雅男です。覚えてますか？　また、電話します」

受話器を置くとき、僕はマダムの香水の香りをかいだような気がした。

翌週は、灰色に曇った空を頭にいただいて始まった。でも、僕にはその雲もバラ色に見えた。

クドウさんとは、教室のところどころで、ときどき視線がぶつかった。そのたびに、ふたりとも目の隅でほほ笑みあった。電話でも話した。月曜日にも、火曜日にも、水曜日にも。

木曜日には、僕はタマゴサンドが好きだという会話をした。クドウさんはたくさんつってゆくと言った。三十分ほどしゃべって受話器を置き、部屋のテレビのスイッチを入れると、ちょうどニュースをやっていた。週末の天気予報をやらないかなとそのまま観ていると、

「ただいま入ったニュースです」と、アナウンサーがあわてた。

「今年の九月末、東京江東《こうとう》区の白河庭園で発生した殺人事件につきまして、所轄の深川警察署では先ほど記者会見を開き、本日午後八時ごろ、この事件の容疑者の畑山稔であると思われる男性の死体を、東京湾の晴海第三埠頭《ふとう》の海中から引き上げたと発表しました。死因など詳しいことはまだ判明しておりませんが、この男性の身体の特徴や所持品などから、畑山稔であることにほぼ間違いないということです。繰り返します、ただいま入ったニュースですが――」

18

「殺人らしいの」と、カナグリさんが言った。ささやき声だった。

僕たちはボブおじさんの店にいた。丈の高い紙カップでペプシを飲んでいるだけで、ハンバーガーは無し。土曜日の夕方、部活動で走り回ったあとの僕は、少しばかり汗臭い匂いを振りまいているだろうと思う。

「ホントなんですか？　だってニュースじゃ違うこと言ってる」

「報道関係には伏せてあるの」

僕はカナグリさんの顔を見つめ、眉《まゆ》をひそめてうなずき返してくる彼女の、意志の強そうな顎《あご》の線を目でたどっていた。やっぱり刑事になるヒトの顔だな……なんて思っていた。今聞かされた事実について、考えるのが嫌だったからだ。

畑山稔が死んだ――木曜日の夜、その衝撃的なニュースを耳にしたあと、まずクドウさんに電話をかけ、その後も続報が入るごとに話し合ってきた。僕が案じていたよりもクドウさんは落ち着いており、とにかくこれで全部済んでくれるのかなということを、いちばん気にしているようだった。

テレビのニュースで、畑山の死は自殺の可能性が濃いという報道があったのは昨夜、金曜日の夜十時すぎのことだった。僕はじっとしていられずに自転車に飛び乗り、クドウさんの家に向かって走った。走ってはみたけれど、そんな時刻にいきなり訪ねてゆくわけにもいかず、結局彼女の家の斜向《はす》かいにあるコンビニの前の公衆電話から電話をかけた。

「自首する前に、死んじゃったみたいね」と、彼女は小さな声で言った。

ニュースでは、畑山稔は死亡当時かなり大量のアルコールを飲んでいたと言った。でも、彼の置かれていた立場を考えたら、呑気《のんき》に酔っ払って海に落ちたというよりは、酔った勢いで——あるいは酔った挙げ句に自暴自棄になって——海に飛び込んだと考えたほうが妥当だろう、と。

「ひょっとすると、これがいちばんいい結果だったんじゃないかって気がする」

僕が言うと、クドウさんは「うん」と応えた。彼女の頭のなかには、殺された亜紀子さんの黒い過去のあれこれが浮かんでいたのだろうし、僕の頭のなかには、大久保駅のベンチに並んで座った畑山嘉男の顔が浮かんでいた。

あの小父さんにとっては、これがいい結果であるわけがない。でも、こうなるしかなかったという結果であるようにも思う。そして他の誰よりも、畑山嘉男はそれをよく知っているんじゃないかと思う。だからあのとき、ほんの短い時間ではあったけど、僕の前で嗚《お》咽《えつ》せずにはいられなかったんじゃないか。

「なんだか人の声が聞こえてくるけど、緒方くん、うちにいるんじゃないの？」

電話の向こうでクドウさんが言った。僕は自分のいる場所を告げた。彼女はびっくりして、

「あたしの部屋から、そのコンビニが見える」と言った。

すぐに、工藤家の二階のいちばん右端の窓のカーテンが揺らぎ、その陰から女の子のシ

ルエットが現れて、窓を開けた。僕は受話器を片手に握ったまま、空いた手を大きく振った。クドウさんは、窓から身を乗り出して手を振り返してくれた。危ないよと、僕は呼びかけそうになった。

電話を切ったときには、新品のテレホン・カードの度数を、あらかた使い尽くしていた。僕が工藤家を振り返り振り返り去ってゆくとき、入れ違いにバイクでやってきたGジャンの高校生が、ポケットからカードを取り出しながら電話機に近づいていった。受話器を持ちあげ、のっけから長電話の姿勢でコンビニの壁にもたれかかる。夜、こんなふうに外で長電話している若者を見かけると——とりわけ真冬や真夏には——物好きなヤツらもいるもんだと思ってきたけれど、今後は考えを改めなければならない。今やビジネスマンの手には携帯電話があり、若者の心には——もとい、直通電話を引くだけのお金のない若者の心には、公衆電話がある時代だ。

家に帰り着くと、島崎に電話をかけた。僕の行動パターンに現れた、これが最初の変化だった。いつもなら、今までなら、こんなとき、誰よりも先にまず島崎と話をしたいと思ってきた僕なのに。

彼は電話に出られなかった。

「お風呂《ふろ》入ってるのよ」とオフクロさんが言った。「出てきたら、こっちからかけなおすように言っとくからね」

でも、島崎は電話をかけてこなかった。こっちは風呂に入らずに待っていたのに、一時間待ってもかけてこない。しびれを切らしてもう一度かけた。今度は島崎の親父さんが出た。遅くにすみません、コール・バックを待っていたのでと僕が言うと、

「そりゃ、すまんねえ」と、親父さんはあやまった。「俊彦《としひこ》のやつ、このごろボーッとしてて——」

親父さんは、ニヤついたような声を出した。「最近あいつ、妙でねえ」

「妙って？」

「女の子から電話がかかってくるんだよ」

僕はちょっと沈黙した。クドウさんかな？　伊達さんかな？

「クラスメイトですか？」

「さてどうかな。学校の友達かってきいたら、そんなもんだよって答えやがったからな。違うんじゃねえかな。あれ？　だけどアイツめ、緒方君にも話してないのか。水臭いねえ」

親父さんはクックッ笑った。

「ま、緒方君だからこんなことも言っちまうけどな、アイツめ、その女の子から電話がかかってくると、ソワソワしやがるんだよ。信じられるかい？」

信じられない。しかし、誰だろう？

「ニュースなら見たぜ」

電話に出てきた島崎は、開口一番、素っ気なく言った。

「オレだって見たよ。だから電話してるんじゃないか」

「事件はもうこれで片がついたも同然だな」

やれやれだな、と言った。だけど、その口調がなにかわざとらしかった。彼らしくないことだった。いつもの島崎ならこんな言い方はしない――ほかの人にはわからないだろうけれど、僕にはわかる。砂糖と人工甘味料の味が違うのがわかるように。

「本当にそう思ってるのか？」

尋ねると、島崎はちょっと笑った。「ほかに考えようがあるか？　そのうち手が空いたら、田村警部さんが詳しいことを話してくれるだろうさ。でも、大筋はニュースで言ってるとおりのことだろうし、事件はこれで解決したってことだよ」

少し間をおいてから、僕は矛先をかえた。

「島崎、ガールフレンドができたんだって？」

いきなり電話線が断ち切られたかのように、沈黙が来た。僕はドキリとした。島崎とのあいだに、こんな黙《だ》んまりの瞬間が立ちふさがったことなんて、いまだかつて一度もなかったからだ。

ややあって、島崎は苦笑まじりに――そうなんだろうと思う、怒りを嚙《か》み殺しているんじゃないだろうと思う——言った。「親父にきいたのか？」

「うん」

「チェ、床屋を親父に持つと、おしゃべりなところに悩まされるな」

「じゃ、親父さんの言ってたとおりなのかい？」

「そういうところかな」

島崎の口調は明るかった。愛想がいいとさえ言ってもいい。それが気になった。今の彼の言葉は、全部人工甘味料だ。一滴で砂糖の十倍甘いけど、でも砂糖じゃない。本物じゃない。

僕の知ってる島崎じゃない。何か隠してるんだ。

「ホントかよ」

正攻法でバカみたいに尋ねると、島崎は声をあげて笑った。

「オレ、そんなに信用なかったかな。よっぽどモテないと思われてんの？」

「学校の子？」

「いや、違う」打ち返すような素早い返事だった。「余所《よそ》で知りあったんだ。そのうち話すからさ。ま、今のところはソッとしといてよ」

ほかに何も言い様がなく、気づいたら僕は口走っていた。「オレも、今度の日曜日、クドウさんとデートするんだよ」

また沈黙が来た。今度は、電話機の向こうから島崎が姿を消してしまったかのような沈黙だった。雑音はあるのに、島崎がいない。

僕は受話器を握り締めて黙っていた。けっして自分から口を開くまいと思った。こっちから何か言い出せば、島崎の本当の反応を知るチャンスがなくなる——彼にとりつくろう余裕を与えてしまうと思った。

やがて、さっきまでと同じような陽気な口調で彼は言った。「えらい手間がかかったな。伊達にもケツ叩《たた》かれてたじゃないか。おまえって、けっこうナイーブだったんだな」

僕はごくりと喉《のど》を鳴らした。島崎が受けたショックの大きさが、よくわかった。島崎が、今さら、この僕をつかまえて、ナイーブだなんて、言うわけない。今の島崎は、自分でも何を言ってるかわからなくなってるんだ。

やっぱり、おまえもクドウさんのこと好きかい？　そうなんだよな？

喉元まで、その言葉がこみあがってきた。でも、言わなかった。

口に出さないオレは卑怯《ひきょう》だと、電話を切ったあとになって思った。口に出せば、島崎にそれを否定させることができる。そのほうが、彼はずっと楽だろう。インチキな儀式みたいな、ふたりのどちらも嘘だとわかっている会話でも、

（おまえ、けっこうショックなんじゃないの？　悪いね）

（バカ気てるね、その言い分は）

（なんだよ、オレはてっきりおまえがライバルだと思ってた）

（長い付き合いだと思ってきたのに、おまえはちっともオレのこと理解してなかったわけね）

そんなふうに話をすれば、嘘っぱちであっても、とにかく僕たちのあいだに道を残しておくことができる。

だけど僕は言わなかった。言わずに、島崎とのあいだに戸を立てた。それを後悔しながら、でも心のどこかで、初めて島崎を超えたようで嬉《うれ》しくて、そのふたつの気持ちのあいだで宙ぶらりんになっていた――

そして、一夜明けてみたら、これだ。カナグリさんが抜き打ちで訪ねてきた。学校の通用門の脇に車を停めて待っていたのだ。

「島崎君は？　いっしょじゃないの？」

「アイツなら、今日はもう帰りました」

昼間のうち、僕らはほとんど話をしなかった。島崎は僕と視線をあわさず、授業にも身が入ってないように見えた。

するとカナグリさんはため息をつき、

「とにかく、緒方君だけでもつかまえられてよかった。ちょっと付き合って。話しておきたいことがあるの」

こうして、ふたりでアンクル・ボブにやってきたというわけだった。

僕はカナグリさんの顎の線を目でなぞるのを止め、ペプシをひと口飲んだ。氷が溶けてしまって、酸っぱいような味が舌に残る。

「間違いなく、殺人なんですか？」

「微妙なところね。だから伏せてあるんだもの」

「新聞、丁寧に読んだつもりだけど、外傷とかはなかったって――」

「そうでしょうね。本当に、遺体の所見では怪しい点は見つからなかったもの。でも、ほかに多少、考慮しなくちゃならない点があるの」

「どんな？」

カナグリさんはほほ笑んだ。「教えないと納得しない？ 島崎君はともかく、緒方君はそんなに突っ込んでこないと思ったんだけどな」

あまり嬉しくない比べられ方だ。

「わかったわ、言いましょ」

カナグリさんは周囲をちらっと気にし、ボブおじさんのハンバーガーがなぜ美味《おい》しいのかを説明してあるポスターに視線を据えて、ちょっと考えた。それから僕に向き直り、言った。

「畑山の死因は溺死《できし》。これは新聞にも書いてあったでしょう？ つまり、酔って意識不明のまま溺《おぼ》れ死んだというわけ。この場合、事故か自殺か殺人か、簡単には決められないのよ。誰かが無理矢理畑山にお酒を飲ませて酔い潰《つぶ》しておいて、よっこらしょと海に投げ込んだかもしれないでしょ？」

「そうですね、それはまあ」

「畑山の遺体は、死後そう長い間海中にあったとは思えない状態なの。検死官の意見では、せいぜい十二時間から二十時間ぐらいだろうって。遺体が引き上げられたのは木曜の午後八時だから、そうすると、彼が海にはまったのは、同じ日の午前零時から午前八時までのあいだ——ということになる」

腕時計に目を落として確認してから、僕はうなずいた。「なるほど」

「では、こんな時刻に、畑山はどうやって晴海第三埠頭まで行ったか？　この際、『何故あんなところに、何をしに行ったか？』ということは脇に置いておくとしても、あの場所まで行くには、何かしら交通機関を使わなきゃならなかったでしょうから」

「ひとつ質問があります」

「何？」

「畑山は、ずっと晴海のホテルかなんかに潜んでたんじゃないですか？　で、そんな暮らしに疲れて自殺した……」

カナグリさんはにやりとした。「残念でした。確かにその可能性はあったんだけど、あの近辺の宿泊施設をしらみつぶしに調べてみても、畑山らしい客を泊めていたというところは見つからなかったの」

「野宿じゃないの？」

カナグリさんは、気取って指を振った。

「ノン、ノン。あの世界にも、ちゃんとルールがあるのよ。新参者が入りこめば、すぐにその情報が伝わる。いいえ、晴海近辺の路上生活者たちは、あんな男が最近このへんをうろついているのを見かけた覚えはないと言ってるわ」

カナグリさんとやりとりをしているうちに、僕はちょっと気分がよくなってきた。いつもなら、こういうことは島崎の役割だ。僕は脇にいて聞き役をしているだけ。でも今日は違う。主役なのだ。

「というわけで、畑山がどうやって晴海第三埠頭へ行ったかということが問題になるわけ」

「それまでわりと近いところに隠れていて、晴海には歩いて行ったのかも」

「可能性としてはあるわね。だけど、深夜や早朝といっても港のことよ。警備員のいる倉庫や、三交替で人の詰めている物流会社の事務所もある。さっき言ったみたいな路上生活者もね。もしも畑山が歩いて晴海にたどりついたのなら、途中で誰かに目撃されていそうなものじゃない？」

まあ、そうかな。

「じゃ、電車とかバスとかに乗って行ったってことになるんだろうけど」

「ところが、午前零時というと、バスはもう終わり。始発は朝五時台から出てるけど、運転手さんたちは畑山を見かけた覚えはないって言う。さっきは、死亡時刻は、木曜の朝八時までだと言ったけど、あの日、第三埠頭には、朝六時からある海運会社の人たちが来ていて、働き始めていたのね。だから、実際には、木曜の午前零時から午前六時までのあいだと考えたほうがいいの。とすると、怪しいのは早朝五時台のバスだし、その時間帯はお客も少ないから、運転手さんたちの記憶もはっきりしてるわけ」

「じゃ、あとはタクシーか」

「ところがこれも該当する車が見つからないのよね」カナグリさんはどことなし楽しそうに言った。「銀座だ新宿だ六本木だっていう場所じゃない、晴海埠頭よ。夜、そこまでお客を乗せてゆくタクシーの数は知れてるわ。今のところ、はいあれは私が乗せたお客のようですという反応はないわ。ま、これから出てくる可能性が皆無とは言わないけど、こういう捜査は、あたしたち得意だからね。遺漏はないと思うな」

僕は肩をすくめた。島崎がやるみたいに。

「じゃ、観点を変えて、遺体が余所《よそ》から流されてきたってことはないですか？」

カナグリさんはかぶりを振った。

「港のなかよ。一晩で、そう遠くまで移動はしないわ。もちろん、落ちたか落とされたかしたところから、多少は流されたでしょう。でも、誤差の範囲内と考えていいわね」

ペプシを大きくひと口飲むと、

「納得した？」

「させられちゃったみたいだなあ」

「ね？　そこで我々は、殺しの線を捨て切れないわけ。何者かが畑山稔にしたたか酒を飲ませ、車で晴海埠頭まで連れていって、人事不省の状態の彼を、どぼんと海に……」

ひょっとすると楽な死に方なのかもしれないけれど、ゾッとしない。

「だけど、殺し殺しって言っても、誰が畑山を殺す必要があるんですか？」

カナグリさんは、顎《あご》を前に突き出して声を落とした。

「『会社《カンパニー》』の残党」

これには僕も身を乗り出してしまった。

「いるんですか？」

「ええ。一網打尽とはいかなかったようね。取り調べの段階で、『会社』のメンバーたちの供述から、そのことはわかってきていたの」

なんてこった。

「だけど、なぜ畑山が彼らに狙われなきゃならないんです？　彼は、たしかに『会社』を抜けたがっていたけど、タレ込み屋をしてたわけじゃない。畑山稔がしたことは、森田亜紀子を殺したことだけじゃないですか」

カナグリさんは、また周囲を気にした。店内はすいている。彼女がきょろりと視線を動かしたので、かえってマスターの注意をひいてしまった。トマトをスライスしながら、ちょっと首をかしげてこっちを見ている。おかしな二人連れに見えているだろうな。

困ったカナグリさんは、声をあげてマスターに呼びかけた。「すみません、ビッグバーガーふたつお願いします」

マスターは「はい、毎度」と応じた。

「ついでにフライドポテトも。Lをね」

言い足しておいて、カナグリさんは僕を見つめた。

「このことは内緒よ。秘密は守ってね」

「そりゃ、もちろん」

「畑山はね」カナグリさん、もったいつけるようにゆっくりと言った。「『会社』から、何か持ち出したらしいのよ」

「何かって？　『会社』が盗《と》られて困るようなもの？」

うなずくカナグリさん。「顧客リスト」

身体を引いて、僕はカナグリさんを見つめ返した。そこで初めて気づいたけれど、刑事さん、アイラインの引き方が下手くそだ。

カナグリさんは、悔しそうにくちびるを歪《ゆが》める。

「『会社』には、ごく限られた上得意客だけをリストアップした名簿が存在してたらしいのよ。幹部クラスしか、それを見ることはなかった。コンピュータ管理されててね。パスワードがないと呼び出せないようになってたわけ」

「じゃ、畑山はそのデータを？」

「ええ。フロッピィか何かの形で持ち出したんでしょう。どうしてそんなことができたのかわからないけど。彼、コンピュータに強かったのかも」

「警察はそのリスト、押収してなかったんですか？」

カナグリさんは、こぶしでテーブルをコンと打った。「間一髪、踏み込んだときに消去されちゃったの。これ、マスコミには内緒にしてあるけど。大失態だからね。コンピュータって、こういうところが困るのよね。これからは、ガサ入れのときにはまず電源を切るようにしなきゃ」

本当に悔しそうだ。歯ぎしりが聞こえてきそう。

「そういう事情があったから、我々も畑山の逮捕を急いでたんだけどね」

そりゃそうだろう。だけど――

「畑山は、そんなもの盗んで、どうしようと思ってたんだろ？」

ちらっと「恐喝」という熟語が頭をかすめた。だけど、森田亜紀子にびびらされていた畑山に、そんな度胸があるわけない。

「その理由を、本人に訊いてみたかったわ」と、カナグリさんは呟《つぶや》いた。

「彼は『会社』を抜け出したがってた。嫌気がさして、なにがしか良心の痛むところがあったんじゃないかしらね。ひょっとすると、顧客リストを手に、我々のところに来る気でいたのかも」

僕らのハンバーガーの焼ける音がして、いい匂いが漂ってきた。

「よくわかりました。けど、どうしてこんな大事なことを僕に教えてくれたんですか？」

「我々も、このことは伏せてはいるんだけど、マスコミも鋭いからね。畑山は本当に自殺かって、かぎまわっている記者たちがいるの」

さもありなん。

「君たちの友達、クドウさんのところにも、ひょっとしたらそういう連中が接触してくるかもしれない。無いとは言い切れないわ。彼女のこと、気をつけていてあげてほしいの。また嫌な思いをするかもしれない」

そういうことか。それなら大いに前向きに請け合おう。

「任せてください」

「島崎君や伊達さんにもよろしくね」

心のなかに、温かいお湯みたいなものが溢《あふ》れてきた。思わず、僕は口に出していた。

「カナグリさん、彼女のことそんなに気遣ってくれてありがとう」

カナグリさんは目をぱちぱちさせた。それからにっこりした。

「当たり前のことよ。それに……」ちょっと目を伏せ、言葉を探して、「彼女、クドウさんね。わりと神経の細い、あんまり強くない女の子のように見えるのよ。わたしにはね」

「事実、そうです」

「だから心配なわけよ」

「彼女にはこのこと――」

「田村警部が、説明に行くはずよ。彼女だけじゃなく、ご家族にもね。もちろん、森田さんのところにも」

うなずきながら、僕はひょいと、嫌な思いにとらわれた。

「その顧客リスト、まだ見つかってないんでしょう?」

「ええ、我々は見つけてないわ。でも、畑山を殺した連中が、すでに取り返してるのかもしれない。どうして?」

口に出すのも不吉だけど、思い切って言ってみた。『会社』の残党が、リストを取り返そうとこの事件の関係者に近づいてくるなんてことがないかと思って」

「森田さんの遺族とか?」

僕はうなずいた。でも、頭にあるのは別の人の顔と名前だった。もちろん、畑山嘉男だ。

「それは大丈夫と思うな」と、カナグリさん。「だって、畑山がそのリストを、森田さんの遺族に預ける理由がないし」

だけど、畑山嘉男にならある。父親なんだから。そのことを言おうかどうしようかと迷っているうちに、マスターがハンバーガーを運んできた。

「美味《おい》しそう」

カナグリさんは笑顔になった。

「ペプシも、お代わりしようか？」


カナグリさんから依頼を受けた件について、その日のうちに、伊達さんと島崎に報告した。ふたりとも、快くまた頼もしく引き受けてくれた。

島崎との会話は、今度もぎこちなかった。なんでもないような口調で話してはいるけれど、島崎は依然、人工甘味料の味がした。

クドウさんとは、その話はしなかった。彼女のほうから何か言い出さないかぎり、僕からは話題にしないと決めたから。もっぱら、明日のデートのことや、テレビドラマの話や、クラスメイトの噂をあれこれして楽しく過ごした。クドウさんには、楽しい時間が何よりも必要なのだと、僕は思う。

島崎とのあいだに、高さ一メートルくらいのフェンスができてしまった状態でありながらも、その晩の僕は、バラ色の気分だった。

好天の臨海公園。

彼女は本当にタマゴサンドを――とても美味しいタマゴサンドをつくってきてくれて、ひとしきりの見学のあと、僕らは人工砂浜のベンチに並んでそれを食べた。

デートのあいだも、お互いに、事件のことは口に出さなかった。実際、僕は忘れていたくらいだった。白河庭園での出来事は、もう遠いものになりつつあった。

それはクドウさんも同じであるように見えた。くるくるとよく変わる、あの万華鏡のように豊かな表情が戻ってきていた。海風はとても冷たく、僕はデート場所の選択を誤ったのではないかと思って、しきりにクドウさんにごめんと言った。彼女は笑って、でも気持ち良いじゃないと言った。サンドイッチを食べ終えると、早々に水族館内に避難せずにはいられなかったけれど、渚《なぎさ》に背を向けて階段をあがってゆくとき、肩ごしにきらめく海を振り向いて、遠くを見つめながら、クドウさんは言った。

「来年の夏、また来ようね」

(また来たいね)でもなければ、(また来れるといいね)でもなかった。それは約束だった。僕自身にとって嬉《うれ》しい約束であると同時に、クドウさんが久しぶりに、白河庭園での事件以来久しぶりに、未来のことを考えるようになってくれた証拠でもあった。

　水族館内の喫茶店で、熱いコーヒーを飲んだ。周囲にはカップル客が多い。僕は、自分も彼らの仲間になれたことに、僕といっしょにいる女の子が、そこらのカップル客の女性たちより、かなり可愛くてきれいであることに、ひそかに鼻の穴をふくらませたりしていた。

　と、僕の自慢のタネであるそのクドウさんが、小さな声で切り出した。「緒方くん、このごろ島崎くんとおかしくない？」

　虚をつかれて、僕はなんとも情けない返事をした。「へ？」

「このごろ、前みたいに仲よくないでしょう？」

　クドウさんのちょっと下がり気味の目尻《めじり》が、さらに下がっていた。

「そんなことないよ。どうしてそんなふうに思うのかな」

「あたしの思い過ごしかな……」

「そうさ」オレって嘘が下手だと思いつつ、僕はきっぱり言った。「それに、もともとオレと島崎は、そんなべったりした友達じゃないからね。ほら、部活だって違うし、趣味とかもまるっきり違う」

　クドウさんの視線が、すうっと僕からそれた。手元のコーヒーカップを見つめながら、彼女は、二、三度ためらうようにくちびるを噛《か》んでから、小さく言った。

「あたしね、この春――ちょうど連休のころ、ほんの短いあいだだけど、島崎くんと付き合ってたことがあるの」

19

まったく予想してないことじゃなかった。それどころか、薄々ではあるけれど、ずっと恐れていたひと言だった。

だけれど、やっぱり僕は混乱した。瞬間、つま先を下にして、見えない崖《がけ》の下へ、音もなくすうっと落ちてゆくような感じがした。落ちてゆきながら、シャツの袖《そで》が落下風にはためくのを感じることさえできた。

でも、我にかえってみると、僕のシャツの――今日のデートのために新調したフラノ地の明るいチェック柄――袖はちらりともはためいてはいなかったし、僕は崖っぷちに立っているわけでもなく、すぐ隣の椅子には生真面目な顔をしたクドウさんが座っていて、心なしか心配そうに僕を見つめていた。

「島崎くんと付き合ってたことがあるの。ほんの短いあいだだけど」

彼女は同じ言葉を繰り返した。ただ、さっきとは語順が逆になっていた。たとえたった一秒であっても、あとに言われたことのほうが心に残る。ほんの短いあいだだけど。その言葉は僕を慰めた。

「そういうことがあったんじゃないかなって、思ってたことはある」

どうしてそんなことができたのかわからないけれど、僕は極力普通の口調でそう言った。

「そう？」クドウさんは目をパチパチとまたたいた。「気づいてた？」

「気づくとかそういうレベルじゃない。なんとなく感じてたってくらいかな」

クドウさんの視線が僕の顔からそれて、隣のテーブルに座っている大学生くらいのカップルのほうに向いた。そのカップルは手を握りあい、テーブル越しに顔をくっつけるようにしておしゃべりをしていた。

「一学期のとき、わたし、島崎くんと席が近かったの」

クドウさんは視線をそのままに、どことなしか歌うような口調で言った。

「うん、覚えてる。僕は島崎がうらやましかったから」

僕らのクラスでは、男子生徒よりも女子生徒の数の方が多い。それで、一学期に五十音順の席順で並んだとき、「カ行」のクドウさんのそばに「サ行」の島崎がいたのだ。「ア行」の僕は、クドウさんの三つ前の席にいたので、彼女の顔をみるために、いつもわざわざ振り向かなくてはならなかった。

「最初のうちから、島崎くんとは、わりとよくおしゃべりしてたの、何をしゃべるってわけじゃないけど、今日は寒いとか、先生が来るのが遅いとか——」

近くにいると得なのは、まさにそういうクダラナイ会話を交わすチャンスがあるからなのだ。

「そのうち、読んでる本のこととか部活のこととか、いろいろしゃべるようになって……」

クドウさんは、まだあのカップルを見つめたままだ。僕の顔を見ない、そのまま、ためらうようにくちびるを舐《な》めると、言った。

「島崎くんとおしゃべりするの、いつもとっても楽しかった」

僕はまた、足元の崖っぷちから凍るような風が吹きあげてくるのを感じた。思わず、コーヒーカップを握り締めた。

「島崎はね、頭のいい女の子が好きなんだ」

僕がそう言うと、クドウさんはやっと頭を動かして僕を見た。だけど今度は、僕のほうが視線をうつむけていた。

「あいつ、あんまり女の子のこととかしゃべるほうじゃない。どんなタイプが好きかなんて、まず言わない。だけど、たった一度だけ、こんなふうに言ったことがある。『オレは頭のいい女の子が好きだな。お利口な子じゃなくて、頭のいい子が』って」

クドウさんはクスッと笑った。笑ってくれたので、僕はやっと彼女の目を見ることができた。

「わたし、島崎くんほど成績よくないよ」

「そういう意味の頭のよさじゃないんだ。僕も、うまく言えない。感覚的にはわかるんだけどね。頭がよくても成績の悪い子はいるし。お利口でも――聡明《そうめい》じゃないってことはあるだろうと思うし」

このことについて、島崎が言っていたときには、僕は納得して聞いていたものだ。でも、こうして自分で口に出してみると、ただの言葉遊びみたいに聞こえてしまう。それがなんとも情けなかった。

「とにかく、島崎は、クドウさんが頭のいい子だってわかったんだよ。だから、あいつも、クドウさんとしゃべるのが楽しかったんだろうな」

ひるがえって、あのころの僕はどうだったろうかと思い出してみた。クドウさんのことを意識してはいた。もちろん！　毎日気にしていた。一学期が終わって、一年坊主の学校生活も落ち着いて、そう、夏休みが近くなったら、声をかけてみようかななんて考えていた。それまでに、島崎があんまりクドウさんと仲よくなると困るななんて思ってた。

反面、心のなかで漠然と、何の根拠もないまま、僕よりも先に島崎にガールフレンドができるはずはないよな、なんてことも思ってた。こっちはサッカー部員で向こうは将棋部員だ。ほかのことはともかく、女の子にとってはこいつはデカイ要素だぜ、なんて。現実を直視するならば、五十メートルのタイムでも走り幅跳びでも、体育の時間に僕が島崎に勝ったことは一度もなかったのに、でも、女の子にとってはそういう「真実」より、運動部にいるか文化部にいるかという「事実」のほうがアピールするんだから、と考えていた。

そしてその当時は、何よりも、よりにもよって僕と島崎が、同じ女の子を好きになるなんて事態を、ちらりとも予想してはいなかったのだ。

さて、現実はどうだったか？ 梅雨も明けないうちに、僕は個人的な大事件に巻き込まれ、一時は学校にも行きにくくなり、夏休みもその事件の解決に追いまくられ、クドウさんへの気持ちは、心のなかのコインロッカーに預けたままの状態で二学期を迎えた——

そして今、ここにこうしてる。

「島崎と付き合ってたのは、連休のころだって言ったよね？」

「うん」クドウさんはうなずき、またクスリと笑った。「島崎くん、こう言ったの。『新聞屋が映画の無料《タダ》券くれたんだ。二枚あるんだけど、どうしたらいい？』って」

ファミリー向けのコメディ映画だったそうだ。GW映画の目玉のひとつだった。そのタイトルをきいて思い出した。つい最近、その映画がビデオ・リリースされて、レンタル屋に入ったときのことを。

僕と島崎は、ときどき、いっしょにレンタル屋に行き、ワリカンで借りたビデオをどっちかの家で観ることがある。たいていは、ロードショーでは観ることのできない新作ばかりだ。で、そのときも僕は新着ソフトの棚からそのビデオを選んだ。すると島崎は、

「それはつまんないそうだからよそう」と言ったのだった。

つまんないどころじゃない。もう観てたんじゃないか。

「で、いっしょに映画に行ったんだ」

「うん」クドウさんはうつむいた。「そのあと、駅前のマクドナルドでお昼、食べたの」

島崎のヤツ、当時オレにそんなことひと言も言わなかったぞ、と思った。

「でね、マックにいるときに、次の約束をしたの。ほら、将棋部の交流トーナメントがあるでしょう?」

僕らの学校には、年二回、同じ地区にある他校と、部活動を通して交流しようという目的で、運動部の場合は練習試合を、文化部の場合は合同作品展やコンサートなどを開くという慣習があるのだ。春の連休明けと(つまり、そうしておくと連休を準備期間として使えるので)、一学期の期末テストの後に、土曜日の放課後を選んで行う。開催校は、偶数年が僕らで、奇数年が相手校だ。今年は、僕らの学校が主催側になる年である。

将棋部では、長年にわたり、この慣習を、またとない他流試合の機会として利用してきた。勝負事はなんでもそうだろうけれど、井のなかの蛙《かわず》では絶対にダメ、外の世界にどれほどの強者がいるか、真剣勝負を通して肌で感じることが必要だというのが、将棋部顧問の先生の方針であるらしい。というわけで、この交流トーナメント、緊張度と迫力だけは、本物の名人戦にも負けないほどのものとなる。

「島崎くんがね、そのトーナメント、見学に来ないかって誘ってくれたの。わたし、将棋は全然わからないけれど……」

島崎が出るんだもの、見に行ったよねと、僕は心のなかで呟《つぶや》いた。

「アイツ、強いだろ？」

春の交流トーナメントで、島崎は居並ぶ先輩たちを尻目《しりめ》に、堂々と優勝した。おまけに、島崎の勝負強さに感心した相手校の顧問の先生が、特別にエキシビションで島崎と盤面を囲むというおまけまでついた。さらに言うなら、平手《ひらて》での勝負——というのは、駒を落とさずに対等に試合することだけど——だったこの対局で、きわどいところではあったけれど、島崎は勝った。相手校の顧問の先生は、アマチュア五段の実力だという噂を、あとで耳にした。

そう、僕はこの勝負を、じかにこの目で見てはいない。ちょうどその同じとき、サッカー部も交流試合をやっていたからだ。でもクドウさんの所属するテニス部は、翌週の土曜日が交流試合になっていた。なんせ校庭の狭い学校のことなので、運動部の場合は、一度にすべての競技をすることはできない。どうしても日にちがずれる。

「じゃ、あのとき、もしも僕が将棋部のトーナメントを見に行ってたら、クドウさんに会ってたんだね」

そして、どうしてクドウさんが来てるんだろうと考えて、島崎と彼女が親しい間柄になっていると察することもできたろう。いくら僕が鈍くても、そうなりゃわかる。

クドウさんは、プラスチックのカップに入ったお冷やをひと口飲んだ。

「でも、それっきりだったの。デートはその二回きり」

「ホント？」

反射的に言った言葉だったけど、クドウさんを傷つけたみたいだった。

「こんなことでウソなんかつかないよ」

「うん」

僕はバカみたいにうなずいて、同じようにお冷やを飲んだ。喫茶店でお冷やが出てくる理由が、やっとわかった。コーヒーカップは空だけど、追加注文をしようかなんて気分じゃなくて、でも手持ち無沙汰《ぶさた》のときのためにあるのだ。もしもお冷やという存在がなかったら、たくさんの「言わずもがなのひと言」が、この世のなかの喫茶店という喫茶店に溢《あふ》れかえっていることだろう。

「どうしてか、訊かないの？」

唐突に切り口上になって、クドウさんが訊いた。視線はまた、隣のカップルのほうを向いている。

「どうしてって？」

「どうして交流トーナメントを最後にデートしなくなっちゃったのか、訊かないの？」

僕は黙っていた。酷な質問だと思った。でも、この酷な質問をさせているのは僕なんだと思った。

「フラれちゃったの」と、クドウさんはぽつりと言った。「あたし、島崎くんにフラれちゃったんだと思うの。だってあれ以来、映画とかに誘ってくれなくなったし、教室でも、以前みたいなおしゃべりはしなくなったもの。前と変わらないようなふりをしてたけど、でも、島崎くんの態度、ちょっとずつ変わっていたの、あたしにはわかった」

女の子は、「わたし」と言うときと「あたし」というときで目つきが変わる。どっちの目つきが男にとって好ましいものなのか、わかるころには僕はもう立派なおっさんになってるだろうし、女の子の目つきを読む必要に迫られることもなくなっているだろう。練習に練習を重ねて予選通過基準をパスする技量を身につけることができたと思ったら、年齢と体重が参加者規定をオーバーしているというわけ。そうするとコーチになるしか道はなく、だからこそ、おっさんというのはみんな例外なく説教好きなんだ。

「けっこう、ガッカリした」と、クドウさんは言った。「あたしのどこがいけなかったのかなって考えた」

「クドウさんが、将棋を知らなかったからだよ、きっと」と、僕は言った。

「あたし、頭が悪いから島崎くんをがっかりさせたのかと思った」

「クドウさんが、将棋を知らなかったからだよ、きっと」

「もっと可愛い子がほかにいるのかと思った」

「クドウさんが、将棋を知らなかったからだよ、きっと」

「あたしの足が太いからかなとか」

「クドウさんが、将棋を知らなかったからだよ、きっと」

「あのころ、ほっぺたにニキビができてたからかなとか」

「クドウさんが、将棋を知らなかったからだよ、きっと」

「あたしが――」

「クドウさんが――」

僕らは同時に言葉を切り、顔を見合わせて、吹き出した。

「もう、気にしてない」と、彼女は言った。

「何とも思ってない。夏休み中に忘れちゃった。それに、今考えると、やっぱり島崎くんはあたしにはキビシすぎるもん」

「キビシイ？」

「うん。いろんな意味で。頭、よすぎて」

僕はあんまりよくないからな……と考えていると、クドウさんは声をたてて笑った。

「それこそ、さっき緒方くんが言ってたみたいに、頭のよさって、いろいろあるよね？」

ふんわかと、僕は心地好くなった。もう断崖《だんがい》絶壁は見えなくなった。

「売店へ行ってみる？　クジラの写真のポストカードが欲しいって言ってたよね？」

僕が言うと、クドウさんは「うん」と身軽に立ちあがった。僕が手を出すと、その手をとってくれた。僕らは手をつないだ。

テーブルを離れてゆくとき、うしろで、例のカップルがこっちを見て、ちょっと笑った。ガキのくせに、というような言葉の断片が聞こえた。

へへ、お互いさまだよ、大学生君。

その日は早めにクドウさんを家まで送って、玄関のところで別れた。冷たい風のなかを、自転車を飛ばして帰った。家に入ると、父さんがひとりでテレビを観ていて、ちょうどニュースをやっていた。畑山事件、「会社《カンパニー》」の事件の続報は、入っていなかった。

静かな夜だった。夕食のあと、テレビゲームを始めたけれど、すぐに集中力がなくなってしまって、あとはベッドに寝転び、ぼうっと天井を見あげていた。

20

翌日から始まった新しい週は、僕にとって、まさに人生の新しいページの始まりだった。大げさな！　と笑うヒトは、その昔、初めて「僕の女の子」や「わたしのカレ」ができたときの喜びを忘れ切ってしまっている不幸なヒトなのだ。

僕は自分の座標が定まったような気がした。もう、ただの点じゃなくなったように感じた。僕には、僕から始まって一本の線を引くことのできる相手がいるんだ、と。

島崎は、いつもと変わりなく登校してきて、いつもと変わりなくつまらなそうな顔をして授業を受け、そのくせよくできて、昼休みになると昼寝なんかしていた。

ただ、やっぱりおかしいところはあった。放課後になると、将棋部の部室にも寄らず、鞄《かばん》を抱えてまっしぐらに帰ってしまうのだ。彼が所属しているのが運動部だったら、先輩に呼び出しをくらって大目玉をもらうような、掟破《おきて》りの行動だ。

僕は、島崎の親父さんが言っていたことを思い出した。女の子から電話がかかってくる、と。すると、島崎がソワソワする、と。島崎の言葉も思い出した。そのうち話すから、今のところはソッとしといてよ、と。

クドウさんの話を聞く限り、島崎はクドウさんに振られたのではない。ソフトな当たり障りのないやり方ではあったけど、島崎のほうが彼女をフッたんだ。となると、今、僕がクドウさんと付き合っていても、それで島崎が傷つくというのはおかしい。

僕と島崎とのあいだには、依然として見えない壁がある。でもその壁は、僕が心配していたような材質の壁ではないのかもしれない。本当に、島崎も同じ時期に「恋」をしていて、今現在は気心の知れた男友達のことはちょっと放っておいてもいいやという心境になっている――そんな単純な理由で、ちょっとした柵ができているというだけのことなのかもしれない。あれこれ気をもむのはおかしい、独りで考えすぎてるのじゃないか――そんな気がしてきた。

週の中ごろに、昼休み、クドウさんが伊達さんを連れて僕の席にやってきて、「ねェ、今度さ、四人でタイム・ゾーンへ行かない？」と言った。

「タイム・ゾーン」というのは、駅前に最近オープンしたゲームセンターのことだ。タイムトラベルをテーマにしたバーチャル・リアリティ・ゲーム機があるというので、僕たちのまわりではけっこう話題の店だった。

「午後からは混むから、午前中の早くに」

「いいよ。けど、四人ていうのは……」

伊達さんがはにかんだ。「橋口くん」

クドウさんはニコニコした。「ボブおじさんの店でお昼を食べて、それから橋口くんの家に遊びに行くの。橋口くんのお父さんがパソコンを持ってて、日曜日の午後なら、貸してくれるんですって」

「CD－ROMのゲームとか、通信ができるんですってよ」と、伊達さんが付け加える。

実に健全なダブル・デートっていうヤツですな。

その話は、その場で決まった。日時は、来週の日曜日の、午前十時に集合。放課後、部活に行く前に廊下でクドウさんと伊達さんが立ち話をしているそばを通りかかったとき、女の子ふたりは、ダブル・デートに着てゆく洋服を買いに、ショッピング・モールへ行く計画を立てていた。

その晩、クドウさんに電話をしてそのことをからかうと、彼女は大笑いをして、

「女の子の話を盗み聞きすると、嫌われるんだから」と言った。

僕もクドウさんも、むろん、専用電話なんか持っていない。でも、それぞれの部屋にホームテレホンの子機をつけてもらっている。だから、数分間の会話なら、そしてかける時間を決めておけば、安心してお互いの声を聞くことができた。

毎晩、ちょっとだけでもクドウさんと話すことが習慣になってしまった僕は、サッカー部の合宿の時にはどうしたらいいだろうと考えながら、受話器を置いた。

置いたと思ったら、すぐにまた取りあげた。久々に、島崎に電話してみよう。

今度はすぐにつかまった。呼び出し音が一度鳴り終えないうちにヤツが出た。まるで、電話のそばで、僕の電話がかかってくるのを待っていたみたいだった。

「ずっと行方不明だったね」と僕が言うと、島崎は笑った。

「学校で会ってたじゃないか」

「そういう意味じゃないよ」

僕は手短に、次の日曜日の計画を話した。むろん、島崎を誘ったわけじゃない。誘ったって来るわけがないことはわかっている。ただ、黙ってダブル・デートをするのは嫌だった。

「へえ……」島崎は、嬉《うれ》しそうな声を出した。「そうか、伊達は橋口とうまくいってんのか」

「知らなかったの？」

「知ってたよ。ていうか、橋口が伊達に手紙を書いたってことは聞いてた」

僕はそんなこと知らなかった。

「伊達はいいヤツだからさ。よかったよ」

そういえば、島崎は伊達さんとも仲がいいのだ。考えてみると、不思議なヤツだ。けっこう、女の子たちと交流してるのである。

すると、クドウさんのことも、島崎のほうでは、フッたのフラれたのという次元では考えてなかったのかもしれない。

そういえば、伊達さんも言っていたじゃないか。(比べるなんて、そんなの、クウちゃんにも島崎にも失礼だよ)

そんな考えが、僕の口を軽くした。

「おまえ、カノジョとうまくいってるか？」

島崎はちょっと絶句した。僕はヒヤリとした。が、すぐに元気な声が聞こえてきた。

「おまえほど、オレはポーッとなってないからな」

そう言ってから、ふっと芝居がかったように声を落とした。

「『洛陽城裏《らくようじようり》、花に背《そむ》いて帰る』さ」

さっぱりわからない。

「おまえって、ホントに嫌なヤツだな」

あははと笑って、島崎は電話を切った。明るい。やっぱり、ホントに彼女ができたのだ――きっと、たぶん。


まだ少し疑問を引きずりながらも、ふわふわと幸せな気持ちでいたところに、翌日になってとんでもないニュースが入ってきた。

「森田さん家《ち》に、泥棒が入ったらしいの」

息せききって、クドウさんが僕にそう知らせてくれたのは、まだ一時限の授業が始まる前のことだった。

「泥棒って?」

「昨夜《ゆうべ》、みんなが寝てるところに。伯父《おじ》さんが目を覚まして電気をつけたら、あわてて逃げたらしいんだけど」

「怪我人とかは?」

「なかったって。でも、おかしいのよ。荒らされたのは、亜紀子ねえちゃんが使ってた部屋――というか、亜紀子ねえちゃんの荷物をまとめておいた部屋だけだったらしいの」

ピンときた。「会社」の残党だ。例の顧客リストを探しているのだ。

カナグリさんが厳重にオフレコを言い渡していったこの極秘事項について、マスコミや世間はまだ知らない。だから、これ以降の僕とクドウさんとの会話は、ぐうっと秘密めいたものとなった。

「あれを探してたんだね？」

「きっとね。田村警部さんがすっ飛んできて、警備を強化するって約束してくれたって」

「クドウさんところにも来たの？」

「警部さん？　ううん、来なかった。うちは、『会社』には知られていないから大丈夫だろうって。でも、戸締まりはきちんとしてる」

「そのほうがいいよ。だけど、参ったね。警察も早くなんとかしてくれないと」

「こわいなあ」

教壇のほうから、「工藤、席に着け」と声がかかった。一時間目の英語の先生が来ていた。クドウさんはちらりと舌を出し、急いで着席した。英語の先生が、驚きの目でそれを見ている。

今まで、一度だって先生に注意されたことなどなかったクドウさんだ。乙女は豹変《ひょうへん》す。

その日、学校ではうまいこと話ができなかったので、夜になって島崎に電話をかけた。

事件は終わったけれど、「会社」はまだ生きている。僕の頭にあるのは、畑山嘉男のことだ。彼の身は安全だろうか？　彼のことを、田村警部さんたちに話したほうがいいだろうか？　考えあぐねて、僕はやっぱり島崎に相談する気になったのだ。

ところが、島崎はいなかった。部屋にいるはずなのに、いないという。自転車もないという。

「あいつめ、また屋根伝いに逃げ出したんだわ」と、オフクロさんが怒る。

エヘッと、僕は思った。屋根伝いに逃げ出して、カノジョに会いに行ったのだろうか？

「ひょっとするとビデオ屋かな。今夜、僕も行くって話しておいたから」などと言って宥《なだ》め、

「先週の日曜日は、島崎、出かけてましたか？」と訊いてみた。

「ここんとこ、日曜日に家にいたためしがないのよ」

もう一度、エヘッと、僕は思った。オフクロさんに言った。

「それ、きっとデートですよ」

「デート？」オフクロさんの声が裏返った。

オフクロさんには悪いけど、僕は楽しい気分になった。僕も僕のカノジョの声を聞きたくなった。そうしてクドウさんに電話をかけたら、声だけじゃ足らなくなってきて、「五分待ってて」と言い置いて、家を出て自転車に飛び乗った。母さんの詰問には、「コンビ

ニ！」と答えた。嘘じゃない。クドウさん家《ち》の前のコンビニから電話するんだから。

七分後、僕は公衆電話の受話器を握り、窓際の彼女を見あげていた。寒いのに、彼女は窓を開け、僕に顔を見せてくれた。

家への帰り道、どうせ出たついでだ――と意識するまでもなく、僕の自転車は島崎家のほうに向かっていた。ひょっとすると帰ってるかもしれない。窓越しに、オフクロさんの怒りの爆弾を除《よ》けつつ退散する島崎の姿が見られるかもしれないと思った。

角をひとつ曲がり、電柱をふたつ数える。次の角の、町内会の掲示板のあるところを曲がったら島崎理髪店の前に出る――

というところで、僕は気配を感じて自転車を停めた。スピードを出していなかったことが幸いした。

島崎理髪店の前に、人がいる。話し声がする。街灯の明かりに、長い影がふたつ。

「できるだけ用心して……」

小声で話しているのは、島崎だ。

僕は自転車を掲示板のそばに停め、そうっと抜き足差し足で、呼吸さえ止めて、曲がり角から首を出してみた。

島崎理髪店の前に、島崎と、すらりとした女の子がひとり立っていた。芥子《からし》色のジャケットにジーンズ。セミロングの髪をきれいに編んでいる。かなりの美人だ――

おまけに、どこかで見た覚えのある顔だった。

21

ふたりはごく近づいて、ほとんど寄り添うようにして立っていた。僕とクドウさんだって、あんな感じに接近遭遇するようになったのはごく最近なのに、と思った。

この娘《こ》が島崎のカノジョか。島崎のヤツ、こんな美人の女の子をつかまえていたのか。それにしても、この娘の顔に見覚えがあるのはなぜだろう？　どこで会ったことがあるのだろう？

ふたりは顔を寄せて、何か話し合っている。僕は息を殺し、もうひと足前に進み出た。街灯の下で、島崎が真剣な顔をしているのが見える。女の子の瞳《ひとみ》がキラキラ輝いているのも見える。

「やっぱり怖くて、よく眠れなかったりするの」と、女の子が言った。

「それは当たり前だよ」と、島崎が応じる。聞いたこともないような優しい口調だった。クドウさんを慰めるときでさえ、こんな口調で話しかけたことはなかった。

「だけど、心配することはないって。君のことは誰にも知られてないんだし、あとのことは、オレたちに任せておいてくれればいいんだから」

僕はびくんとした。

オレたち？　オレたちってのは、いったい誰のことだ？

少なくとも、その「たち」のなかに僕は含まれていない。入っていない。だって何も知らないのだから。知らされていないのだから。

急に、足元がグラグラするような気がしてきた。僕の知らないところで、島崎が何かをしている——意図的に、島崎が僕から何かを隠している。僕が島崎ほど頭がスルドくないから見えていないというのではなく、明らかに排除されてる。

さらに、女の子は続けた。「次の日曜日の夜だって言ってたよね？」

わずかにためらってから、島崎はうなずいた。「うん」

「本当に大丈夫？」

女の子の語尾が震えている。励ますように、島崎は笑顔をつくる。

「大丈夫だよ。心配ないよ」

おい、何の話をしてるんだよ？

次の日曜といったら、僕らのダブル・デートの予定日だ。でも、この二人がそのことを話しているとは思えない。

僕にはさっぱりわけがわからない。こんなこと、今までなかった。こんなことってあるかい？

僕が自分の頭のなかの渦に巻き込まれているあいだに、ふたりは話を終えていた。女の子が自転車にまたがる。僕はハッとして、また耳を澄ました。

「じゃ、おやすみ。気をつけてな」と、島崎が言う。

「おやすみなさい」と、女の子が応じる。彼女はペダルをこぎだそうとして、そこでふっと足を止め、片足を地面について自転車を支えたまま、島崎を振り返った。

「島崎くん」

「うん？」

「いろいろ、ありがとう」

そうして、すばやくペダルをひと蹴《け》りすると、女の子は走り出した。じりーんと、スポークが回る。彼女は僕が潜んでいる曲がり角の方へやってくる。僕は急いで自転車のところにとって返し、タイヤの脇にかがみこんで、ただ今パンクを直しているところでありますというような、下手な芝居をした。

僕がタイヤのそばに膝《ひざ》をついた、その一瞬ののち、女の子の自転車が風のように傍らを通過した。僕は顔をあげて、彼女を見送った。彼女は僕に気づいたのか気づかなかったのか、まっすぐ前に顔を向けたまま、前髪を夜風になびかせて走っていった。

通り過ぎるとき、ちょうど頭の上にある街灯の光を受けて、彼女の耳のあたりで何かがピカリと光った。とても小さな光だった。それが耳元でなく目元で光ったものだったならば、涙だと思うところだった。

もう一度、用心深く周囲の様子をうかがい、物音がしないのを確かめてから、僕は曲がり角のところへ引き返した。島崎は、まだそこにいた。さっきと同じ姿勢で、女の子が走り去っていった方向を向いて、ぼうっと突っ立っていた。

青白い街灯に照らされたその顔には、厳粛と言っていいほどの、厳しい表情が浮かんでいた。ほんの今しがたまで、美人の女の子とふたりきりで話していたとは思えないほどに、その顔は暗かった。たとえ、さっきの女の子とのあいだに交わされた話が、唐突で不本意な別れ話であったとしても、それでもなお、その顔は暗すぎた。誰かに笑いを盗まれてしまったかのように。心を砕かれてしまったかのように。この世でたったひとりだけ、この夜はもう明けないのだと知っている賢者のように。

その顔を見なかったなら、僕は声をかけていただろう。おい、今の女の子がカノジョなんだろ、おまえら、何の話をしてたんだよと訊いていただろう。

だけれど、それができなかった。僕の足は動かず、声も出なかった。

やがて島崎は、くるりと身体の向きをかえると、家のなかに入っていった。彼の姿が消えたあと、僕は玄関の前まで行ってみた。見慣れたはずの、何度となくその下をくぐってきたはずの「島崎理髪店」の看板でさえ、よそよそしいものに見えた。

あの女の子は誰か？

彼女と島崎は、何について話していたのか？

「オレたち」の「たち」には誰が含まれているのか？

なぜ、島崎はあんな険しい顔をしていたのか？

来週の日曜日の夜に、何があるのか？

これらの疑問について、はっきりしていることがただひとつだけある。それは、これらについて僕が島崎に問いかけたところで、けっして答えてはもらえないだろうということだ。僕としては、自力で探り出すほかに手だてはない。

その晩、ベッドに寝ころんで、僕は頭を抱えて考えた。このことについては、ほかの誰にも口外したくないし、巻き込みたくない。なんとなく、あの女の子の口振りからして、待ち受けているものには危険な匂いがしているから。

このことをクドウさんや伊達さんたちに知らせて、彼女たちに余計な心配をさせたくない。とりわけクドウさんには、島崎が関わっていることで、あれこれ考え込んでほしくない。僕ひとりで、すべて処理するのだ。

次の日曜日の夜。問題はそれだ。島崎はどこで何をするつもりなのか？

助かったことが、ひとつある。「夜」という時間帯がはっきりしていることだ。昼間のうちはクドウさんたちと遊び、夕方一度家に帰って、島崎のところで勉強すると言って、また出かければいい。そうして、理髪店の見えるところで張り込み、尾行するのだ。島崎のことだから、またオフクロさんの目を盗んで物干し台から外へ出てゆくに決まってる。張り込む場所を決めるのは易《やさ》しいことだ。

僕にとって有利なのは、僕が知っているということを島崎が知らないということだ。慎重に行動して、絶対に僕の計画を悟られないようにしなくては。

島崎の学校での様子には、依然として変わりはなかった。あの謎の女の子と別れたあとに見せた、僕は今この世の終わりのカウントダウンをしていますというような悲惨な表情を、どこへしまいこんでいるのか。授業中のマイペースぶりもあいかわらずだし、そのくせテストの点がいいのも悔しいけどいつもながらのこと。将棋部でも、間近に迫った交流トーナメントめざして熱の入った対局が行われているらしく、一度など、休み時間にあまりにも島崎が難しい顔をして腕組みしているので、そっとうしろからのぞきこんでみたら、ヤツめ、米長《よねなが》名人の本を読んでいるところだった。

「島崎ったら、頭のなかは将棋でいっぱいらしいね」と、伊達さんは言う。このところの島崎の付き合いの悪さを、彼女はそんなふうに解釈していたのだろう。

「もしも島崎が本気を出して将棋に取り組んだら、羽生名人みたいになれるんじゃないかなあ」なんて言う。「そしたら、あたしたち、将来ご対面番組に呼んでもらえるかもね」

伊達さんのそんな言葉に笑いながら、心の中では、それも今度の日曜日の夜の結果次第だよ、オレの場合は……と呟《つぶや》いていた。

夕方、家に帰ったところに、カナグリさんから電話がかかってきた。

「ご様子うかがいってヤツよ。みんな、元気？」

カナグリさんの歯切れのいい言葉を聞いたとたん、島崎の隠し事には警察も——つまり田村警部＋カナグリさんラインが絡んでいるんじゃないかという疑いが頭をもたげてきた。よし、こっちこそ様子をうかがってやろう。

「元気ですよ。期末テストと交流トーナメントが近いんで、忙しいです」

「交流トーナメントって、なあに？」

カナグリさんにそのくだりを説明しているあいだに、どう探りを入れようかと思案した。

「へえ、そりゃいいことね。楽しそう」

「まあね。その後、事件の方はどうですか？　例の顧客リストは見つかりました？　マスコミにはまだ漏れてないようだけど」

新聞でもテレビでも、もう「会社《カンパニー》」や森田亜紀子殺害事件の件はまったく騒がれなくなった。どちらも、マスコミ的には終わった事件なのだろう。

「冗談じゃないのよ、ホント、このことが外部に漏れたら大変なんだから」と、カナグリさんはかなり真面目な口調で言った。「君からリーク、なんてことのないようにしてね」

「わかってますよ。信用してよ」

「それならいいけど」

　僕は、クドウさんから聞いた森田家の泥棒騒ぎのことを思い出した。それを言ってみると、カナグリさんは申し訳なさそうに声を小さくして、

「情けない話よね。被害がなかったし、怪我人が出なかったんでホッとしたわ。うちとしても、一応監視はつけてあったんだけど、まさか本当に森田さんのお宅が狙われるとは、思ってなかったところがあるの」

「『会社』の残党は、よっぽど追いつめられてるというか、何がなんでもリストを取り戻したいんでしょうね」

　僕の心に、畑山嘉男の顔が浮かんできた。焼きそばパンを口に詰め込んで涙ぐんでいた顔。駅前で別れたときの後ろ姿。彼は大丈夫だろうか？　「会社」の残党は、彼の居所を探り出そうとしてはいないのだろうか？

「畑山稔には、父親がいましたよね？」

　僕もバカ正直なものだから、ついストレートに口に出してしまった。

「畑山稔が亜紀子さんを殺したあと——殺す前でもいいけど——リストを父親に渡したってことはないのかな？」

「あっても不思議はないわね。保管を頼むために」と、カナグリさんは言った。「だけど、ふたりが連絡をとりあっていた——畑山が父親の居所を知っていたという形跡は、今のと

ころ見つかっていないの。家宅捜索でも、それらしき気配がなかったからね」

大久保駅の近くで会ったとき、畑山嘉男は、「稔はあたしを部屋にあげてくれんかった」と言ってたもんな……。

「それに、畑山の父親がリストを渡されていたとしても、残念ながら、わたしたちは現在の彼の所在をつかんでいないのよ」

「住所不定・無職っていう感じなのかな」

「そうかもしれないし、そうでないかもしれない。名前もかえてるかもしれないしね」

してみると、僕がたまたま畑山嘉男に出会ったのは、本当に幸運なことだったのだ——と思った瞬間、島崎の隠し事には、この畑山の父親がからんでいるんじゃないかという考えが、何の脈絡もなく閃《ひらめ》いた。けれど、これはほとんど邪推に近い勘ぐりだと、すぐに考え直した。僕が畑山嘉男と遭遇したのはまったき幸運のなせる業だ。同じ幸運が島崎にも訪れていない限り、あり得ることじゃない。そんな偶然が、そうそうあってたまるもんか。

「カナグリさん、このごろ僕らの仲間の誰かと会いましたか?」

上手な探りの入れ方のマニュアルというものがあるのならば、ぜひ欲しい。僕ときたら、当たり前の質問の形でしか、ものを訊くことができないのだ。

「誰にも会ってないわよ。だからこそこの電話かけたんだもの。どうかしたの?」

カナグリさんはちょっと怪訝《けげん》そうな声を出した。逆に探られてりゃ世話はない。

「別に。ただ、さっきも言ったみたいに、僕たち、今それぞれ忙しくて、あんまりじっくり顔を合わせてないんです」

「たまには、そういうことがあってもいいんじゃない？」と、カナグリさんは笑った。

「そうですね……。あとね、もうひとつ」

思いつきのような質問、ひとつ前の質問を早く忘れてもらうための、煙幕のつもりだった。

「考えてみると、ちょっと不思議だなと思って。『会社』の残党は、何を今さら、必死になって顧客リストを取り返そうとしてるのかな？　そんなものを取り戻したって、もう組織が元通りになるわけじゃないでしょう？」

意外なことに、これはカナグリさんにとって、すごく痛い質問であったようだった。

「うーん」なんて、軽そうな感じで考え込んでいるけれど、僕にはそれがわかった。カナグリさんというヒトはきわめて反応時間が早い。「わからない」とか「まだつかんでない」という返答さえ、まるでテニス・プレイヤーがリターンショットを打つようにして返してくる。返答が遅くなるのは、答えることができるけれど答えたくない質問が飛んできたときだけだ。

どきどきした。僕は何を引き出そうとしてるのだろう？

「想像にお任せするわとしか、言えないな」と、ようやく言った。あんまり、愉快そうな口調ではなかった。「それほど難しい謎じゃないと思うよ。汚らわしいけど、珍しくもない話よ、当節では。特に、この種の犯罪ではね」

「はあ、そうですか」

あいまいなまま電話を切って、僕はしばらく考えた。夕飯を食べているあいだも、ずっと考えていた。風呂《ふろ》に入って、「宿題があるから」と自分の部屋に引っ込んだあとも、考えていた。

そしてとうとう、電話機に手を伸ばした。島崎の意見を訊いてみようと思ったのだ。この件ならば、問題はないと思った。カナグリさんから「元気？」コールがあってさ、というだけの話だ。それに、カナグリさんが「難しくはない」と表現した謎が解けないいま、机に向かうことも眠ることもできそうにない。

もうひとつ、頭の隅では、最後のチャンスを求めていたのだと思う。島崎としゃべってるうちに、彼の方から、

「実は、ちょっと言いそびれてたんだけど、オレ、最近さ――」と、隠し事に関する話を打ち明けてくれるんじゃないかと、期待していたのだと思う。僕が探り回ったりしなくても、僕と島崎のあいだにあるつながりに血が通って、自然に働きだしてくれるのじゃないか、と。

カナグリさんに与えられた謎については、島崎は、実にあっさりこう言った。

「顧客リストに、その気になれば『会社』関係の捜査に影響を与えることができそうな人物の名前が載ってるんだろうよ」

「へ？　どういうことさ」

「つまりさ、政界だか財界だか、悪くすると警察幹部の名前が、『会社』の顧客リストのなかに載ってるんだろう。『会社』側としたら、営業してる当時から、それを自分たちの手の中だけにしっかり握っていれば、いざという時にも外部からの捜査とかに圧力をかけることができるかもしれない――という幻想を抱いてたんじゃないの？　だからこそ、手入れの時に真っ先にリストを消去したんだろうし、今も、残党たちがその幻想のために走り回ってるんだろう」

「それって……大変なことじゃないの？」

事は少女売春なのだ。「会社」が考えるとおり、これは大変なスキャンダルであり、十分な圧力ネタになる。

だけれど、島崎はお気楽な感じで笑った。

「ひと昔前なら、そうだったろうね。だけど今は違うよ。政界にも財界にも、たとえば警察みたいな組織の内部にも、呆《あき》れるくらいの不正とか腐敗があるってことを、僕らはもうよく知ってる。新しい一件が出てきたところで、それほど驚くもんか。騒ぎにはなるだろうけどさ、威信が揺らぐとかいうところまではいかないよ。もうそんな時代じゃないんだ」

「そうかな……」

「カナグリさんだって、『汚らわしいけど、当節、珍しい話じゃない』って言ってたんだろ？　仮に、『会社』の逮捕された連中が、取調室で刑事に向かって、『ウチの顧客のなかには政府の高官がいたんだ、公になったら困るだろう』みたいなことを言ってみろよ。警察は逆に大喜びだろう。たとえそれが警察幹部の名前だったとしても、強いて隠そうとはしないんじゃないかな。隠しきれないってことも、みんなよく知ってるし」

「だけど、テレビドラマとかじゃ、秘密を握った人が口封じに殺されたりするよ」

「そりゃ、ドラマだからね。それこそ当節、一人の人間を殺せば完璧《かんぺき》に封じ込むことのできる謎なんて、ありゃしないさ。それくらい、社会が複雑になってるんだ。たとえばさ、仮に、問題のリストのなかに警視総監の名前があったとしようよ」

冷や汗が出てきた。「警視総監じゃ畏《おそ》れ多いよ。田村警部あたりで手を打たない？」

島崎は大笑いをした。「でもそれじゃ、話が大きくないからさ。総監でいこうよ。で、『会社』の連中が、取り調べの刑事にその事実を告げて、『我々の取り扱いを間違うとナンタラカンタラ』と脅したりするわな。『証拠のリストは、逮捕を逃れて潜伏している我々の仲間が握ってるんだぞ』とかさ」

「警察はあわてるだろうね」

「今の警視総監にぶらさがってる連中はあわてるだろうね。で、実際に現場の刑事や捜査本部に圧力をかけたりするかもしれない」

「うん、かけるだろうね」

「それでどうなる？　頭にきた現場の刑事が、ひとりでもふたりでも、自分に張り付いている新聞記者に打ち明ける。実はな——とね。するとマスコミはマスコミで、勇んで事実関係を調べ始める。たとえ警察の捜査は尻《しり》すぼみになっても、マスコミは動き続ける。一カ月もあれば、彼ら、実際に警視総監のお相手をした女の子まで探し出してみせるだろうな。そうなったら、事実を暴き出すのに、そんなに時間はかからないよ。結局、圧力なんかかけたって無駄ってことさ」

「それでその刑事さんは殺されたりしないのかしら。新聞記者も」

「殺されやしないさ。ま、一部の人間から恨まれはするだろうけどね。でも逆に、スキあらば今の警視総監を蹴落《けお》としてやろうと思っていた人たちには、覚えがめでたくなるだろうね」

そんなものかしら。これって、喜んでいいことなのか、悲しんでいいことなのか。

「いつか、田村警部さんが言ってたよ」と、島崎は言った。真面目な口調になっていた。

「大きな転換点が、ロッキード事件だったって。あの事件以来、日本には、本物の陰謀とか、本物の社会の暗部みたいなものがなくなったって。もちろん、今でも組織のなかには汚いこととか酷《ひど》いこととかがあると思うよ。けどそれは、あるきっかけがあって、捜査する側がその気になれば、あるいは世論が盛り上がれば、ある程度は暴き出すのが不可能なものじゃなくなった。それは、それだけ世の中の仕組みが複雑になってるってことでもあり、善い意味でも悪い意味でも、この国に『絶対の権力』がなくなってきてることの証拠だってさ」

ムズカシイ。島崎と警部さんは、僕のいないところで、こんな会話をしてたのか。

僕の感慨をよそに、島崎は続けた。「警部さんは言ってたよ。今では、犯罪ってものはすべて、個人の心の問題になってきてるって。昔は、見ることのできない社会の上の方の権力が握ってた真っ黒な部分が、今じゃ、チマチマチマチマ小さく分解されて、国民ひとりひとりの心のなかにしまい込まれるようになってるんだって。それだけに、ときどきふっと空しくなることもあるんだってさ。わしらは何を相手に闘っとるんだろうって思って。昔みたいに、倒すべき『大きな敵』が消えて無くなってるからね。たとえば近頃の、汚職事件を見ててもそうじゃないか」

なんとなく、わかるような気はするけど。

「捜査に圧力がかかってくるような事件や、実際に組織の壁にぶつかって捜査を断念しなくちゃならないような事件は、今ではほとんど存在しない。それと入れ替わりに、警部さんたちの前に立ちはだかるようになったのは、どうにも解釈のしようのない個人の心のなかだけに筋の通った動機や申し開きのある、行きずりの犯罪だそうだ。女の人や子供をさらって殺したりする類《たぐい》のね。何の恨みもない通りすがりの人を、こっぴどくリンチにかけて殺して捨てたりするような類のね」

首筋が寒くなってきた。

「理解できない。どう捜査したらいいのかわからない。警部さんはそう言ってた。犯人を捕まえて検察庁に送って、そいつが起訴されて判決が下りてもまだ、警部さんには、その犯人の顔が見えないし、犯罪のくっきりした輪郭もつかめないんだそうだ。それはみんな、そういう犯罪が、それを犯した人間の心のなかの問題だからだよ。国を揺るがす陰謀や、あるいは社会構成から生まれ出る不公平や貧困や、あるいはイデオロギーとかに突き動かされた結果のものじゃなくて、個人の心の欲望とか欲求とかいう、きわめて基本的だけど、ある意味では外部の人間には永遠にわからないものから生まれてきてるものだからだ。心は、推し量ったり解釈したりすることはできる。けど、本当に理解することは不可能だって警部さんは言ってた。オレもそう思う」

僕は受話器を握ったまま、部屋の窓ガラスに映る自分の顔を見ていた。妙にのっぺりして見えた。

「最近、犯罪の捜査をしてて、思うんだって。幻と追いかけっこをしてるようだ、とね。

捕まえてみても、実体がない。動機もはっきりしなきゃ、なぜ被害者を選んだのかもわからない。昔のような罪の意識もない。だから逆に、警部さんは、収賄とか、男女関係のもつれとかの古典的な事件を見ていると、不謹慎な話だけど、どことなしホッとするんだってさ。これなら、わしにもわかるって。このままわけのわからない犯罪が増えてゆくようなら——まあ、そうなるだろうけど——予定より早く引退することになりそうだな、とも考えるって言ってたな。わしはもう、時代についていけないよ、って」

「心細いことを言うんだね」

「今度の『会社』の件だって、そうじゃないか。カナグリさんは言ってなかったか？」

「何て？」

「『会社』で働いてた女の子たちのなかには、好んで——というと語弊があるけど——決して嫌々ではなくあの世界に飛び込んだ娘たちが多いって。でさ、凄《すご》いのはね、彼女たちの大半は『会社』から足を抜こうとしたり、逆らったりして殺された女の子がいたことを、薄々知ってたっていうんだな。ホラ、焼き殺された女の子がいたっていうじゃないか」

警察の「会社」内偵のきっかけとなった殺人事件だ。

「だけどそのことについて、彼女たちはほとんど関心を持ってなかった。自分には関係ないと思ってたって、取調官に言ってるそうだ。自分はこんな商売、時期がきたらやめるし、それまでは騒ぎを起こさずにうまくやってればいいと思ってた、とかね。で、森田亜紀子さんみたいに、『会社』にどっぷり浸かってしまった女の子たちは、『会社』が何をやろうとこれまた無関心。となると、内部告発みたいなことなんか、あるわけがない。警部さんも苦笑してたけど、畑山稔が、顧客リストを手に『会社』を抜け出そうとしたのは、今時きわめて珍しい英雄的行為だった。こういうことはあっちゃいけないんだという感覚を持っていて、それを実行に移すだけの行動力も併せ持っていたのは、『会社』のなかにいた人間のなかで、彼だけだったということだもんな」

頭が痛くなってきた。

「言ってみれば、畑山の森田亜紀子殺しは、ひと昔前の正義感と、現代の犯罪感覚との衝突だったんだ。そこで彼は、『会社』を抜け出すためというよりむしろ、自分自身の倫理観に照らして、亜紀子を殺さざるを得なかった。自分自身の正義感をまっとうするために、リストを持ち出さずにはいられなかった。そして『会社』は『会社』で、そういうリストさえ取り返せば、まだ何とかなると思ってる。そんなの、幻想なのに」

空しい話だ。

「もうひとつ、警部さんは言ってた。それでも『会社』は必ず生き残るって。オレも同感だよ。形を変え、規模は小さくなるかもしれないけど、浜の真砂《まさご》が尽きないように、あの手の商売にも終わりはないんだからね。とりわけ、個人の心のレベルで、ああいう仕事に嫌悪感を抱かない働き手と、進んで金を払う買い手の男たちが存在する現代では。だから、警部さんは幻と闘ってると感じてるんだ。もう陰謀も社会の暗部も暗黒組織もない。あるのは個人の心だけだっていうのも、そういう意味さ」

個人の心のレベル――その言葉を、島崎はごくゆっくりと、書いたものを読み上げるような口調で言った。そこに何か、僕にはわからない別の意味が隠されているかのように。

「なんか、長い話になったな」と言って、島崎はとってつけたような笑い声をあげた。

「何か用だったんじゃないのか?」

「用ってのは、今の話だよ。スッキリしたよ。オレ、カナグリさんの言ってる意味が、どうしてもわからなくてさ」

「そうか」と言って、島崎は口調を改めた。「おまえ、日曜日はデートだったよな?」

僕は受話器を握りなおした。「そうだよ」

「クドウさんには、今の話、するなよ。聞きようによっては、亜紀子さんが意味もなく殺されたって言ってるように聞こえるから」

僕はうなずいた。「わかってるよ。それぐらい、オレだってわかる」

実際には、あんまりわかってなかった。クドウさんに話そうかと思ってた。

「あーあ、うらやましいな」と、島崎は笑った。「オレなんか、日曜も将棋漬けだよ。ま、楽しんでこいよ」

不自然な言葉だった。だまされているように、僕は感じた。

電話を切ったあと、しばらくのあいだ、また窓ガラスの上の自分の顔を見つめて、僕は自問自答していた。おまえ、あの島崎の行動を探って、彼の隠してるものを暴こうとしてるんだぞ——

22

日曜日。

あとあとになっても、僕はこの日のことをよく覚えていたし、これからもちょっと忘れることができないんじゃないかと思う。

朝、目を覚ましたとき、最初に頭に浮かんできたのは、今日はクドウさんに会えるんだということだった。そして、布団のなかであくびをひとつしたあと、さらにその先に待っている予定のことを考えた。

僕はこれまで、島崎に隠し事をしたことは何度かある——たいていの場合、僕の方は隠しているつもりでも見抜かれてることが多かったけれど。島崎の方が、僕に隠し事をしていたことも、けっこうある——彼の方は隠すつもりがなくても、僕が気づかなかったという場合も含めて。

だけれど、僕が島崎の行動を監視するなんてことは、これが初めてだ。島崎に気づかれずに彼のあとを尾《つ》けるなんてことが、果たして僕にできるものだろうか。また、そんなことはしていいものなのか。

そんな疑問が頭をもたげてくるたびに、僕は強いて、島崎理髪店の前に立つ島崎と、あの美少女の姿を思い浮かべるようにした。とりわけ、彼女と別れたあと、ひとりきりになったときの島崎の、笑いとか喜びとか楽しみとかの明るい感情を根こそぎこそげとってしまったあとの残骸《ざんがい》のような表情を。

見てしまった以上、あれを放っておくわけにはいかない。そんなふうに自分に言い聞かせ、いやこじつけて、僕は今夜の予定の行動に意味を見いだした。それでも――まずはダブル・デートが待っているというのに、布団を抜け出すのが、ひどく辛《つら》かった。


クドウさんは、ミントを凍らせたようなアイス・ブルーのセーターを着てやってきた。このごろ少し髪をのばしていて、肩にかかるくらいになっている。その髪をふたつに分け、セーターと同じ色合いのゴムで三つ編みにしていた。先っぽがピンと跳ねて、なかなか可愛い。いたずらっ子の小学生みたいに見えた。

「伊達組」――クドウさんは伊達さんと橋口のカップルのことをそう呼んだ――は、わざとそうしたのか偶然なのか、ふたりともソフト・ジーンズに厚手の綿シャツ、その上に縄編みのカーデガンを羽織っていた。

「おそろいじゃない」と、クドウさんがからかうと、ふたりしてもじもじして、顔を見合わせてにやにやした。

「十年でも二十年でも、勝手にやっとれ」と、僕は笑ったけれど、「タイム・ゾーン」で女の子たちがゲーム機のあいだをめぐり歩いているとき、橋口がこっそりと僕に、「さっきの台詞《せりふ》は、そのまま返す」と呟《つぶや》いて、僕には言い返すヒマをくれないまま、ゲーム・コインを買いに走っていった。

「ボブおじさんの店」では、四人掛けのテーブルを囲み、大いに食べた。期待に反して、ほかの同級生たちの顔は見かけなかった。サッカー部の先輩が――三年生で、噂によれば学年一のモテ男だそうだけど――ひとり、鮮やかなショッキング・ピンクのジャケットを羽織った髪の長い女の子といっしょに、ハンバーガーを買いにやってきたのを見かけただけだ。向こうはこっちに気づかなかった。

その日のことを思い出すと、僕の頭のなかには、いろいろな色彩が飛び交う。クドウさんのセーターの色、彼女の指先の爪の色――爪磨きで磨いたんだよと、あとで言っていた――、ボブの店の店内に飾りつけられていた紙製の星条旗の色。「タイム・ゾーン」で見たバーチャル・ゲーム機のディスプレイ上に踊っていた、アクション・ゲームのキャラクターの衣装の色。あの女戦士が着ていたチャイナ服。クドウさんにも似合いそうだと思った。

街へ出れば、冷えた空気と、歩道に舞い落ちる街路樹の枯葉が、冬が深まりつつあることを、僕らに教えた。足元でかさこそと音をたてる落ち葉は、踏みつけると砕けてしまうほどに乾いていた。

鮮やかな銀杏《いちょう》の葉と、傾いた陽ざしの黄金《こがね》色。それが、その日の僕らの午後の色だった。

夕方いったん家に帰ると、簡単に食事を済ませ、上着を羽織ると、僕は家を出た。七時半だった。島崎理髪店の閉店時間だ。

島崎が両親に黙って家を抜け出すのは、どんなに早くても、夜九時すぎと決まっていた。店を閉めた後、親子そろって食事をして、それぞれ風呂《ふろ》に入って——そんな生活行事のスケジュールを、僕は自分の家のそれと同じくらいよく知り抜いている。

それでも、今夜は少し早めに行動を起こした。やっぱり、(次の日曜日の夜)と言ったときの、島崎のあの厳しい顔が気になったからだ。今夜の島崎の行く手に待っているものは、彼をして普段の彼の生活スケジュールを無視させてしまうほどに、重大なものではないかという気がしたからだった。

もっとも、ふたを開けてみればそれは杞憂《きゆう》だとわかった。僕が島崎理髪店の前に着いたのは午後七時四十五分。それから、島崎が物干し台へ出てくるときまで、たっぷり一時間四十分待たされた。

雨樋《あまどい》を伝って下に降りると、島崎は家の裏手の駐車場に行き、すぐに愛車を押して出てきた。黒いとっくりセーターに、ジーンズ。スニーカーを履いている。自転車を押したま、理髪店の前を右に折れて、次の区画の角のところまで行き、そこで自転車にまたがって、走り出した。ちゃんとライトをつけている。僕は、直進してゆく島崎がひとつ先の信号を通過するまで待ってから、自転車に飛び乗り、急いで出発した。僕の方は無灯火だ。尾行する側は仕方ない。おまわりさんゴメンナサイ。

呆《あき》れるくらい、人気《ひとけ》のない夜だった。日曜日の夜って、いつもこんなものなのだろうか。みんな、明日からは仕事だ学校だというので、家にいるのだろうか。輝いている煙草や清涼飲料水の自動販売機が、なんだか淋《さび》しそうにさえ見える。

こんなに静かじゃ、尾行がやりにくいなあ——と思う余裕もないくらい、僕は神経をピリピリさせていた。島崎はうしろを振り返るようなことはなく、僕の存在に気づいているような様子も見せなかったけれど、だからといって気は抜けない。あまり近づきすぎることもできないので、常にちょうど一区画分くらいの距離をおいて、僕はひそやかにあとをついていった。だから、島崎が角を曲がるたびに、追いついて曲がり、前を行く彼の自転車の後部の反射板を確かめるまでは、振ったサイコロの目が出るのを待つ下手な博打《ばくち》うちの気分を味わった。一度見失ってしまったら、探し出すことはまずできないだろうと思うから、僕も必死だった。車輪の回る音が妙に大きく聞こえ、うとましく感じられた。

島崎の目的地がどこであるのか見当がついたのは、十分ほど走ったころのことだ。このコースをたどるなら、たぶん行き先はあそこであるに違いない——と思っても、すぐには信じられなかった。

白河庭園だ。

間違いない。駅に向かってるわけでも学校でも、僕が思いつくかぎりの知り合いの家でもない。今、信号待ちをして大通りを渡り、色付きタイルで舗装された通称「文化通り」に入った。あと五分ほどで白河庭園の正門前に出る。

だけどこんな時刻に？　白河庭園に何の用があるというのだ？

ペダルを踏みながら、庭園そのものじゃなくて、たとえば庭園そばのあの店、「パンピー」に行こうとしているのかなとも考えてみた。それならわからないでもない。誰かと会うのならば、閉園後の夜の公園などよりも、ずっとふさわしい。

「パンピー」の看板が見えてきた。進行方向の右手。看板が光っている。でもそれは明かりがついているからではなくて、近くにある街灯の光を反射しているだけだった。

島崎は「パンピー」の前を通過した。三十秒遅れて、僕も通過した。ただし、道路の反対側を。目をやると、「パンピー」のドアは閉まり、内側に「準備中」の札が掛けられていた。

島崎はさらに先に進んで行く。僕はペダルをこぐ足を緩めた。追いつきすぎてしまいそうになったからだ。

島崎は白河庭園正門前にさしかかった――まだ足を緩めない。いや、緩めた。ペダルに両足を乗せたまま、大きくカーブを切って正門前を通過し、塀に沿って左に曲がってゆく。僕も自転車をこいで同じコースを進んだ。ぐっとスピードを落とし、正門前で一度足をおろしてみた。

「閉園」の札が、街灯の光の下に浮かび上がる。僕は自転車を離れ、急いで島崎のあとを追った。塀の角から首を出してみると、反射板の赤い光が、ちょうど停まったところだった。僕は首をひっこめた。

ひと呼吸おいて、慎重にのぞいてみた。

島崎は地面に降りていた。白河庭園の壁のところに自転車を立てかけて、鍵《かぎ》をかけているところだ。

立ち上がり、塀沿いにちょっと歩いて、塀に向き合い――ひょいと姿を消した。

僕は自転車を置き去りに、塀を左手に見ながら、島崎が消えた地点に向かって走った。そこには、僕らぐらいの身長ならば、頭をかがめずに通ることができるくらいの高さの通用口があった。内側に開く扉であるようだ。

そっと押してみる。開いた。島崎も、ここから庭園のなかに入っていったのだ。

通用口の内側には、塀の外の街と対照的な、黒い闇がよどんでいた。扉の隙間から見えるその暗がりに、僕の足が前に進むことを拒否して、ちょっと震えている。

だけど、島崎はなかにいるのだ。僕は思いきって足を踏み入れた。

土の匂いがした。足元が柔らかい。僕は目をぱちぱちさせて、暗がりに慣れようとした。

扉の内側は、白河庭園の外周を囲む木立のなかで、足元はやや急な下り坂になっていた。

舗装したのではなく人の足で踏みしめた道がついている。庭園のなかは、何ヵ所か石畳の部分があるだけで、あとはみんなこんな感じだ。

今僕の立っている斜面の下の方で、小さな黄色い明かりがパッと光った。懐中電灯の明かりであるように思った。あれが島崎だろうか。

ともかく後を追いかけようとして、僕はまず扉を閉めた。そのとき、扉の内側に付けられている鍵に、針金みたいなものが突っ込んであることに気づいた。壊されている。

この時刻では、本来なら、庭園の通用口も閉められているはずであり、この鍵もかけられているはずだった。だから、これは当たり前のことなのだけれど、僕はどきっとした。

島崎が壊したとは思えない。彼は、ひょいとこの扉を押すだけでなかに入っていった。

これは、島崎が来る以前から壊されていたものなのだ。

先に、誰か来ているのだ。やっぱり島崎は、ここで誰かと会うのだろう。

僕は急いで斜面を下り始めた。懐中電灯の明かりは、さっきよりもずっと先の方に進んでいる。白河庭園は、基本的には、中央を占める池の周囲を取り囲むようにして遊歩道がつくられており、その遊歩道のまわりを斜面と木立が囲んでいる――という造りになっている。懐中電灯の明かりは、遊歩道の上を進んでいた。池がいちばん大きくふくらんでいるあたり――こどもの広場の門があるあたりを、ゆっくりと左の方へ移動している。

庭園の内側を真っ暗だと感じたのは、塀の外側の街と比べての話で、目と心が慣れてくると、濃い木立や植え込みのあちこちに、遊歩道の縁に、街灯よりも小さいけれど、輝度の弱い常夜灯が立てられていることに、僕は気づいた。もちろん、そのくらいの明かりでは、樹木の作り出す夜の闇を制覇することはできないけれど、鼻をつままれてもわからないというような暗さではない。むしろ、常夜灯の近くにさしかかるときには、今現在このなかにいる誰か――島崎も含めて――に、僕の存在を知られないようにするため、暗がりの方に身を寄せなければならなかった。

見守りながらあとをついてゆくうちに、懐中電灯が消えた。僕は足を止めた。あれはどういう意味だろう。このくらい明るければ電灯は要らないと思ったから消したのか。それとも、ほかの理由があるのか。

僕はちょうど、こどもの広場手前の水飲み場のところにいた。遊歩道に沿ってベンチが並べられている。常夜灯もひとつある。

ちょっと考えて、僕は遊歩道から逸《そ》れることにした。池の方に下ってゆく石段を伝って、池の縁ぎりぎりのところに並べられている飛び石を渡っていこう。そして、あの懐中電灯が消えたあたりまできたら、姿勢を低くして遊歩道まであがってゆくのだ。

石段は薄暗く、池に近づくにつれてもっと暗がりが濃くなってゆく。他の水面はまっ平らに、まるで原油みたいな色によどんで見えた。夜になると、川や池は、みんなこんなふうに粘液みたいに重たげになってしまう。

心のなかで、「虫聞きの会」のときだって、これと同じように暗いんだぞと、自分に言い聞かせた。勝手知ったる白河庭園だ。怖いことなんかない。街のど真ん中だ。目をあげれば、庭園の周囲に立ち並ぶビルの明かりが、遠く、近く、またたいているのが見える。ここは山のなかじゃないんだ。異郷じゃないんだぞ。

だけどやっぱり、薄気味悪い。ここで池に落ちたりしたら、気が狂ってしまうんじゃないかしら。僕は膝《ひざ》をがくがくさせながら飛び石をたどった。夜の池にとらえられて、ここに棲《す》んでいる大きな鯉——体長一メートルくらいあるのだ——や、大きな亀や、種類のよくわからない身体の細長い魚や——暗い水のなかで、そんなやつらに触れてしまったら、それだけで僕は気絶してしまいそうだ。

それにそう、ここには蛇もいる。いても不思議じゃない。白河庭園の下草のなかに、蛇の抜け殻が落ちていたという話を聞いたことがある。蛇を見たという話はあてにならないけれど——あれは素早い生き物だそうだから——抜け殻を見たという話は信憑性《しんぴょうせい》がありそうだ。

もうすぐ、さっき懐中電灯が消えたあたりの、池の縁に着く。僕は最後のひとつの飛び石を渡った。と、そのとき、飛び石の下の浅い水辺で眠っていたらしい水鳥を驚かしてしまったのだろう。バサバサと羽根音がした。僕も心臓をひっこぬかれたような気がした。その場でじっと固まって、鳥が落ち着いてくれるのを待った。そうして自分の心臓の鼓動を聞いていると、頭の上の遊歩道から、ごく低く、人の話し声が聞こえてくることに気がついた。

ぼそぼそ——ぼそぼそ——

何を言っているのかわからない。

僕は姿勢を低くして、這《は》うように石段をあがった。一段、二段。そこで停まる。話し声はまだ続いている。

頭のなかで庭園内の図を思い描いてみた。この上には、池の上に張り出すようにして、小さなわらぶき屋根の東屋《あずまや》があったはずだ。人が二、三人入ればもういっぱいというくらいの小さな建物だけれど、切り株を模したベンチと、灰皿があったはずだ。喫煙場所なのだ。そこからは、池がよく見渡せる。

じっと息を殺していると、遊歩道で足音が聞こえた。とどっと、走るような音。

そして突然、何かがパン！　と鳴った。夜風の音しかしない庭園の空気を震わせて、大きな風船が破裂したみたいに。

反射的に僕は身体を起こした。あれは銃声なんじゃないかと気づいたのは、そのときだ

った。やばい！　と思う間もなく、二発目の破裂音が聞こえて、

「この野郎！」

誰かが怒鳴った。太い男の声だった。

僕の足は粘土みたいに固まってしまい、石段に張り付いて動いてくれない。心臓だけが胸のごく浅いところで、スキップビートで踊っている。頭がぐらぐらし、暗い水面が近くなったり遠くなったりした。

ざわざわと、頭上の植え込みがざわめく。続いて、また銃声。僕は一瞬、目を閉じた。何かが斜面を転がり落ちてゆく。水音がして、白い水しぶきがあがる。僕の頭の上で人の足音が入り乱れ、こっちへやってくる。石段の方へ。

粘土の足を石段から引きはがし、僕は夢中で植え込みのなかに飛び込んだ。乾いた下草のなかに頭を突っ込んだとき、凄《すご》い勢いで近づいてきた足音が、石段をくだって池の方に降りてゆくのを聞いた。通り過ぎて、行ってしまった。

僕は植え込みから飛び出すと、あとを振り返らずにまっしぐらに遊歩道へと登った。歩道の上には誰もいなかった。東屋も空だった。鼻にツンとくる火薬の匂いを感じた。それでいっぺんに頭が茹《ゆ》だってしまった。

う、う、撃ち合いだ。銃撃戦だ。

もう銃声は聞こえないのに、僕は遅れてきたパニックに足をとられ、どちらへ行こうと

いう考えもないまま、一目散に走り出した。池に近づかなければいいんだと、ただそれだけを考えていた。地面に丸太を埋め込んだ階段を駆け上り、闇雲に走っているうちに、自分が通用口から遠ざかっていることに気がついた。これじゃ、池のまわりを一周しないと、あそこには戻れない。

それでも停まるよりはましだった。僕は走り続けた。緩やかな坂を上り、下り、息を切らしながら暗い遊歩道を突っ走った。

行く手で道が大きく左にカーブしている。ベンチが据えてある。その脇に、池からあがってくる道がある。僕は目を閉じてそこを通過しようとして、焦るあまりに足がもつれ、ベンチの角に膝小僧をぶつけた。

掛け値なしに、二メートルほど身体が宙を飛んだ。土埃《つちぼこり》をたてながら遊歩道に突っ伏す。目の前が真っ暗になった。臑《すね》に火がついた。

それでも僕はもがいて起きあがった。痛みでしびれている足を引きずり、とにかくまた走ろうとした。と、そのとき、誰かが僕の左足をつかんだ。

「うわあ！」

息を吐きながら、僕は頭のてっぺんが吹っ飛ぶような声をあげた。

「し、静かに！」

僕の足をつかんだ誰かは、今度は僕の腕を押さえた。

「こ、殺さないで！」と、僕はわめいた。

「殺さねえよ、バカ」

信じられない。島崎の声だった。

「おまえ……」

あわあわとくちびるが震える。島崎は、小さく張りつめた顔をして、遊歩道に膝をつき、片手で僕を支えていた。もう一方の手には茶色の小さな革鞄《かわかばん》をさげている。ほっぺたに泥をつけ、ジーンズの膝小僧が真っ白になっている。

「歩けるか、大丈夫か？」島崎は早口に言った。

「おまえ、こんなところで何やってんだ！」

僕の叫びに、島崎は一瞬だけ笑った。

「それはこっちの台詞《せりふ》だよ。でも、いいや」

島崎は、僕の手に茶色の鞄を押しつけた。

「これを持って、外に出てくれ。いいか、ぐずぐずしないですぐに外に出るんだぞ」

「なんだよ、これ」

「あとで話す。いいから早く！」

僕を助け起こすと、鞄を手に握らせて背中を押しやった。

「おまえはどうするの？」

「まだやることがあるんだ」

「さっきのは銃声だろ？」

「うん」島崎の目が光った。「暗いところを選んで、遊歩道の端を走るんだぞ。池に降りちゃいけない。遠回りだけど、ぐるっと走って通用口を目指すんだ」

そう言うなり、島崎は植え込みのなかに戻っていった。僕は取り残された。

鞄は軽かった。僕は両手でそれを抱えた。歩こうとすると、ベンチにぶつけた膝が悲鳴をあげた。よろめいて転びそうになり、あわてて身体をたてなおす。

走れない——

恐怖のあまり、喉《のど》からひゅうひゅうと音が出た。池は大きい。遊歩道は長い。通用口は遠い。

それでも僕は必死に前に進んだ。遊歩道の右手の斜面を目指して。あのなかを進もう。島崎の言ったとおりに。

足をひきずりながら斜面にとりつき、鞄を片手に持ちかえ、右手で木立の幹をつかみながら登っていった。白じろとした木の塀が近づいてくる。これを登って外に出られないものかと、僕は考えた。

塀の高さは二メートルはあるだろう。おまけに、上には有刺鉄線が張り巡らされている。普段、平和的な目的でここを訪れているときには、あんなものの存在は目に入らなかった。

駄目だ、登れたもんじゃない。僕は斜面を横に進み始めた。

遊歩道のうしろの方から、人の足音が聞こえてきた。僕はとっさに斜面に伏せた。

足音。近づいて、停まる。はあはあという息づかい。すぐ近くだ。

「ちきしょう、あのガキ、どこへ行きやがった」

野太い男の声だった。さっきの声と同じであるかどうか、わからない。僕の頭のなかには、パニックの花火が百発、炸裂《さくれつ》して真っ赤な火花を散らしていた。

見つかったら殺される見つかったら殺される殺される殺される――

「外へ出られるわけがねえんだ」と、別の声が言った。僕の頭のなかに、さっきの百発を仕掛けたのとは別の花火師が出てきた。敵はひとりじゃない。パニックもひとり分じゃ済まない。

「通用口は押さえたか？」

「押さえてある」

僕は目を閉じた。どうしよう――

斜面の木立の下には、種類はなんだかわからないけれど、長い髭《ひげ》みたいな植物がいっぱい生えている。皆白く枯れ、やわらかな枯れ草の布団となって、僕の身体を受けとめてくれている。

けれど――それらの枯葉の先っぽが、僕の鼻をくすぐっている。

くしゃみが出そうだ。

ああ神様仏様、そんな残酷なことをしないでください。これから先一生、鼻炎に悩まされたってかまわない。だけど今、今だけは僕にくしゃみをさせないで。お願い、お願い、お願いします。

池の方で水の音がした。ばしゃん！

とたんに、男たちがざわっと動いた。

「あっちだ！」

ふたりは石段を降りて行く。僕は伏せたまま十数え——五つまで数えたところでくしゃみをし——それから起きあがって必死に走った。

走れ、逃げろ、周囲の木立のざわめきが、僕を応援しているように聞こえる。でも下草は僕の足をとり、ときどき不意に現れる枝が袖《そで》を引いて、僕の邪魔をして笑っている。

池を回れ。出口をめざせ。

膝《ひざ》の痛みで身体が歪《ゆが》む。僕はオランウータンみたいな格好で暗がりのなかを走った。

正面出口へ続く砂利道を通過する。通用口まで、あと少しだ。がんばれ、雅男。

鞄を持つ手が汗で滑り、何度か取り落としそうになる。抱えたり、またぶら下げたり、木立につかまったり。僕はベトナムの敗残兵のように走った。

やがて、通用口が見えてきた。わずかに開いている。街の明かりがもれて差し込んでいる。

（通用口は押さえたか）

三人目がここにいるはずだった。僕は通用口から五メートルほど離れたところで立ち止まり、可能な限り素早く下草のなかに伏せた。

扉は開いている。走って飛び出せばいい。できるはずだ。誰がいたって、たとえば銃をつきつけられて脅されたって、僕の足の方が早い。早いはずだ。

膝がこんなに、痛くなければ。

がさりと、通用口の方で音がした。

目をあげてみる。人の足が見えた。黒いズボンに包まれた足。残酷な事実だけど、間違いない。木の幹にしては細すぎる。それに動いてる。

うつ伏せになったまま、僕は心のなかで天を仰いだ。

（天は我々を見放した――）

待て、待て。ギャグが出るくらいなんだからまだ大丈夫だ。頭は働く。

がさり、がさり。足音がする。こっちへ来る。

「おい、そこにいるんだろう？」と、声がした。さっきのふたりとは、また違う声だ。

「足音がしたぜ。ちゃんと聞こえた。出てこいよ、おい」

全速力で、僕は頭を回転させた。どうしよう？　どうすればいい？

下草のなかを手探りする。手頃な石も、木の枝も、何もない。

「おい、おとなしく言うことを聞いたほうがいいぜ」

声は至近距離にまで迫ってきた。

(鞄……)

中身がなんだか知らないけれど、島崎が託したこの鞄が、今夜のこの騒動の焦点なのだろう。敵もこれを探してるんじゃないか。

「おい、出てこい!」

間近で声がした。それが、騎手の鞭《むち》のように僕の心を打った。

よし、出てやろうじゃないか。

僕は身内の力を総動員し、跳ねるようにして起きあがった。ぎょっとするくらい近くに、黒い人影があった。手に何か持っていた。銃だったかもしれない。

敵は僕に迫っていた。あと二、三歩の距離だった。それがかえって幸いした。いきなり登場した僕に、敵も驚かされていた。

「これでもくらえ!」

叫ぶなり、僕は渾身《こんしん》の力を込めて、相手の顔めがけて鞄《かばん》を投げつけた。

敵は反射的に手をあげて顔をかばった。その腕に鞄がぶつかった。僕は突進した。相手が体勢を立て直して鞄をつかむその前に、鞄をキャッチし両手で抱えた。そのまま前に突き進み、身体ごと敵にぶつかった。

　今度はふたりしてもんどりうって地面に転がった。でも、意図してそうした僕の方が、起きあがるのは早かった。起きるなり走り出した。通用口は、もう目と鼻の先だ。

　走れ！

　僕が通用口の扉に飛びついたとき、後ろで銃声が轟《とどろ》いた。撃たれたかと思って目を閉じた。でも何も感じなかった。僕は扉を開けて外に転がり出た。

　アスファルトの歩道に、僕は頭から倒れた。まだだ、まだ逃げ切ったわけじゃない。立ち上がって走れ！

　そのとき、頭の上で扉の閉まる音がした。ガツン！　というような音も響いた。僕はもがくようにして首をあげた。

　すらりとした足が見えた。白い靴下をはいていた。手が降りてきて、僕の身体を抱えた。

「早く！」

　抱き起こされ、引きずられるようにして僕は走った。僕を支えている腕は、明るいカナリア・イエローのセーターに包まれていた。

　遠くから、パトカーのサイレンが聞こえてくる。僕の頭のなかに、白い霧がかかり始めた。それでも、鞄だけは離さずに抱き締めていた。

「ああ、やっと来た！」と、僕を支える腕が言った。「しっかりして。大丈夫よ、追いかけて来たヤツは、あたしが通用口を閉めたときに、扉に頭をぶつけてのびちゃったから。凄《すご》く大きい音がしたもの！」

なんとか目の焦点をあわせて、僕は声の主の顔を見た。色白の、女の子の顔がそこにあった。耳元にキラキラ光るものがある。

君は——

オレ、君を知ってるよと言おうとしたけど、言えなかった。僕は気を失った。

23

目を開いたとき、見えたのは白い天井。その中央に灯《とも》る蛍光灯の明かり。

仰向けになったまま、まばたきをしてみた。それからちょっと首を起こし、あたりを見回した。

僕は病室にいた。

個室だ。ベッドはひとつだけ。足元に窓があり、右手のすぐ脇についたてがある。ついたての白い布地を押し分けてのぞいてみると、ドアが見えた。

白いカバーのかかった毛布が顎《あご》のところまで引き上げてある。上着やジーンズは脱がされており、Tシャツとパンツだけの格好だった。

手をあげてみると、こめかみに大きな絆創膏《ばんそうこう》が張りつけられていることがわかった。少し、頭がずきずきする。

　生きてる——

「助かったんだ」

　声に出して、そう呟《つぶや》いてみた。白河庭園で、あの闇の中で、通用口を目指してまっしぐらに走ったこと——目の前に立ちふさがった追っ手に、鞄をぶつけて飛びかかったこと。記憶が、それ自体がひどくくたびれていて、思い起こされることを億劫《おっくう》がっているみたいに、のろのろと、不鮮明によみがえってくる。

　あの鞄、どうしたろ？　島崎は？　そしてあの女の子は？　通用口の外で僕を抱き起こしてくれた。あの顔を、僕は知ってる。あれは島崎の彼女だ。でもそれだけじゃない。僕は以前にも、彼女の顔を見てる。白河庭園の外で遭遇して、彼女の顔をアップで見たときに、背中をどやしつけられたみたいにして、いきなり思い出した。そうだ、僕は彼女を知ってる。

　ぼんやりと頭を働かせながら、見るともなく窓の方に目をやっていると、カーテンの隙間に、ちらちらと赤い光が点滅していることに気がついた。僕はベッドを降りると、裸足《はだし》で床を踏みしめ、窓に近づいた。

　ここは一階だった。窓のすぐ外に植え込みがあり、ブロック塀がめぐらされている。その塀の切れ目に門扉がある。今、門は開け放たれ、そこに鼻先を突っ込むようにして、パトカーが一台停められていた。僕の部屋の窓ガラスに映る赤い光は、回転灯の光だったのだ。

急にぐずぐずしていられない気分になり、僕は病室を見回した。ベッドの並びに、小さなロッカーがある。開けると、僕のジーンズや上着が入っていた。ちゃんとハンガーにかけられているが、土埃《つちぼこり》で汚れている。上着の袖に、黒っぽい染みがついている。血だろう、たぶん。

衣服を着込む。靴がなかった。裸足でそのまま病室を出た。蒼白《そうはく》な蛍光灯に照らされて、廊下が左右に伸びている。ドアはいくつも見えるけれど、人の姿もなければ、声も聞こえない。

歩くと、ひたひたと足音がした。ドアの上に掲げられている札を読んでみる。「処置室」「第二検査室」「レントゲン室」——僕の病室から数えて四つめのドアの前にさしかかった。そのドアは細く開いていて、なかから人の話し声が聞こえてきた。

「無理をしたもんだ、なあ、親父さん」

田村警部さんの声だった。

そうっと、ドアを開けた。目の前に白い布のついたてがあった。それに半分隠れるようにして、田村警部さんの丸っこい大きな身体が見えた。立ったまま、片手をズボンのポケットにつっこんでいる。薄い煙が流れてくる。警部さんが煙草を吸っているのだろう。

——親父さん。

ドアに隠れ、僕は息を詰めて耳を澄ました。田村警部さんが話をしている相手が誰なのか、そのときにはもう見当がついていた。

「ご迷惑をおかけしてすみませんです」と、その人は言った。たしかに、聞き覚えのある声だった。

「倅《せがれ》から顧客リストを預かったのは、事件の起こる半月ぐらい前のことだったと思います」

話しているのは、そう、畑山嘉男だった。

「あんたの倅さんは、いつごろから、『会社《カンパニー》』を辞めようとしてたんだろう」と、警部さんが訊いた。

「今年の——夏ごろですかね」畑山の親父さんの声は低く、かすれていた。「払いのいいアルバイトだからと、気楽に考えてたのが間違いだった、こういうことは性にあわない、もう嫌になったって」

「それにしちゃ、よくまあ顧客リストを盗み出すような勇気があったもんだ」

「コンピュータのことは、あたしにはよくわかりませんから、訊きもしませんでした。けども、あれで倅は、あいつなりに怒ってたんだろうと思います」

「『会社』のやり口を？」

「はい」

警部さんは、ふうっと音をたてて煙草を吸った。

「伜さんは、顧客リストを盗み出して、どうするつもりだったんだろうかね？」

「警察へ行くと言ってました。それには、口ばっかじゃ駄目だから、リストがものを言うんだって」

「そんな大事なリストをあんたに預けたのは、身の危険を感じたからだろうかね？」

畑山の親父さんは、少し黙った。それからやっと、

「そのときは、そんなふうには見えませんでした」と、言いにくそうに、低い声を出した。

「伜さんはどう言ってたね？」

親父さんは黙っている。

「あんたな、これは正式な取り調べじゃないんだよ。取り調べしたくても、まだ先生から許可が下りないから。だから、言ってみりゃ、こいつは雑談だな。けど、雑談のうちに、正直に話しておいてくれたほうが、お互い、あとが楽だと思うんだがな、よう」

畑山の親父さんは、まだ言いよどんでいる。警部さんは、部屋の奥の方へ歩いていった。ちょっと姿が消えた。窓が開く音がした。外の植え込みに、吸いがらを投げ捨てたのだろう。

畑山の親父さんの声が聞こえてきた。「俺の手元に置いておいたら、亜紀子に持ち出さ

なあ」

「それなら、伜さんの方が、リストを持って亜紀子からトンズラこきゃよかっただろうに、

「はい。『会社』のために」

「森田亜紀子がリストを持ち出すと？」

れちまうから――そう言ってました」

田村警部さんは、僕たちと話すときよりも、ずっと横柄な口調になっていた。どちらが
本当の警部さんなのだろうと、ふと思った。

「伜は、亜紀子さんを見捨てたくなかったんだと思います」

「見捨てたくなかったぁ？」

「はい、本当は、ごく普通の女だからって言ってました」

畑山の親父さんは、ここでくくっと声をたてた。笑ったのだということがわかるまで、
ちょっとかかった。

「あたしは最初から言っとったんですわ。あんな小娘とは手を切れってね。ありゃあロク
なもんじゃねえ、あんなのといっしょにいると、おまえ、地獄へ連れてかれるぞってね」

「伜さん、なんて言った」

「ムショ帰りの親父に、俺の女の悪口を言われる筋合いはねえって、えらい剣幕でした」

畑山の親父さんは、まだ笑っていた。ちっとも楽しそうな声ではなかった。それなのに

笑っていた。

「殴られました、倅に」

警部さんは、さっき立っていた場所に戻ってきた。大きな手で頭をぼりぼりかいている。

「あんたと倅さんとは、あんたが出所したあと、ずっと連絡をとりあっていたのかい?」

「いえ、話をしたり会ったりするようになったのは、女房が死んでからこっちのことです」

「亜紀子さんとは?」

「今年の春ごろ、初めて会いました。稔が連れてきたんで、いっしょに飯を食ったりして」

ふっと、畑山の親父さんはため息をついた。

「あんな女とは切れろ言うてやったのは、その日の帰り道です。亜紀子さんは用があるとかで先に帰ったから、倅とふたりで一杯やりながら、言い聞かせました」

「あんた、最初《はな》っから亜紀子が嫌いだったんだな」

警部さんの質問は、答えを求めていない種類の質問だった。畑山の親父さんは黙っていた。

「嫌いだったから、悪口も言った。倅さんは怒った。で、そのあとは?」

「しばらく会いませんでした。さっき言った、リストを持ってきたときまでは」

そうすると、今年の春から夏ごろまでのあいだに、畑山稔のなかでは相当大きな心境の変化があったのだ。「会社」の正体を知り、亜紀子の内側を知り――

畑山の親父さんは、ベッドの上で身体を動かしたようだった。衣擦《きぬず》れの音がした。亜紀子のことを語るとき、なんとなく居心地悪くなるのだろうか。

「あたしにリストを預けに来たときもまだ、稔はあの女と結婚したいなんてぬかしてました」と、かすれたような声で言う。「あたしゃ、伜が本物の馬鹿になっちまったかと思いました。分別のある、真面目な奴だったはずなのに、女に目が眩《くら》んでね。『会社』がどんなとこか、そこで亜紀子って女が何をしてるのか、あいつはよおく承知しとるはずだったに、それなのに、亜紀子もいっしょに足を洗わせてやりたいとかなんとか言って」

「伜さんは、亜紀子も『会社』の被害者だと思ってたんだろうよ」

畑山の親父さんは、鋭く言い返した。「被害者が、『会社』のために伜からリストを取り返そうなんてしますかい？」

「それほど、亜紀子が『会社』にどっぷり浸かってたってことさ。伜さんの説得も耳に入らないくらいにさ」

しばらくして、「あたしには、わからねえから」と、畑山の親父さんが呟《つぶや》いた。

「ただ、あの小娘に関わりさえしなきゃ、伜は殺されずに済んだんだってことは、わかります。それだけはわかる。あたしら、つくづく運のねえ一家だ」

「伜さんを殺したのは亜紀子じゃない。『会社』の残党だ。で、亜紀子を殺したのは、あんたの伜さんだ。それを忘れちゃいかんね」

田村警部さんは、投げ出すようにそう言った。冷たい口調だった。だけれど、警部さんは終始、畑山稔を「伜さん」と呼び、森田亜紀子さんを呼び捨てにしている。その違い、そんなささいなさじ加減に、警部さんの個人としての本音がちらっとのぞいているように、僕には思えた。

もっとも、僕がそう思いたいから、そんなふうに受け取っているだけなのかもしれない。警部さんにとっては、あくまでも、森田亜紀子さんは被害者であるのかもしれない。ただ、いちいち敬称をつけないだけのことで。

「伜さんが殺されたとき、あんた、それが顧客リストのせいだってことは、すぐにわかったんだな?」

「そりゃ、そうです」

「で？　あんた、独りで伜さんの仇を討とうと考えたわけか」

警部さんは腕組みをすると、足を踏み替えた。

「無謀だよなあ、おっさん。歳も考えねえでよ」

畑山の親父さんは何も言わない。ちょっと鼻を鳴らしたような音がした。

「どうやって、『会社』の残党と連絡をとったんだ？」

「連絡なんか、することなかったですよ。向こうから押しかけてきたからね」

稔を殺す前に、リストの在処《ありか》を聞き出したのだろう。

「おっさん、よくまあびびらなかったなあ」警部さんは感心したような声を出している。

「連中と、白河庭園で取引するところまで持ち込むなんざ、たいしたもんだ」

「リストはあたしの手元にはない、信頼できるところに預けてあるって言ってやったですよ」親父さんの口調が、少し元気づいた。「あたしに万が一のことがあったら、リストはそこからそのまま警察に渡る。そう言ってやりました。で、無料《タダ》じゃ話にならねえ。伜の香典払ってくれりゃあ、返そうというふうに話を持っていったんで」

「で、取引場所を白河庭園にしたのかい」

「はい。あそこなら、ほかの人の迷惑にはならねえし、あたしゃ、あの公園をよく知ってたんです。昔、まだ稔がほんのガキのころ、休みになると、よく弁当持って遊びに行きましたからね。きれいだし、広々してるし、子供連れで一日遊ぶには、いいところでした」

まだ、鞄屋の親父さんだったころ。まだ幸せだったころ。

「けどな、親父さん。肝っ玉は凄《すご》いが、それでどうなるものでもなかったぜ。『会社』の残党って言ったって、あの連中は、あとからあそこに乗り入れてきたヤクザばっかりだ。あんたの手に負えるようなタマじゃねえ。実際、あんた危うく死ぬところだったじゃないか。あと十センチ、弾《たま》が逸《そ》れてたら――いや、あと十分、警察への通報が遅れてたら、あんた、出血多量でオダブツだったよ」

また、低い声で、畑山の親父さんが笑った。そんなことなどどうでもいいと言いたげに。

「まあ、たまたま公園のそばを通りかかった子供らがいてくれて、あんたツイてたよ。しかも、二人とも元気のいい男の子だ。けど、その子たちには、あんたよく礼を言わねえとな。ひとりは、様子を見に行って、巻き添えをくって伸びちまったんだから。幸い、怪我はたいしたことないがね」

「本当に、すまんことです」

畑山の親父さんの言葉をしおに、僕はそろそろとドアを閉めた。ところが病室のドアは重く、思っていたよりも勢いがついて、ばたんと音をたてた。僕は首を縮めた。警部さんの足音が近づいてくる。

「なんだ、君か」

開けたドアを押さえたまま、警部さんが言った。僕は亀の子みたいな格好のまま、警部さんの方を見あげた。

警部さんの丸まっちい身体の向こう、病室のなかのついたての脇に、畑山嘉男の顔がのぞいていた。ベッドに座ったまま首を伸ばして、僕を見ていた。視線が合った。

警部さんが肩越しに振り向くと、畑山の親父さんに言った。「あんたを助けてくれた子だよ。卒倒しちまった方の子だ」

畑山の親父さんは、しわしわっと笑った。声もなく見つめている僕に、

「ありがとよ、坊や」と言った。

「病室に帰りなさい」警部さんが僕を回れ右させて、背中を押した。「ウロウロ歩き回っちゃいかんよ」

（ありがとよ、坊や）

冷たい廊下をひたひたと歩きながら、僕は、霧がかかったみたいにぼんやりしている頭をひねって考えた。畑山の親父さんは、僕を覚えていただろうか。大久保駅で会った子供だと。あの「ありがとう」には、その意味も含まれていたのだろうか。

以前にもあたしと会ったことがあるってことは、この警部さんには内緒にしておきな、坊や――畑山の親父さんに、そう言ってくれと、そういう態度をとってくれと頼み、お膳《ぜん》立《だ》てした人物は――

警部さんが言っていた「そばを通りかかった子供ら」というのが、ほかでもない、僕と島崎なんだ。島崎が、駆けつけてきた警察に、そういうふうに話をつくろって説明したのだ。

そして、あの女の子の存在は消されている。僕らはただの通りすがりになっているし、女の子はあの場にいなかったことになっている。気を失う直前の僕の記憶では、パトカーを呼んだのは彼女であるはずなのに。

警部さんは、畑山の親父さんとの話を終えたら、きっと僕の病室に顔を出すだろう。その前に、島崎と話をする必要がある。僕はあわてて病室に戻った。

と、そこに当の島崎がいた。ベッドの端に腰掛けて、お子さんみたいに足をぶらぶらさせていた。

「廊下で立ち聞きしているのを、見たよ。うっかり声をかけると、おまえ、飛びあがっちまいそうだったから、ここで待ってたんだ」

こちらを向いた顔を見て、僕は思わず吹き出した。鼻の頭に絆創膏《ばんそうこう》が貼ってある。

「その程度の怪我で済んで、よかったな」

「まったくだ」と、島崎は言った。「弾が鼻面をかすめてくれて、よかったよ」

「弾……」転んで擦りむいたんじゃないのか。「恐ろしいことを、あっさり言うなよ」

耳の奥に、白河庭園の斜面に轟《とどろ》いた銃声がよみがえってくる。

「警部さん、畑山のお父さんと何を話してた？」落ち着き払って、島崎は訊いた。「おまえにも、オレたちがクチウラをあわせる必要があるってことは、わかってるだろ？」

僕は自分の知ったことを話した。島崎は、鼻の頭の絆創膏を撫《な》でながら、それを聞いていた。やがて、独り言のように言い出した。

「世の中にはとんでもない偶然があるものでさ、オレとおまえとが、たまたま夜のぶらぶら散歩――ま、ゲーセンでも行こうかなんて感じで白河庭園のそばを通りかかったら、通用口が開いてて、なかから銃声みたいなものが聞こえてきた。好奇心旺盛《おうせい》なオレたちは、なかに入ってみた。で、そこで銃撃戦というか乱闘というかそういうものに巻き込まれて、まずはおまえが必死で逃げ出し、一一〇番通報をしたわけだ」

「ふん、ふん」

「警察が来てみて、事情がはっきりして、大いに驚いたね。オレたちは、例の、森田亜紀子さんの殺害事件に関連する、『会社』の残党と畑山稔の親父さんとの対決の現場に踏み込んじまったんだって。いやしかし、びっくりするような偶然だよなあ」

　聞きながら、僕は笑った。島崎は真顔のままだった。

「こんな感じで、頼むよ」

「わかった。よくわかった」

「畑山の親父さんも、オレたちのこと、知らないふりすると思う」言ってから、島崎は眼鏡を押し上げつつ、僕を振り向いた。「おまえ、親父さんと会ったことがあるんだってな。もちろん、以前に白河庭園で遭遇したときのこととは、別の話だぞ」

「わかってるよ。会ったよ。畑山稔のアパートのそばで」

　島崎はうなずいた。眼鏡の縁が、蛍光灯の明かりを受けて銀色に光った。

「オレの方こそ訊きたいよ。島崎、おまえ、いつから親父さんを知ってた？　オレなんかより、ずっとよく知り合ってたはずだ」

そうでなければ、今夜のようなことがあるわけはない。

「今夜の対決、畑山の親父さんは、おまえに助太刀してもらおうなんて思わなかったろうけど、いざというとき、警察へ通報してくれるように、頼んでたんだろ？　そういう話ができるくらい、おまえと親父さんとは――」

僕の言葉をさえぎって、島崎は言った。「仲立ちをする人がいたんだよ」

「仲立ち？」

「今夜、ここにはいないことになってる人だ」

通用門の外で出会った人。島崎理髪店の前で、街灯の光のなかに立っていた人。

「あの女の子か」

「そうだよ」

「オレ、彼女が誰だか知ってる」

名前はわからない。でも、以前に一度、きわめて印象的な形で、僕は彼女の顔を見ているのだ。どうして、すぐに思い出さなかったのだろう。

「クドウさんが載せられていた、あのチラシ、覚えてるだろう？」と、僕は言った。「クドウさんのほかに、あとふたりの女の子の顔写真が載ってたよな。おまえのいう仲立ち人の女の子は、あのなかのひとりだよ。耳にピアスをしてた」

そう……耳元にピカリと輝く光。島崎理髪店の前で見かけたときも、耳たぶが光っていた彼女。島崎の、謎の美少女。

島崎は、足をぶらぶらさせながらうつむいている。窓ガラスには、依然として回転灯の赤い光が映っている。それが島崎の顔にも、眼鏡にも反射する。

「たまたま、以前からオレ、彼女のことを知ってたんだ」と、ゆっくりと言い出した。

「友達なのかい？」

「ああ、そうだよ」

「オレたちと同じ歳じゃないだろ？　ピアスなんかしてるもんな。学校はどこ？」

島崎はちらっと僕の方を見ると、薄い笑みを浮かべた。

「彼女の身元は、伏せておいていいだろ？　知る必要、ないもんな」

いや、知りたい。

「僕が知ったら、まずいことなのか？」

島崎は目をそらす。回転灯が映る。ちら、ちら、ちら。そのたびに、島崎の顔の上で赤いページがめくられてゆくかのように見える。「他校の子だけど、同じ中学一年生だよ」

と、小声で言った。

オドロキだ。「でも、ピアス……」

「彼女、ちょっといろいろ問題を抱えててさ。彼女がというより、正確には、彼女のいる学校が問題なんだけどな」

「大人っぽい女の子だよな」

「女子生徒ってのは、学校側のいう『問題行動』を起こすと、たいていの場合、年齢より大人っぽくなるだろ？」と、島崎は笑った。「ま、そんなことはどうでもいい。それこそ、本題とは関係ないんだ。とにかく、彼女はオレの友達だった。だから、チラシに彼女の顔写真が載っているのを見て仰天した」

あのとき——そう、たしかに島崎は動揺していた。びくっと身体を起こし、凍りついた
みたいになっていた。僕がどうかしたのかと訊いたら、なんでもないとごまかしたけど、
実はそういうことだったのか。

「で、彼女を訪ねて話を聞いてみた。すると彼女は、自分の顔写真が無断で使われている
ことは知らなかったけれど、畑山稔と森田亜紀子のことは知っていた」

僕は目を見開いた。後ろ手にしっかりとドアを閉めてから、島崎のそばに駆け寄った。

「それ、どういうことだよ？」

島崎はちょっと肩をすくめると、言った。「彼女、スカウトされかけていたんだ」

「誰に」

「決まってるじゃないか、森田亜紀子にさ」

それはつまり——

「『会社』に引き込まれそうになってたんだ。言葉巧みにって感じかな。もちろん、あの

子は頭のいい子だから、そんなのは相手にしちゃいなかった。でも、亜紀子はしつこかった。電話してきたり、学校の帰りに待ち伏せしていたりしたそうだ」

僕は、首筋がすうっと冷えるのを感じた。クドウさんを引き込もうとした亜紀子。同じ年頃の、何も知らない、ごく平凡な女の子たちを引き込もうとしていた亜紀子。自分が持っていないものを持っている女の子たちを憎んでいた亜紀子。

「亜紀子の標的は、クドウさんだけじゃなかったってことだな？」

僕の言葉に、島崎は素気なくうなずいた。「商売だからな。いろいろ、網を張ってたんだろう」

ピアスの彼女は、亜紀子のしつこい攻撃をはぐらかしながらも、かなり困っていたという。

「そんなところへ、突然、畑山稔という男から電話があったんだってさ」

――あなたは森田亜紀子という女性を知っているでしょう。自分は亜紀子の恋人であるが、彼女のしていることをやめさせようと思って努力している。彼女のアドレス帳を盗み見して、あなたに連絡している。彼女がどんなふうに誘いをかけてきても、絶対に応じてはいけないですよ――

「ピアスの子は、二度びっくりさ。でも、畑山の必死な気持ちは伝わってきた。で、彼女は一度、畑山と会うことにしたんだ」

「いつごろの話だよ、それ」

島崎はすぐには答えなかった。頭のなかで、計算しているみたいに目を動かした。

「森田亜紀子殺しの起こる——一ヵ月くらい前だと言っていたかな」

即答がなかったことに、僕は大いにひっかかった。が、今それを追及しても無駄だ。搦《から》め手からいかなくちゃ。

「で？　畑山と会ってみてどうだった？」

「彼らは友達になった」と、島崎は言った。「畑山が、森田亜紀子の足を洗わせようと懸命になっていることに、ピアスの子は感動したんだってさ。ただ、危ないものも感じたとは言っていた。畑山が必死になればなるほど、亜紀子とのあいだは遠くなるだろうと思えたって。それほどまでに、『会社』に対する考え方が、畑山と亜紀子とでは違ってきていたんだろう」

亜紀子にとっては、『会社』は唯一の拠り所だった。たとえ法に触れる商売をしていようと、たとえ他人を食い物にしていようと、『会社』こそ亜紀子の居場所だった。彼女は彼女なりに、それを守りたい一心でいた——

たとえ世間にどう言われようと、森田亜紀子は『会社』が好きだったのだ。

「さっきも言ったように、ピアスの彼女もちょっとした剛の者だからね」と、島崎は笑った。

「物怖《ものお》じせずに、畑山との友達関係を大事にしていた。彼女なりに、畑山を手伝おうと、つきまとってくる亜紀子に、逆に説教したこともあるそうだよ。ところが、そんなことをしているうちに、畑山と彼女とのつながりが、森田亜紀子にバレた」

「三角関係ってことか?」

島崎は笑った。「いや、そんなのじゃない。畑山は、亜紀子に惚《ほ》れてたんだ。彼は必死で、自分も、亜紀子も、まっとうな生活に戻そうとしてたんだよ」

だが、亜紀子は怒った——

「亜紀子にとっては、ピアスの子はなかなか落とすことのできない標的で、ただでさえ面白くないところだ。そこへ持ってきて、畑山といっしょになって、やれ足を洗えの、自分が何をやってるのかわかってるのかだの、責めたてる。腹も立ったろうさ」

島崎はそっぽを向いたまま話し続けている。まるで、僕の目を見ていては、話しにくいとでもいうかのように。

その横顔を見つめるうちに、僕の心のなかに、水を吸った海綿のように、疑惑がふくらんできた。ぎゅっとしぼって水を出してしまえばいい。そんな疑惑など、消してしまえばいい。そう思うのに、できない。ふくらんだ海綿に手を触れることもできない。

どうしてかといったら、その疑惑という海綿を膨らませている水は、とても汚いからだ。濁った血の色をしているからだ。

「島崎」と、僕はゆっくり呼びかけた。「なあ、ピアスの彼女は、白河庭園での殺人には関係してないのか？」

島崎、無言。

「彼ら三人のあいだがそんなふうになっていたなら、ピアスの子だって、亜紀子が殺されたことに関わってたんじゃないのか？」

長いこと、島崎は窓を睨《にら》んでいた。回転灯の明かりが、彼の顔の上で踊った。いつのまにか、足をぶらぶらさせることをやめ、両手を膝《ひざ》に載せ、身構えるような姿勢になっていた。

「もし、そうだったとしたら、どうする？」

窓を見たまま、低く訊いた。

「警部さんに話すかい？」

僕は急に疲れた。島崎からそんな言葉を聞かされるとは思ってもみなかった。

「ピアスの子はおまえの友達で、オレはおまえの友達じゃないか」と、僕は言った。「おまえが黙っていてほしいというのなら、オレは誰にも何も言わないよ」

島崎は、重いものを動かすように、のろのろと僕に首を向けた。ちょっとのあいだ、まともに僕の目をのぞきこんだ。

それから、笑顔になって、言った。「ありがとう」

「そのうち、ピアスの彼女を紹介してくれるか?」

「さあ、どうしようかな」と、おどけた感じで言って、島崎はポンとベッドから飛び降りた。「もったいないから、よそうかな。さて、少し眠った方がいいぞ。オレも帰る」

病室を出てゆく。とても上機嫌な足どりだ。僕も思わず微笑した。が——

ドアを閉めながら、

「おやすみ」

そう言った島崎の声が、かすかに割れていたことに、僕は気づいた。ちらりと僕を見た目のなかに、あの夜、僕を震え上がらせたあの険しい色が浮かんでいた。

島崎が出ていったあと、冷たい床に棒立ちになったまま、僕はドアを見つめた。ほんの今しがたの明るい気分は消えていた。それはただの病室のドアではなく、島崎と僕のあいだに立ちはだかっている壁になった。

島崎、おまえ、まだ何か隠してるな?

24

僕と島崎、畑山の親父さんの連携プレーは、実にうまくいった。ピアスの女の子の存在はまったく悟られることなく、公式の捜査は終了した。

病院での短い遭遇以後、畑山の親父さんと会う機会は得られなかった。新聞やニュースで、彼の自供の内容を断片的に知ることができただけだ。

でも、親父さんについてはもうそれで充分だと、僕は思った。大久保駅の前で、並んで焼きそばパンを食べたときのことを思い出せば、親父さんが稔のためにやろうとしたことがわかるような気がしてくる。それでいいと思った。

田村警部さんは、大きな鼻をうごめかせ、僕と島崎が、あの夜白河庭園に居合わせたのは本当に偶然のしからしむるところか？　と、何度か探りを入れてきた。そのたびに、僕らはしらを切り通した。

ホントのところ、警部さんの鼻には、かなりのものが匂っているのだろう。それでも強面《こわもて》で追及してこないのは、ちょっとばかり、僕らが警部さんの信用を勝ち得ているからではないかと思ったりもする。実際には、警部さんが凄《すご》く忙しくて、一度片の付いてしまった事件を、いつまでもいじくりまわしている暇がないだけかもしれないけれど、まあいいや。

「会社」は、白河庭園での乱闘騒ぎで、残党の最後の根っこまで刈り取られ、今度こそ完全に消滅した。でも、マスコミ的に、彼らのしたこと、彼らの存在が大きく取り沙汰《ざた》されたのは、またもや、ほんの数日間だけのことだった。これだから同じことが繰り返されちゃうのよねと、カナグリさんがため息混じりに言った。ホントだと思う。

森田亜紀子は死んではいない。そんな気がするときがある。街中で、すさんだ目をした化粧の濃い女の子とすれ違うと、彼女たちの背後に、亜紀子が立っているのが見える。

そんなとき、僕は、傍らを歩いているクドウさんの手をぐいとひっぱり、握り締める。クドウさんが驚いて、僕の顔を振り仰ぐぐらいに強く。

「どうしたの？」と、彼女は訊く。

「なんでもない」と、僕は答える。

森田亜紀子は遠ざかってゆく。名前さえ知らない、派手な服装の女の子といっしょに。


島崎との間柄は、ただひとつ、あの壁——彼が僕に何か隠しているのではないかという疑いだけを残して、すべてが元に戻った。それだからだろう、クドウさんも、僕と島崎と三人で話をしたり、伊達組も交えて五人で行動したりすることを嫌がらなくなった。平和で、楽しかった。表向きは。できすぎているくらいに。

おかしいと、僕は思った。明るい島崎の、あんな事件があったことさえ忘れているみたいなそぶりの裏に、いつも影がさしていることを、僕は感じた。

これじゃやっていけない。眠れない夜に、僕はひとりで考えた。壁があっては、僕は安穏と生きてはいけない。壁を壊さなくては、前に進めない。どうして島崎が壁をつくっているのか、そうやって誰から何を守っているのか、あるいは逃がしているのか、どうしても知りたい。なんのために島崎があんなことをしているのか、知らないではいられない。

もしかしたら、僕はこれまでの島崎との付き合いのなかで初めて、静かに、でも掛け値なしに本気で、彼に対して腹を立てているのかもしれなかった。

すべての鍵《かぎ》は、あのピアスの女の子だ。島崎は彼女と、どこでどうやって知り合ったのか？

ふたりはどういうつながりなのか？　僕にとって、いちばん大きなとっかかりは、それを突き止めることにありそうに思えた。

僕と島崎との付き合いは長い。お互いの生活パターンをよく知り抜いている。確かに、必要とあれば、島崎は僕に隠し事をすることができる。でもそれは、心のなかのキャビネットに何が入っているかを隠すということであって、キャビネットそのものまで隠しおおせるということではない。

僕の知らないところで、島崎が交友関係を持つとしたら、それはどこか？　あれこれ考えてみて、可能性はひとつしかないと結論を出した。部活動である。将棋部だ。

頭にひっかかったのは、この春の交流トーナメントのことだった。島崎は、ピアスの彼女を「他校の子」と言っていた。交流トーナメントには、他校の子がやってくる。ピンと来るものがあった。

ちょうど期末試験が終わり、後期の交流トーナメントが開かれる時期でもあった。今回も、我がサッカー部の交流試合と将棋部の交流対局の日程がかち合ってしまい。僕は島崎の対局を見学に行くことができなかった。

クドウさんは、僕の試合を見に来てくれた。

試合といっても僕はベンチ要員で、せいぜい大声で声援を送ったり、先輩たちのウォーム・アップを手伝ったりするだけの存在だったけれど、ゴールの後ろに白線を引いてつくった即席の観客席に、白いマフラーを巻いたクドウさんの姿を見つけたときには、やっぱり嬉《うれ》しかった。

彼女は僕に手を振った。僕はこっそりと、頭をかくふりをして手を振り返した。ベンチから堂々とガールフレンドの声援に応えることができるのは、三年生の、しかもレギュラー選手だけだ。ぼうっとしてても三年生にはなれるけど、レギュラーとなるとそうはいかない。

クドウさんといっしょに帰る約束をしていたので、試合が終わり後片づけを済ませると、僕は正面ホールに降りていった。僕らのクラスの下足箱のところに、クドウさんが寄りかかって僕を待っていた。と、廊下の反対側から、伊達さんと橋口が小走りにやってきた。

伊達さんはまだ体育着姿で、バスケットシューズを履いていた。

「ああ、いたいた」僕らの顔を見つけると、伊達さんが声をかけてきた。「探してたのよ。ねえ、いっしょに第二視聴覚室へ行かない？」

第二視聴覚室というのは、将棋部が部活動のとき使っている部屋だ。

「何で？　また島崎が優勝したのかい？」

「もちろん優勝したけど、それだけじゃないんだよ」橋口は、自分のことみたいに胸を張って言った。「エキジビションとして、五面指しをやってるんだ」

クドウさんが首をかしげた。僕は言った。「一対五の対局だよ。島崎がひとりで五人を相手に将棋を打つんだ」

「さっき始まったばっかりなんだよ。こんなの、めったに見ることなんかできないぜ。行こうよ」

伊達組は熱心に誘ってくれたけれど、僕はクドウさんの顔を見て、彼女がちょっとまばたきをして僕にほほ笑みかけたので、笑って首を振った。

「悪いけど、オレたちは――」

伊達さんが、ほんの少しだけど鼻白んだような顔をして、それから笑い出した。

「そうか、そうか。まあいいわよ、カンベンしたげる。クウちゃん、またね」

「友達甲斐《がい》のない君たちだねえ」笑いながら、橋口も言った。

僕とクドウさんは、肩を並べて校門を出た。冬枯れの並木道を歩きながら、彼女は小さく舌を出した。

「付き合いが悪いわたしたち」

「島崎は怒りゃしないよ」

クドウさんが春の交流トーナメントを見学に行ったときのことを思い出しているのではないかと思って、僕は彼女の横顔を見た。白い頰を寒気で紅潮させて、クドウさんは笑顔を向けてきた。「あたし、将棋は嫌いじゃないけど、面白そうだとは思うけど、でも難しくってわかんないんだもの」

「サッカーのルールは簡単だよ。十七条しかないからね」

クドウさんは、あははと笑った。

春のトーナメントのころ、彼女が島崎と付き合っていたというか付き合おうとしていたということは、もう時効だ。そんな気楽な自信が、僕のなかに生まれつつあった。僕らのあいだには、もう問題は残されていない。

だからこそ、島崎が隠している何かについての疑惑はふくらむ一方だった。クドウさんと枯葉を踏んで歩きながら、その瞬間瞬間を楽しみながらも、僕は頭の一部分で、そのことを考えていた。


冬休みに入ってすぐに、計画を実行に移した。島崎のいないときを見計らい、将棋部の友達に頼んで、過去の記録を見せてもらったのだ。易《やさ》しいことだった。

対局の記録や記念写真は、一年分ずつ、きれいなアルバムに綴《と》じ込まれて保管されていた。「今度のトーナメントの記録じゃないんだね？　春のでいいんだね？」

「うん、そうなんだ」

アルバムをめくる手が、ちょっと震えた。手のひらに汗をかいた。

そして、僕は見つけた。

前回の交流トーナメントのあと、みんなで写したという記念写真のなかに、クドウさんがいた。新しいリボンをつけた優勝カップを抱えた島崎の、すぐうしろにいた。

そして、クドウさんのひとり置いて隣に、ピアスの彼女の笑顔があった。

彼女の顔。その写真。見覚えがあった。

信じられないけれど。信じたくないけれど。

これは、あのチラシに載せられていたものだ。クドウさんと並んで、「会社」の手先のテレホンクラブのチラシに。彼女たちに無断で、彼女たちを「商品」にするために。

前回の交流トーナメントの相手校は、地元の公立第四中学校だった。

ピアスの子を指して、名前を訊いてみた。友達は、参加者名簿を見て教えてくれた。

「葛西桂子《かさいけいこ》さんていうんだ。記録を見ると、一回戦で負けちゃってるね。でも、こうやってみると可愛いね」

「ピアス、してないか？」

友達は写真に顔をくっつけた。「耳のところに何かつけてるかな」

「記憶にない？」

笑って首をかしげながら、友達は言った。「鮮やかに覚えてるってほどじゃないね。だって四中ってさ、地元じゃいちばん荒れてる学校で、有名なんだよ。知らない？」

「サッカー部は、そうでもないみたいだから」

「ああ、そうか。不良が多いんだってさ。そのせいかどうか知らないけど、イジョーに校則が厳しくて、体罰とかもひどくてさ。なんか、しょっちゅうモメてるらしいぜ。実を言うと、このトーナメントのときも、オレら、ちょっと怖かったもんね。あとで聞いた話じゃ、四中の将棋部の顧問の先生が熱心な人でさ、ほかの部活で引き受けてくれない問題のある生徒をわざと集めちゃ、将棋を教えてるってことだったらしいんだけど、ホラ、髪を染めてる奴とか、いるだろ？　女の子がピアスしてても、そんなに珍しくないよ、四中じゃ」

ピアスの彼女について島崎が言っていたことと符合する。荒れている学校。トラブルのある学校。

「この写真、みんなに配るの？」

震えそうな声を抑えて、僕は友達に訊いた。彼はすぐ答えた。

「参加してくれた人、全員に配るよ」

「名前とか、住所とかは？」

彼は笑った。「名前は参加者名簿でわかるけどさ、住所は必要ないよ。学校宛てに送るから」

そうだよな……僕は思った。学校と名前さえわかれば、充分だよな。

こういうことだったのか。だから島崎はあんな顔をしていたのか。

交流トーナメントで撮られた写真を、森田亜紀子に渡すことができたのは誰だ？

そんなことをする必要があったのは誰だ？


その晩、僕は島崎に電話をかけた。会いにゆく勇気が出なくて。顔をあわせていなければ話せそうな気がして。

「葛西桂子さんに連絡したいんだ」

藪《やぶ》から棒に、僕がそう言うと、島崎は黙った。やがて、小さく訊いた。

「何を話すんだ？」

「交流トーナメントの写真を見たんだ」

数秒、間があいた。

「それで？」

それで？　それでどういうことか、オレに言わせたいのかよ。僕は怒鳴りそうになったけれど、自分を押さえて、言った。

「あのチラシの写真だったよ。彼女が自分で森田亜紀子に渡したわけがない。ほかの人物が渡したんだ。なぜそんなことをしたのか知りたい。事実を知りたい」

島崎は黙っている。彼の背後にテレビゲームの音が聞こえる。

「事実を知ってどうする？」と、島崎が訊いた。

「知るもんか。でも、知らないではいられないんだ。知らなくちゃいけないんだ」

嘆くように声をかすれさせ、島崎は言った。「知らなくちゃならないことなんかじゃないんだ。知らなくちゃいけないことなんか、ない」

どうしたの？　誰から？　島崎のオフクロさんの声がする。

「知ってたんだろ？」と、僕は言った。「知ってて黙ってたんだな」

チラシの上のピアスの女の子の顔写真を見た瞬間に、島崎にはすべてがわかったはずだ。あの写真を森田亜紀子に渡すことのできたのは、ひとりしかいないということがわかったはずだ。

だからあのとき、あんなふうに身を強《こわ》ばらせたのだ。考えてみれば、島崎の様子がおかしくなったのは、あの時からのことだった。

そうして今まで、僕の目から真相を隠してきたのだ。壁を立てて。僕の目をそらして。

「隠し事なんかして欲しくなかった。オレのために隠してたんだなんてこと、死んでも言ってほしくないね」

僕の言葉に、島崎は沈黙した。

「隠し通せると思ってたのも間違いだ。オレだってそれほどバカじゃないんだ。軽く見ないでほしいよ」

島崎は答えない。

「何とか言えよ」

やっと、島崎は何か言った。よく聞こえない。

「声が遠いよ」

すると島崎は、小さく笑った。ほかにどうしようもないから笑う——という感じで。

「軽くなんか見てないよ」

僕は受話器を握り締めた。島崎の首をねじあげているような気になっていた。

「嘘つけ」

「嘘じゃない。ただ、迷ってたんだ」

「迷ってた?」

「ああ。下手でも芝居を打った方がいいか、それともはっきりとおまえに頭を下げて、あの事件についても、ピアスの女の子についても、これ以上詮索《せんさく》しないでくれって頼んだ方がいいか。でも、どっちにしても結果は同じなんじゃないかとも思った。だからフラフラしてたんだ。オレも……」

声がちょっと、遠くなった。

「オレも、どうしたらいいのかわからなかったんだよ」

島崎が？　コイツが迷ってた？　どうしたらいいかわからなかっただって？

「今からじゃ、手遅れか？」まるで僕にうかがいをたてるかのような口調で、島崎はゆっくりと言った。「今から頼んでも、もう遅いか？　葛西桂子をそっとしておいてくれと」

声がますます遠くなる。気が付くと、受話器を握る手が下がって、耳から離れているのだった。

「手遅れなんだな」と、島崎は言った。「ごめんよ。済まなかった」

僕は泣けてきそうになった。島崎の声が、口調が、あまりにも傷ついて、疲れ果てていたから。

長い沈黙に、電話線のなかを木枯らしが吹き抜ける。もしもし？　もしもし？　誰かそこにいますか？

僕は目をつぶった。

「葛西桂子に会わせてくれ」

そして、島崎が何か言う前に、僕が初めて耳にしたあんな気弱な声で話しかけてくる前に、急いで続けた。そうしないと、くじけてしまいそうだったので。

「彼女を問いつめようとかいうわけじゃない。ただオレは——オレが知りたいのは——クドウさんのことなんだ」

なぜかと言ったら――

「森田亜紀子に葛西桂子の写真を渡したのは、クドウさんなんだからな。な、そうだろう？」

ゆっくりと、重荷をおろすように、島崎は答えた。「ああ、そうだよ」

僕の目に、重荷の消えた島崎の背中に、傷跡がいっぱい残っているのが見えた。

その重荷を、今度は僕が担ぐのだ。

「知らないふりをできないか？」遠くで島崎が訊いている。

僕は岐路に立っていた。でも、進む道はあまりにもはっきりしていた。そのことは、島崎もよくわかっているはずだった。

「できない」と、僕は言った。

島崎はちょっと声を呑《の》み、それから言った。

「工藤さんの気持ちも、考えてやれないか？」

「考えてはみる。でも、それは事実を全部知ってからのことだよ」

真相を、残さず。

葛西桂子さんと会ったのは、それから二日後のことだ。僕らの学校の近くの公立図書館の自転車置き場で。

「寒いけど、ここなら人気《ひとけ》がないから」

そう言う彼女の、鼻の頭は真っ赤だった。ピアスははずしていた。近づいてよく見ると、耳たぶに穴の跡があった。

「転校するからね」と、ちょっと笑って言った。「白河庭園で、畑山さんのお父さんのあの事件があったあと、いろいろ考えたの」

ピアスがなくても、彼女が勝ち気そうな美人であることに変わりはなかった。話し方もハキハキしていた。ちょっぴり生意気そうにも見えた。クドウさんとは正反対に。

洗い晒《ざら》しのジーンズにスニーカー、だぶだぶのセーターにダッフルコート。これで、あの写真のときのようなショートカットの髪だったら、美少女というよりは美少年のように見えるだろう。彼女は北風よりもきっぱりして、冬空よりもすっきりと澄んでいた。

「全部話していいの？」

葛西さんは、僕らからちょっと離れ、自転車置き場のブロックに腰掛けて、膝《ひざ》の上に両《りょう》肘《ひじ》をついている島崎を振り返った。

島崎が答える前に、僕は言った。「そうして欲しいんだ」

それでもまだ、葛西さんは島崎を見ている。彼はちょっと肩をすくめて、うなずいた。

「森田亜紀子さん——最初は、学校の帰り道で待ってたのよ」と、葛西さんは言った。

「あたしの従妹《いとこ》があなたの知り合いで、紹介されたって言ってね、あの写真を持ってた。

いいアルバイトがあるから、どうかって」

面食らったと、彼女は言った。

「とってもしつこくてね。少し——怖かった。あたし、悪いけど、亜紀子さんの従妹だっていう工藤さんのこと、覚えてなかったし」

「クドウさんも、君のことをはっきり覚えていて紹介したんじゃないと思う」

僕の気弱な言葉に、彼女はうなずいた。

「きっとそうでしょうね。工藤さんも、亜紀子さんが怖かったんでしょう。自分の方から目をそらすために、あたしを使ったんでしょう。仕方ないわよ。あたしはほら、不良みたく見えたしね。あたしなら大丈夫だと思ったんでしょう」

たぶん、そうだろう。でも、僕がこだわってしまうのもそこなのだ。

僕らが話をしているあいだ、島崎はずっと、目を他所《よそ》に向けていた。まるで、僕がこの場で手術でも受けていて、その場面を見るに忍びないとでもいうかのように。

「彼女のしたことを責めないであげてほしい」と、葛西さんは言った。「逆の立場だったら、あたしだって同じ事を——」

「そうかな」と、僕は彼女をさえぎった。「本当にそうかな。君も同じことをしたかな?」

彼女は黙った。乾いたくちびるを噛《か》んだ。

「そんなこと、話したって無駄だ」と、島崎がぼそっと言った。

「そうね」葛西さんは言って、ダッフルコートの襟をかきあわせた。「でもとにかく、あたしは畑山さんに助けられた。あの人が連絡してきてくれなかったら、すごく面倒なことになってたと思う」

北風にかじかんだ手で、僕は額を押さえた。

「それで君は、彼と親しくなった」

「うん、いい人だったわ。『会社』なんかにかかわり合いを持たなければ、きっといい鍼《しん》灸《きゅう》の先生になってたと思う。あの人がどうして鍼灸に興味を持ったか、知ってる？　お母さんがひどい肩こりで悩んでたんだって。鍼《はり》が効くんだけどねって、いつも言ってたんだって。だけどお金がかかるからって。彼、それを覚えてて……」

優しい人だったと、葛西さんは呟《つぶや》いた。

「森田亜紀子を殺してしまったあと、畑山は君に連絡してきたんだね？」

「ううん、違う」葛西桂子は首を振った。

「じゃ、親父さんの方が？」

「違うわ、そうじゃない」と、葛西さんは言った。「あたしあのとき、白河庭園にいたの」

僕は目をあげた。島崎も彼女を見た。

「亜紀子さんが殺されたとき、あの場にいたのよ」

僕は半歩、うしろに退いた。停めてある自転車にぶつかってしまった。

「そのことは誰にも言わないようにって、畑山さんにも、畑山さんのお父さんにも言われてた。あたしは無関係だってことにしろって。けど……」

葛西さんは島崎を振り返る。

「『パラダイス』のチラシを見て、島崎君があたしを訪ねてきて、『もしかして、君は殺人の現場に居合わせたんじゃないか』って訊いたの。あたしびっくりした。どうしてわかったのかって、ホントに心臓が喉《のど》から飛び出しそうな気がしたわ」

島崎はブロックに座ったたまま、ため息をついた。白く凍った息だった。僕は彼に近づいた。

「最初っから、あの現場にはもうひとり、別の人物がいたんじゃないかとは思ってたんだ」と、島崎は言った。

僕はふっと思い出した。そう……覆面パトカーで送ってもらったとき、島崎が呟いた言葉。誰かいたんじゃないのかな、と。

「どうしてそんなふうに考えたんだ？」

「思い出してみろよ。あのとき、おまえはどうして、倒れているのがクドウさんだと早合点したんだ？」

「そりゃ……倒れているのを見たからさ」

島崎は首を振った。「違う、そうじゃないよ。最初は、人の声を聞いたんだろ？」

記憶をたぐってみる――あの夜――白河庭園の入口を入って――

そうだ……そうだった。「中学生ぐらいの女の子が倒れてる」という叫び声を、僕は耳にしたのだった。それで心臓がでんぐり返ったのだ。

「でも、おまえが現場に行ってみると、倒れていたのは亜紀子だった」と、島崎は言った。「そこでおまえが勘違いするのは、わかるよ。動転して、思いこんでるからな。でも、最初に叫び声をあげた人はどうだろう？　赤いミニスカート姿で倒れている亜紀子。彼女はどう見たって中学生には見えないよ。いくら若々しい肌で、可愛らしい顔をしてたって、服装が違う」

言われてみれば、そのとおりだ。

「『若い女の子』とか、『女の人』とかいう表現なら、まだわかる。でも、最初に叫び声をあげた人は、はっきりと『中学生ぐらいの女の子』と言ってる。いったいどこから『中学生』という言葉が出てきたんだ？　で、オレは考えた。その叫び声をあげた人が見たのは、亜紀子じゃなかったんじゃないかってね。亜紀子が倒れているすぐ近くに、彼女が倒れる直前に、本当に一見して中学生とわかるような服装をした女の子が倒れていたからこそ、最初に叫び声をあげた人は、『中学生ぐらいの女の子』と言ったんじゃないか、と」

あの夜、灯籠《とうろう》のない場所は、秋の夜の闇に占められていた。緑濃い夜の庭園で、どのくらい感覚が狂うものか、僕はつい最近実感したばかりだ。島崎の言うとおりの見間違いがあったとしても、おかしくない。

納得がいくと、僕も思った。

「以来、その第三者が誰だったかということが、ずっと気になってた。森田亜紀子の仲間か、畑山稔の仲間か――いずれにしろ、中学生ぐらいの女の子であることに間違いはない」

僕は島崎に言った。「オレ、おまえが『パラダイス』のチラシを見たとき、ひっぱたかれたみたいな顔をしたのをよく覚えてるよ。いったいどうしたんだろうって思った」

島崎は苦笑した。「芝居が下手だったな」

「無理ないさ。二重のビックリだもんな。自分の知り合いの写真が載ってるということへの驚きと、そんな写真を提供することのできる人物はクドウさんしかいないという事実に対する驚きと、さ。しかもそのうえに、白河庭園の第三の人物は、この葛西さんだったんじゃないかという可能性も出てきた」

「あたしに会いに来てくれたとき、島崎君、顔がひきつってた」と、葛西さんが言った。「それであたし、全部打ち明ける決心がついたの。すぐに畑山さんのお父さんにも紹介して、ね」

僕と島崎と伊達さんが、田村警部さんの口から、森田亜紀子が『会社』で果たしていた役割について聞かされたのは、チラシの一件の後のことだ。あのとき、興奮して泣き出してしまった伊達さんや、ショックで呆然《ぼうぜん》とした僕と比べて、島崎は落ち着いていた。あのときは気にもとめなかったけれど、今考えてみれば、当時の島崎は、すでに、葛西さんの口からあのあたりの事情はすべて聞いていて、承知していたのだ。だから落ち着いていられたのだろう。

「あの晩、どうして君があそこにいたの？」

実に簡単な言葉の羅列だ。英訳してみろと言われても、それほど苦労しないだろう。けれど、内容としては、これこそ核心をつく質問なのだった。

葛西さんは、島崎のそばに行き、彼と並んでブロックに腰をおろした。

「呼び出されたの」

「誰に？」

「亜紀子さんに」

「何のために君を……」

「そのときはわからなかった。でも、呼び出されたことを畑山さんに知らせたら、あの人はすぐに言ったわ」

――その日は、白河庭園で虫聞きの会があるんだ。工藤家の人たちもやって来る。亜紀子は工藤久実子さんに君を引き合わせて、彼女が紹介した女の子が手元にいることを見せて、久実子さんに脅しをかけようと考えてるんだよ。

僕は島崎の顔を見た。彼は自転車置き場のコンクリートの地面に目を据えていた。

「畑山の考えは、当たっていたと思う」と、低く言った。「まさにそのために、亜紀子はあの夜の白河庭園を選んだんだ」

ホラ、あんたの身代わりの女の子がここにいるわよ。あんたがあたしに「売った」子よ。これがどういうことだかわかる？　あんた、大変なことをやったのよ。こんなことがバレたらどうなると思う？

目の中に勝ち誇ったような光をたたえ、無数の灯籠を背負って夜の庭園に立つ森田亜紀子。そんな亜紀子に出会ったとしたら、クドウさんはどうしたろう？　今さらのように、自分のしたことの恐ろしさを、事態が抜き差しならないものになってきていることを悟って、その場に凍り付いてしまったろうか。何も知らない両親と、祖父母といっしょの、本来なら楽しく美しいだけのはずの灯籠の夜に。

「実際には、アクシデントがあって、クドウさんは白河庭園には行かなかったんだけどね」と、島崎が言う。「亜紀子の腹積もりとしては、そういうことだったのさ」

畑山からそれを聞かされた葛西さんは震え上がった。

「どっちみちあたしは、畑山さんに言われなくても、亜紀子さんの言いなりになって出かけてゆくつもりなんかなかった。でもね、畑山さんは、俺は行く、行って、亜紀子が工藤家の人たちと顔を合わせるまえに、引きずってでも連れ帰るって言ったの」

「それで、畑山のことが心配になって、君はあの夜、白河庭園に行ったんだね？」

　こっくりと、葛西さんはうなずいた。

「とっても混んでいて、畑山さんたちに会えないんじゃないかと心配したわ。でも、やっとあの植え込みのところにいるのを見つけて、近づいて行ったの」

　ふたりは、人目のない植え込みの陰に入り込んで、言い争いをしていた。さすがに声は抑えていたが、畑山はひどく興奮していて、亜紀子の腕を押さえていた。亜紀子はそれを振り払おうと抵抗していた。

「あたしの顔を見ると、亜紀子さん、もっと逆上して」

　葛西さんは、あの夜の記憶から身を守ろうとするかのように、肩をすぼめて小さくなった。

「何よあんたたち、まだつるんでたのって、甲高い声を出したわ。そして畑山さんに向かって――」

　――こんなガキを相手にして、あんたヘンタイじゃないの？　いい加減に目を覚ましなさいよ。

「あんな汚い言葉、聞いたことなかった」と、葛西さんは言った。「その瞬間にあたし、それまで我慢してたモロモロのことがいっぺんに吹き出してしまって、それで思わず口走っちゃったの。畑山さんには厳重に口止めされてたのに」

葛西さんは両手で顔を覆った。

「何を口走ったのさ？」

僕の質問に、島崎が答えた。「畑山が、『会社』をつぶす目的で、こっそりと顧客リストを盗み出して持っているということを、さ」

そうだったのか——僕は、視界が開けたように感じた。

葛西さんは手をおろした。目が赤くなっていた。「言わずにいられなかったの。あんたなんか何よ、偉そうにしていられるのも今のうちなんだからって。そしたら亜紀子さん、まっ青になってあたしに飛びかかってきたわ」

亜紀子はいきなり、葛西さんに平手打ちをくわした。

「あたし、ふっ飛ばされちゃった。地面に倒れて、頭を打って、そこで気を失ってしまったみたいなの」

それでも、彼女が気を失っていたのは、ほんの二、三分ぐらいのあいだのことだったらしい。気がつくと、あたりで人の声がしていた。騒ぎになってる。彼女は急いで起きあがった。すると、二メートルほど先に畑山が突っ立っていた。

「右手にアイスピックを持ってた」と、平たい声で、葛西さんが続けた。「彼がそんなものを持ってたなんて、そのときまでは全然知らなかった」

「アイスピックか……」

そして、畑山の足元の植え込みの陰に、亜紀子がうつ伏せに倒れていた。

「畑山さん、殺しちゃったって、今にも泣き出しそうな顔で言ったわ」

葛西さんの整った顔立ちが歪《ゆが》んだ。まるで、あの夜の畑山が乗り移ったかのように。

「リストのことを、『会社』の幹部に言いつけてやるって言って、逃げだそうとしたんですって。それで思わず……思わず……」

逃げる亜紀子の後ろ首に、アイスピックを。「脅しに使うつもりで、持ってきたんだって言ってた」と、葛西さんは言った。「どんなことをしても、亜紀子が工藤家の人たちと顔を合わせる前に連れ帰らなきゃならなかったから。だけど、殺すつもりなんかなかったって」

畑山は突っ立ったまま、倒れている亜紀子に向かって、涙声で繰り返し繰り返し呟《つぶや》いていたそうだ。なあ、だから俺言ったじゃないか、わかってくれって、もうよそうって、何度も何度も言ったじゃないか、と。

「今度はあたしが畑山さんをつかまえて揺さぶって、正気に戻してあげなくちゃならなかった」と、葛西さんは言った。

そしてふたりは、亜紀子の死体を目撃した人々――いやそれ以前の、気絶していたときの葛西さんを見た人々の引き起こした騒ぎにまぎれて、白河庭園を脱出したのだ。

「そのアイスピックはどうしたの？」

「逃げる途中で、川に捨てたわ。どの辺だったか、夢中だったからよく覚えてない」

凶器がいまだに発見されていないことを、僕は思い出した。

「畑山さんはあたしを家まで送ってくれて、自分はアパートに帰った。翌日電話をかけてきて、こう言ったの。警察が亜紀子の身元を調べれば、必ず『会社』にたどりつく。これが『会社』をぶっつぶす、絶好のチャンスだって、興奮してた。あたし、自首を勧めてみたんだけど、今はまだできないって言われちゃった。うかつに自首すると、ただの別れ話のもつれとかで殺したみたいに見えちゃう。警察がもっとよく『会社』のことを調べてくれるのを待って自首したいんだって。あたしには、もう関わるなよって、心配するなって。君のことは誰にも、警察にも言わないからって」

けれども、『会社』も甘くはなかった。その後の展開を見れば、それは容易に想像がつく。

「亜紀子さんが殺されたことを知った『会社』は、すぐに畑山さんを疑った――もちろん、警察より早くね。畑山さんが『会社』から抜けたがっていること、そのことで亜紀子さんとのあいだがギクシャクしていることを、『会社』は当然、知ってたわけだし。で、彼の後を追いかけ始めて……」

畑山がいつごろ『会社』に捕らえられたのか、正確なところは、葛西さんも知らなかった。が、彼からの連絡が途絶えたのは、彼の遺体の発見される四、五日前のことだという。

「顧客リストは、最初から畑山の親父さんが預かってたんだろ？」と、僕は訊いた。

「うん、そうよ」

「そんなら、親父さんはなぜ、いや、君もなぜ、それをすぐに警察に届けなかったんだい？」

葛西さんを制して、島崎が言った。「親父さんとしちゃ、リストが『保険』のつもりだったんだよ」

「保険？」

「ああ。それを持ってる限り、たとえ『会社』が畑山を捕まえても、殺すことはできないだろうと考えたんだ。連中だって、リストの在処《ありか》を白状させないうちは、畑山を殺せないだろうと、ね。しかも、そうやって時間を稼いでいるうちに、『会社』は摘発をくらった。なのに、リストのことは一切報道されない。こりゃ、リストは摘発から漏れたんだと、親父さんは考えた。で、ますます大事に抱え込むようになったというわけだ」

島崎は頭を振った。「だけど親父さんも、畑山も甘かった。いったん捕まっちまったら、そんな駆け引きなんか通じるもんか」

痛めつけられ、吐かされてしまったということか？

「だけど、畑山の遺体はきれいで、外傷はなかったって……」

「痕《あと》が残らないように痛めつける方法なんか、いくらでもあるさ」

島崎はブロックから腰をあげ、膝《ひざ》を曲げたり伸ばしたりした。寒そうに見えた。

「それからあとのことは、おまえも知ってる通りだ」と言って、僕を見た。「葛西さんを通して、オレも畑山の親父さんとつながりができた。あの大立ち回りを手伝ったのも、そういう成りゆきだよ。もっとも、親父さんは、オレにも彼女にも、危ないから関わるなって言ったけどね。でも、親父さんひとりじゃ、もっと危なくて放っておけなかったんだ」

島崎が、行方不明の謎の時期に何をしていたのか、やっとわかった。

「ちょっとは、すっきりしたかい？」

僕を見つめて、島崎は訊いた。

「これからどうする？」

僕は返事をすることができなかった。かろうじて、言った。

「このことは、誰にも言わないよ。永遠の秘密だ。誓って、他言しない。田村警部さんにも、カナグリさんにも」

コンクリートの上を吹き抜けてくる風の音にまぎれてしまいそうな小さな声で、葛西さんが言った。「ありがとう」

「おまえはどうするって訊いたんだ」

僕は顔をうつむけたまま、踵《きびす》を返した。自転車置き場の出口に向かうと、まともに北風が顔を叩《たた》いた。

何も言わないまま、ふたりと別れた。振り向かなかったけれど、図書館の建物の角を曲がるとき、葛西さんが途中まで追いかけてきて、路上に立っているのが、目の隅に映った。

「言ってることがわからない」と、クドウさんは言った。「緒方くん、あたしのこと責めてるの？」

図書館の自転車置き場での会見から、丸三日後のことだ。僕は受話器を握っていた。その向こうにクドウさんがいた。

やっぱり、彼女と話し合わずにはいられなかった。電話をかけたときには、あくまで「話し合う」つもりだった。

だけど、これを話し合いと言えるのだろうか？

「責めてはいないよ」

できるだけゆっくりと、調子を抑えて、僕は言った。これで何度目だろう？　責めてるわけじゃないと言うのは。

「俺は、どういうことだったのか――君が何を考えていたのかを訊きたいだけなんだよ」

「だから言ってるじゃない」クドウさんの声が震えている。「亜紀子ねえちゃんにつきまとわれて、あたし怖かったの」

「そう、怖かったんだね……」

「あたしをスカウトできないと、困るんだって。あたしが駄目なら、ほかの友達を紹介しろって。本当にしつこくて、あたし泣きたくなって……友達をそんな目にあわせることはできないし」

だけど知らない女の子ならよかった？　不良っぽい子ならよかった？　葛西桂子のような。

口に出さない僕の問いを、クドウさんは感じとったようだった。早口に、こう言った。

「葛西さんて子が普通の子じゃないからって、思ったわけじゃないわ」

だけれど、その抗弁が、何よりも雄弁に、彼女の本音を語っていた。言葉はなんて意地悪なものだろう。なんてすけすけなものだろう。

ふと、僕の心の底のいちばん意地悪な部分が囁《ささや》きかけてきた。島崎が、春の交流トーナメントのあと、クドウさんとの付き合いを浅くしていったのは、このせいか？　彼女のなかにある、本当にいい子の優等生の部分が、そうでないものに対して、それが必要ならば思い切って残酷になれることを、島崎は見抜いたのだろうか？　クドウさんの、葛西桂子や、四中の生徒たちに対する態度を見ていて？

そうだったかもしれない。だけど、そんなの当たり前じゃないか。誰だって、不良は嫌いだ。

でも――僕のなかの、別の部分が声をあげる――嫌うことと、彼らを「売る」こととは違うだろう、と。

事実、島崎は、葛西さんの顔を「パラダイス」のチラシのなかに発見するまでは、親身になってクドウさんのことを考えていたのだ。彼女の心を傷つけるような噂や中傷と戦い、彼女の気分を引き立て、彼女を守ることを考えていた。

そう、あのときまでは、チラシを見るまでは、島崎もクドウさんを好いていたのだ。春のトーナメントのあと、島崎とクドウさんのあいだがなんとなく遠くなったことに、たいそうな理由などなかったのかもしれない。単に島崎が先を急がなかっただけ。あるいは、クドウさんに熱をあげている僕のことを考えてくれただけ。あるいは島崎が、やっぱり、クドウさんみたいなタイプの子よりも、伊達さんみたいなタイプの方が、ガールフレンドとしては気楽に付き合えると感じたというだけ。

単に、島崎が、僕ほどクドウさんに熱をあげていなかったというだけのことだったのかもしれない。

そうだ、そこが僕と島崎の、もっとも大きな違いなのだ。厳然たる違いなのだ。

僕はクドウさんが大好きだった。

「あの子――葛西さんだったっけ。だけど、そんなに怖い思いをするとは思わなかったの」と、クドウさんは続ける。

僕は目を閉じる。もういいよ。もう言わないで。

「あたしとかと違って……大人に見えたし」

大人に。便利な言葉だ。そのとき、君のまわりには、相談するべき本当の大人がいたはずなのに。君はその人たちに打ち明けずに、その人たちの心をわずらわさないことを選んだ。

それは思いやりか？　そうだろう。効果が限定された、選ばれた人たちに対しての思いやり、部外者は立入禁止。

「写真は見せたけど——四中の子だってことも言ったけど、まさか本当にお姉ちゃんが訪ねていくなんて思わなかったの」

クドウさんは言っている。思わなかったんだろう。そうだろう。

「いけないことだとは思ったけど、どうしようもなかったの」涙声になった。

「怖かったんだもの。お母さんや伯母《おば》さんには言えないし。言ったら、みんなが心配するし、伯母さんとお母さんのあいだがおかしくなっちゃうし……」

きっとこうなるだろうと思ってた。でも僕には、クドウさんの泣き顔を目の当たりにする勇気がなかった。だから、彼女の家の前のコンビニから電話をかけていた。

クドウさんは目と鼻の先にいる。あの窓の向こうに。泣いている。慰めることは簡単だけど、僕にはできそうにない。慰めの道の前に、頑固な壁が立ってしまっている。

「そんなことをしたら、かえって危ないってこと、考えなかったの？」

「どうして？」泣きながら、クドウさんが訊く。「どうしてよ？」

頭のなかに、色つきの感情が渦巻いた。どぎつい色の。

「写真を渡したとき、君は亜紀子さんに、あの葛西さんて女の子を売ったんだよ」

クドウさんが息を呑《の》む気配がした。「売っただなんて……ひどい」

でも、事実はそうなのだ。ひいてはそれが殺人にまで結びついたのだ。

畑山稔が、直接連絡してまで葛西桂子を助けようとしたのは、彼女が、亜紀子の従妹《いとこ》であるクドウさんの「紹介」で捕らえられた女の子であったからだろう。それがどういう意味を持つのか、畑山にはよくわかっていたのだ。

「会社」のなかに葛西桂子を巻き込むことは、そのままクドウさんを巻き込むことにつながる。亜紀子がクドウさんの弱みを握ったことになるからだ。現に、亜紀子はそう考えていた。だからこそあの夜、クドウさん一家が来るとわかっている白河庭園に、葛西さんを連れていこうとしたのだから。

亜紀子のなかで、ほかの誰よりも具体的な憎しみの対象として存在していたクドウさん。

亜紀子が、何をおいてもおとしめて引きずりおろしてやりたいと思っていたクドウさん。

ふっと僕は、魔がさしたみたいに、恐ろしい可能性について思った。

亜紀子がそこまでクドウさんを憎んだのは、クドウさんの側に、亜紀子の負の感情を駆り立てる要素があったからじゃないのか。

いつも見下されている人間は、どんなふうになるか。いつもさげすまれていると、どんなふうになるか。

「葛西さんを紹介したことをネタに、亜紀子さんに迫ってこられたら、どうするつもりだったんだい？」

実際に、そうだったじゃないか。写真だって勝手に使われていた。亜紀子から逃げたことにはならなかった。

「いや、それ以前に、もっと根本的に、葛西さんがどれだけ困るか、ひょっとしたら、彼女がとんでもないことに巻き込まれるかもしれないことを、どうして考えなかったのさ？」

どうして、葛西さんを「売る」ことができたんだ。ただその場の、一時のがれのために、他人をトラブルに引き込むことができたんだ。

そうやって言い募りながら、僕は不意に、でもはっきりと悟った。

ほかのどんなことよりも、何よりも僕の心がこだわるのは、クドウさんがそれらの事を、僕にも、島崎にも、伊達さんにも、黙っていたということだ。隠していたということだ。知らん顔をしていたということだ。

僕と海を見ているときにも。ボブの店にいるときにも。枯葉の散歩道を歩いているときにも。黙っていた。隠していた。知らん顔を通していた。

亜紀子につきまとわれていたことについて、最初は僕らに黙っていた。そのことについては、クドウさんは僕らにあやまった。こっちが慰めたくなるくらいにうちしおれてあやまった。

それは自分のことだったから。つき通すことのできない嘘だったから。

でも、葛西さんを「売った」ことに関しては、そうじゃなかった。クドウさんはそれを黙っていた。ちらりとのぞかせることさえせず、封じ込めていた。そんなことなど、まるっきりなかったかのように。

そうだ。恐ろしいのは、彼女がそのことを忘れてさえいたかもしれないということだ。大したことじゃない、と。あたしには関係のないことだ、と。

「どうして黙っていたんだい？」と、僕は訊いた。

クドウさんは答えなかった。かわりに、こう訊いた。

「ねえ、どうしてわかったの？　あたしがあの写真を亜紀子ねえちゃんに渡したってこと、どうして緒方くんが知ってるの？」

僕はくちびるを結び、答えなかった。

「ひどいわ……きっと島崎くんね？　彼しかいないもの。あの写真をくれたのは彼なんだし……」

どうしよう――クドウさんは声をたてて泣き出した。

「警察に知られたら、あたしどうしたらいい?」

クドウさんの泣き声を聞きながら、僕は彼女の家の窓に背中を向けた。コンビニの自動ドアに、自分の顔が映っているのが見えた。あの夜の——葛西桂子さんを見送ったあとの島崎と同じくらい険しい、暗い顔がそこにあった。

「あたし、怖かった。怖かっただけなの」

クドウさんはもう、それしか言わなかった。どうしようもなくなって、僕は電話を切った。

なぜだ、なぜだ、なぜだ——

そうだろうね、怖かったんだよね、もう気にしなくていいよ——どうして、そう言ってあげることができないんだろう? なぜ笑ってあげられないんだろう? 辛《つら》かったろうね、亜紀子は悪い奴だったね、みんなあいつのせいだよ——そう言って、すべてを終わらせてしまえばいいのに。

どうしてそれができないんだろう。

僕はコンビニから立ち去った。角を曲がるときに、クドウさんの家を振り返ってみた。窓は閉まっていた。レースのカーテンが揺れることもなく、人影も映ってはいない。

終わったんだと、僕は思った。

マダム・アクアリウムとの約束。

いつかきっと、僕はマダムの店に、僕の大事な女の子を連れて行く。するとマダムは、彼女の指にあわせて、この世にふたつと存在しない、美しい黒真珠の指輪をつくってくれる。

遠い、遠い未来の約束だ。

家への長い帰り道、僕はそのことだけを考えていた。無理矢理考えていた。耳元で木枯らしの叫びを聞きながら。向こう臑《ずね》にぴしゃりとへばりついては、また強風にさらわれて冬のただなかに放り出されて行く枯葉の色を見ながら。

マンションのエントランスのところまで帰ってきたとき、入口の両開きに、島崎が寄りかかっているのが見えた。僕は足を止めた。

島崎は、コートの襟元に顎《あご》を埋めて、ちょっと目を細めて僕を見た。

「そんなところで何してるんだよ？」と、僕は訊いた。

島崎はゆっくりと身体を起こした。だいぶ長いことそこにいたのだろう。顔色が、今日の空の雲のような灰色になっている。

「大晦日《おおみそか》だからさ」と、彼は言った。「年末の挨拶《あいさつ》に、さ」

僕らは、二メートルくらいの距離を隔て、黙りこくって、バカみたいに突っ立っていた。

島崎が、つと空を見あげて、言った。

「今夜は、雪になるらしいぜ」

僕はすでに吹雪のまっただなかにいる気分だったから、現実の天気なんかどうでもよかった。それなのに、つられたみたいにして空を仰いだ。厚い雲に閉ざされて、すっかり天井の低くなった冬の空を。今の僕の心のように、奥行きも高さもなくなった空を。

風が目にしみて、少し、涙が出た。風のせいで、涙が出た。

「凍っちまう前に、家に入ろうよ」と、僕は言った。

僕が先にたってホールへ入っていっても、島崎はドアのところに突っ立ったままだった。僕がじっと見つめると、ちょっと腕をあげ、分厚いコートの長い袖《そで》から指先をのぞかせて、軽く振った。「挨拶だけできればよかったからさ」

そうして、僕に背中を向けた。歩き出し、遠ざかってゆく。

彼の姿が角を曲がって消える前に、僕は声をかけた。

「島崎――」

僕の言葉は白い霞《かすみ》のようになって島崎の方へと漂ってゆく。島崎は振り向いた。

「また、来年な」

島崎は肩越しに振り向いたまま、凍ってしまったみたいにじっとしていた。が、僕に負けないくらい白い息を吐いて、言った。

「また来年な」

そうやって、その年の僕らは別れた。その年と別れた。古い年、もうなくなってしまった年と。

マダム・アクアリウムとの約束。冬のあいだ、胸がちりちりするときは、僕はそのことを考えた。いつかその日がくるときのことを。そうしているうちに、あるときふっと心が軽くなって、マダムが、僕が留守番電話に残したメッセージを聞いたときの様子を、想像してみることができた。

——坊や。

マダムは懐かしんでくれたろう。

——電話をくれたのは嬉《うれ》しいわ。

マダムは窓ごしに、青灰色の寒気に満たされた街の景色を見やったことだろう。そしてわずかに微笑しただろう。

——でもね、まだまだよ。春が来るのは、もっともっとずっと先のこと。

そう。春はまだ、遠い先のことだ。

解説

濤岡寿子

本作は中学一年生の緒方雅男の一家が五億円遺贈騒動に巻き込まれた『今夜は眠れない』の続編です。五億円騒動があったのは夏。それから少し経って今度のお話『夢にも思わない』は、東京の下町深川の白河庭園で秋に行われる風流な虫聞きの会に始まります。

雅男は、自分の思い人のクドウさんが虫聞きの会に行くと聞いて、庭園でばったり会えるように目論《もくろ》んで出かけます。そう、夏の間は家族がばらばらになるほどのずいぶんな騒動を体験した雅男でしたが、中学生の男の子らしく彼にも気になる女の子がいたのです。ところが雅男が庭園の入り口まで行くと中学生の女の子が庭園の中で倒れていると騒ぎが聞こえます。クドウさんのことで頭がいっぱいの雅男は、慌てて騒ぎの下に駆けつけると、そこにはクドウさんらしき女の子が倒れていて……。

白河庭園で起きた殺人事件は、捜査の過程で会社組織《カンパニー》による少女たちの売春（最近は大人側の責任が重視されて「買春」という言葉が使われるようになっていますが）というショッキングな事実につながっていきます。この事件に巻き込まれた雅男は親友の島崎と一緒に事件解決のために田村警部に内緒で捜査に乗り出します。

物語冒頭で最近の下町は治安が悪いというイメージが一人歩きしていることを雅男は嘆きますが、島崎は子供の頃にあった深川通り魔殺人の印象のせいでそのイメージがついてしまったのだろうと言います。深川で起きたこの事件は、細かに分析をすればその土地ならではの発生理由も見つけられるかもしれません。けれども「深川だから」起きたという決定的な理由があるわけでもないのにもかかわらず、それ以降起きた事件は下町は治安が悪いという印象を増幅させることになりました。

例えば世田谷という地名が世田谷一家殺人事件の頭に冠されても、それは閑静な住宅地で起きた悲劇と読みとられます。深川にしても世田谷にしても、人の死という事件の重みには変わりはありませんが、それに接する人の読みとり方で、事件の見え方が変わってしまうのです。そのあり方は、本書では白河庭園で起きた殺人事件以降に、クドウさんは昔と何ひとつ変わらぬ「いい子」であっても、事件のファクターを通して「行いの芳しくない子」として見られるようになることを引き起こしました。

宮部みゆきはこれまでの作品でも見え方を操作することでマスコミを翻弄《ほんろう》し、劇場型犯罪を行う人物や、事実の読み替えをすることで噂を発生させる人々を登場させてきました。ある事柄がどのように見えるか、ということを重視する描写は登場人物にも向けられます。

会社に属していた亜紀子の姿は、週刊誌に興味本位で書かれる褒められたものではない過去だけでなく、家族の愛情に恵まれなかった不幸な生い立ちなど、さまざまな角度から雅男の目を通して語られます。そして雅男は彼女の不幸な過去を理解しながらも、田村警部が彼女を呼び捨てにすること、つまり犯罪者に類するような扱いをすることを了承します。

ここでふと思うのです。雅男は亜紀子を糾弾しますが、彼女個人についてではなく「悪」一般について糾弾しているのではないかと。宮部みゆきの作品は扱っている題材は気持ちが重くなるような陰惨なものがありますが、それほど後味が悪くないのは、事件を起こした個人を責め立てることがなく個人の手から放たれてしまった「悪」に抱く漠然とした不安について重点が置かれているからでしょう。思いも掛けない、なぜそれが起きたのか理解のできない事件が起こる現在において、理解できないものをそのまま描かれる方がリアルであり、読者としてはそれを欲しているのかもしれません。

事件は自然発生で起こるのではなく必ずそれに関わる人物がいます。それを起こした人物に近づき事情を知ると、その人物にはそれなりの理由が見いだせます。その理由が、不幸な生い立ちがあったとか、自分の居場所を見つけるためにそうせざるを得なかったとか「納得できる」「理解できる」ものであると、その人物個人だけの責任ではなく、社会に還元されてしまい、個人の描写はある意味、起こした犯罪の免罪符になります。

宮部みゆきはインタビューで『模倣犯』の登場人物について次のように発言しています。

もう一人の、性的にもはっきりしない「ピース」という男のほうが書きやすかった。彼の「狂い様」というのは、創作する人が持っている「狂い様」でもあると思うので。（中略）だけど、もう一人の人間像のほうはとっても書きにくくて、出来るだけそういうことはしたくなかったんですけど、やはり親子関係が歪《ゆが》んでいたというところに根っこを持っていかざるを得なくなってしまった。（『まるごと宮部みゆき』朝日新聞社文芸編集部編　朝日新聞社）

犯罪を犯す人間の描写の仕方として、「ピース」という概念としての悪を体現した人物を書く方法と、普通の人が（これは『模倣犯』では結局トラウマを背負わせてしまうことになりましたが）犯す等身大の犯罪とのふたつの方法があります。『模倣犯』では悪にこのふたつの人格を持たせるという書き方をし、個人の手から放たれた概念としての「悪」は理解できない分からない「怪物」として作家の想像力で書ききられました。

【注意】ここから作品の展開について触れますので、未読の方は「＊」で括《くく》った部分を飛ばして読んでください。

＊

それでは普通の人についてはどうでしょう。もちろん『模倣犯』の彼も見逃せませんが、それとともに本作の普通の女の子クドウさんも忘れてはなりません。大人しくて目立たないいい子のクドウさんはかわいいという特典付きではありますが普通の女の子の一人で、亜紀子のような三面記事的な過去とトラウマを持っていませんが、それでも小さな罪を犯してしまいます。「小さな罪」が結果的には大きな事件になっていったから重要という意味ではなく、あくまでも普通の人が平和な日常の中で犯してしまう小さな罪であることを書き、免罪符を与えなかったことに、この作品の重みがあります。

＊

大好きな女の子の家の前の公衆電話まで行って電話をかけたり、夜の自転車追跡をしたりする、いじらしいくらいに爽《さわ》やかな中学生雅男の青春模様に添えられた少し苦い結末は、それでもいつか『今夜は眠れない』で出会ったマダム・アクアリウムに名刺を携えて再会する日が来るであろうことを、予感させてくれます。

本書は、一九九九年五月に中公文庫として刊行されました。

夢《ゆめ》にも思《おも》わない

宮部《みやべ》みゆき

角川文庫　12713

平成十四年十一月二十五日　初版発行

発行者――福田峰夫

発行所――株式会社角川書店

東京都千代田区富士見二―十三―三

電話　編集(〇三)三二三八―八五五五

営業(〇三)三二三八―八五二一

〒一〇二―八一七七

振替〇〇一三〇―九―一九五二〇八

印刷所――旭印刷　製本所――コオトブックライン

装幀者――杉浦康平

落丁・乱丁本はご面倒でも小社受注センター読者係にお送りください。送料は小社負担でお取り替えいたします。

定価はカバーに明記してあります。

み 28-3　ISBN4-04-361102-1　C0193

角川文庫発刊に際して

角川源義

第二次世界大戦の敗北は、軍事力の敗北であった以上に、私たちの若い文化力の敗退であった。私たちの文化が戦争に対して如何に無力であり、単なるあだ花に過ぎなかったかを、私たちは身を以て体験し痛感した。西洋近代文化の摂取にとって、明治以後八十年の歳月は決して短かすぎたとは言えない。にもかかわらず、近代文化の伝統を確立し、自由な批判と柔軟な良識に富む文化層として自らを形成することに私たちは失敗して来た。そしてこれは、各層への文化の普及滲透を任務とする出版人の責任でもあった。

一九四五年以来、私たちは再び振出しに戻り、第一歩から踏み出すことを余儀なくされた。これは大きな不幸ではあるが、反面、これまでの混沌・未熟・歪曲の中にあった我が国の文化に秩序と確たる基礎を齎らすためには絶好の機会でもある。角川書店は、このような祖国の文化的危機にあたり、微力をも顧みず再建の礎石たるべき抱負と決意とをもって出発したが、ここに創立以来の念願を果すべく角川文庫を発刊する。これまで刊行されたあらゆる全集叢書文庫類の長所と短所とを検討し、古今東西の不朽の典籍を、良心的編集のもとに、廉価に、そして書架にふさわしい美本として、多くのひとびとに提供しようとする。しかし私たちは徒らに百科全書的な知識のジレッタントを作ることを目的とせず、あくまで祖国の文化に秩序と再建への道を示し、この文庫を角川書店の栄ある事業として、今後永久に継続発展せしめ、学芸と教養との殿堂として大成せんことを期したい。多くの読書子の愛情ある忠言と支持とによって、この希望と抱負とを完遂せしめられんことを願う。

一九四九年五月三日

角川文庫ベストセラー

今夜は眠れない　宮部みゆき

伝説の相場師が、なぜか母さんに5億円の遺産を残したことから、一家はばらばらに。僕は親友の島崎と真相究明に乗り出した！

大極宮　大沢在昌　京極夏彦　宮部みゆき

大沢在昌、京極夏彦、宮部みゆき。三人の人気作家が所属する大沢オフィスの公式ホームページ「大極宮」の内容に、さらに裏側までを大公開。

烙印の森　大沢在昌

犯行後、必ず現場に現れるという殺人者〃フクロウ〃を追うカメラマンの凄絶なる戦い！　裏社会に生きる者たちを巧みに綴る傑作長編。

追跡者の血統　大沢在昌

六本木の帝王・沢辺が失踪した。直前まで行動を共にしていた悪友佐久間公は、その不可解な失踪に疑問を抱き、調査を始めるが…⁈

暗黒旅人　大沢在昌

人生に絶望し、死を選んだ男が、その死の直前、謎の老人から成功と引き替えに与えられた〃使命〃とは⁉　著者渾身の異色長編小説。

悪夢狩り　大沢在昌

米国が極秘に開発した恐るべき生物兵器『ナイトメア90』が、新種のドラッグとして日本の若者の手に⁈　牧原はひとり、追跡を開始するが……。

殺人よ、さようなら　赤川次郎

殺人事件発生！　私とそっくりの少女が目の前で殺された。そして次々と届けられる奇怪なメッセージ。誰かが私の命を狙っている……？

角川文庫ベストセラー

やさしい季節(上)(下)
赤川次郎

トップアイドルへの道を進むゆかりと、実力派の役者を目指す邦子。タイプの違う二人だが、昔からの親友同士だった。芸能界を舞台に描く青春小説。

禁じられた過去
赤川次郎

経営コンサルタント・山上の前にかつての恋人・美沙が現れた。「私の恋人を助けて」。美沙のため奔走する山上に、次々事件が襲いかかる！

MとN探偵局
夜に向って撃て
赤川次郎

女子高生・間近紀子（M）は、硝煙の匂い漂うOLに出会う。一方、「ギャングの親分」野田（N）の愛人が狙われて…。MNコンビ危機一髪!!

三毛猫ホームズの家出
赤川次郎

珍しくホームズを連れて食事に出た、石津と晴美。帰り道、見知らぬ少女にホームズがついていってしまった！　まさか、家出!?

おとなりも名探偵
赤川次郎

〈三毛猫ホームズ〉、〈天使と悪魔〉、〈三姉妹探偵団〉、〈幽霊〉、〈マザコン刑事〉。あのシリーズの名探偵達が一冊に大集合！

キャンパスは深夜営業
赤川次郎

女子大生、知香には恋人も知らない秘密が。そう、彼女は「大泥棒の親分」なのだ！　そんな知香が学部長選挙をめぐる殺人事件に巻きこまれ…。

冒険配達ノート
ふまじめな天使
赤川次郎
絵・永田智子

いそがしくて足元ばかり見ている人たち。うつむいている君。上を向いて歩いてごらん！　いつまでも夢を失わない人へ……愛と冒険の物語。

角川文庫ベストセラー

スワロウテイル　岩井俊二
円を掘りにくる街、イェンタウン。ある日、移民たちが代議士のウラ帳簿を見つけ、欲望と希望が渦巻いていく。岩井監督自身による原作小説。

キオミ　内田春菊
妊婦に冷たい夫は女と旅行に出かけ、妻は夫の後輩を家に呼び入れる……芥川賞候補作となった表題作をはじめ、揺れる男女の愛の姿を描く作品集。

口だって穴のうち　内田春菊
内田春菊と各界を代表する個性たちとの垂涎のピロートーク。春菊節がさえわたり、つらい気持ち、切ない気分もきれいに晴れる、ファン必読の一冊。

24000回の肘鉄　内田春菊
「奥さんいるくせに」——。妻子あるサラリーマン伊藤享次と女性たちとの孤独でやるせない愛の日々をシニカルに描く、オフィスラブ・コミック。

私たちは繁殖している イエロー　内田春菊
ケダモノみたいに産み落とし、ケダモノみたいに育てたい！　生命と医学の謎に無知のまま挑む痛快妊産婦コミック。ベストセラー、文庫化第1弾！

泣かない子供　江國香織
子供から少女へ、少女から女へ…時を飛び越えて浮かんでは留まる遠近の記憶…。いとおしく、かけがえのない時間を綴ったエッセイ集。

冷静と情熱のあいだ Rosso　江國香織
十年前に失ってしまった大事な人。誰よりも深く理解しあえたはずなのに——。永遠に忘れられない恋を女性の視点で綴る、珠玉のラブ・ストーリー。